U0509519

20世纪80年代
小城镇小说中的经济生活和经济伦理

王 军 著

ERSHI SHIJI BASHI NIANDAI
XIAOCHENGZHEN XIAOSHUO ZHONG DE
JINGJI SHENGHUO HE JINGJI LUNLI

学林出版社

教育部人文社会科学研究
“新时期小城镇小说的经济生活和经济伦理(19YJA751037)”
项目资助

目录
CONTENTS

导　论

第一节　城镇化历史和小城镇问题

“物质劳动和精神劳动的最大的一次分工，就是城市和乡村的分离。城乡之间的对立是随着野蛮向文明的过渡、部落制度向国家的过渡、地域局限性向民族的过渡而开始的，它贯穿着文明的全部历史直至现在（反谷物法同盟）。”①

城市的出现，是人类发展史上具有划时代意义的现象，斯塔夫里阿诺斯在他的《全球通史》中说，“城市中心”是文明最重要的特征之一。② 斯宾格勒指出：世界史就是人类的城市时代史。③ 汤普逊说：“城市的兴起，论过程，是演进的，但论结果，是革命的。”④城市使人类从莽原走向文明，“城市”也从单纯的物质现象转变为一种融合了物质和精神的社会架构。英文中“civilization”（文明）一词源于拉丁文“civis”，意思是“城市的居民”，其本质含义为人类生活于城市和社会集团中的能力。这个构词方式准确地揭示了城市与人类文明之间隐含着的源流关系，也提醒我们，要了解和把握我们所

---

① ［德］卡·马克思、［德］弗·恩格斯：《德意志意识形态》（节选），中共中央马克思恩格斯列宁斯大林著作编译局编译：《马克思恩格斯选集　第一卷》，人民出版社，2012 年，第 184 页。

② ［美］斯塔夫里阿诺斯著，吴象婴、梁赤民、董书慧、王昶译：《全球通史：从史前史到 21 世纪》，北京大学出版社，2006 年，第 50 页。

③ ［美］R. E. 帕克、［美］E. N. 伯吉斯、［美］R. D. 麦肯乔著，宋俊岭、吴建华、王登斌译：《城市社会学：芝加哥学派城市研究文集》，华夏出版社，1987 年，第 2 页。

④ ［美］汤普逊：《中世纪经济社会史（下册）》，商务印书馆，1984 年，第 424 页。

处的现代社会，城市视角是不能缺失的。

在人类社会第一次社会大分工之后，城市的发展就拉开了大幕。如果站在当下回望历史，我们可以看到人类聚落变化的一条清晰脉络：远古时期人类开始群居，建立原始部落；在经历了较为漫长的史前发展状态（狩猎社会和部落社会）后，公元前3500年左右，世界上最早的城市在美索不达米亚平原出现；随后，城市以逐渐提升的加速度在世界范围内发展起来。其形状可以用一条越来越陡峭的统计曲线表示，一开始是缓坡状，微微向上，越趋近现在，坡度越大。“从19世纪初期开始，城市化（urbanization，由乡村人口占主导地位转变为由城市人口占主导地位的过程）以惊人的速度发展，这在那些富裕国家尤其明显。”[①]在19世纪初至今的200多年里，城市化速度达到了历史峰值。至2023年，按照统计城市化的度量标准，即城市化率来衡量，很多发达国家（或低人口密度国家、地区）的城市化已经达到令人瞠目的程度。据世界银行数据，2023年，美国城市化率达83%，英国城市化率达85%，法国城市化率达82%，德国城市化率达78%，日本城市化率达92%，而新加坡、摩纳哥等国城市化率已经达到100%。

现代中国的城市化也复制了这条加速度发展的曲线，尤其是改革开放后，中国进入了宏伟而迅速的城市化进程。根据国家统计局数据，1949年，中国的城市化率还只有10.64%，1978年是17.92%，到1990年已经达到26.41%。可以说，20世纪80年代是中国城市化走向加速发展的转折时期。在这之后，中国城市化进程不断提速。2000年，我国的城市化率为36.22%，2011年城市化率首次突破50%，达到51.83%，2020年为63.89%，2023年达到66.16%。根据联合国估测，世界发达国家的城市化率在2050年将达到86%，我国的城市化率在2050年将达到71.2%。按照目前的发展趋势，这一目标很有可能提前实现。

在一般意义上，我们把人类生活聚落形态大致分成八种，包括：小自然村（hamlet）、村庄（village）、镇（town）、城市（city）、大都市（metropolis）、大

① ［加拿大］威廉·P.安德森：《经济地理学》，中国人民大学出版社，2017年，第25页。

都市区(metropolitan area)、集群城市或城市群(conurbation)、城市带或城市连绵区(megalopolis)。① 以上八种聚落包含了几乎所有人类生活居住的形式,其中,小自然村、村庄属于“乡村”,其他六种则属于“城市”。

“城市”和“乡村”是两个相对立的体系和概念。“世界上绝大多数国家的土地人口,差不多一律是城乡两分天下。……一个国家分为城乡两个世界,是相当普遍的现实。”②在社会学领域,城市与乡村之间的区别是本质性的。通过大量的研究,人们概括出城市和乡村的种种特征,综合来看,城市和乡村的差异集中体现在九个方面:职业、环境、地域社会的规模、人口密度、居民的社会-心理特性中的同质性和异质性、社会分化及阶层的复杂性、社会流动、移居方向性以及社会性互动体系。富永健一认为,其中的三个因素,人口规模和人口密度比较大,社会关系向外开放,居民大多从事非第一产业,可以作为界定城市的核心标准。③

和乡村长期以一种“超稳态”方式存在不太一样,城市从诞生开始,就有追求多样化的发展趋势,不仅体现在城市数量剧增、人口膨胀、社会经济体系灵活繁荣,还体现在城市形态多种多样,类型丰富。在人类社会早期,城市就在建制、规模、人口等方面渐趋差异化,形成了政治和经济上的层级结构。根据顾朝林等学者的研究,秦汉时期,中国城市等级由“首都-郡城-县城”三级构成,隋唐时期,“首都-省城-府(州)城-县城-镇”的五级城镇制已经基本形成。④ 在后来一千多年的封建王朝时期,这一成熟的体制延续下来,成为中国现代城镇建制形成的基础。新中国成立之后,城镇结构出现过一些新的变化,比如新中国成立初期出现了省之上的“大区”层级,还有县之下、乡镇之上的“区”层级,但经过管理实践的不断修正,“首都-省会-地市-县城-乡镇”五个层级很快恢复。

1982年颁布的《中华人民共和国宪法》第三十条规定:“中华人民共和

---

① 陈立旭:《都市文化与都市精神——中外城市文化比较》,东南大学出版社,2003年,第10页。

② 周其仁:《城乡中国》,中信出版社,2017年,第Ⅶ—Ⅷ页。

③ [日]富永健一著,严立贤、陈婴婴、杨栋梁、庞鸣译:《社会学原理》,社会科学文献出版社,1992年,第202页。

④ 顾朝林:《中国城镇体系——历史·现状·展望》,商务印书馆,1992年,第6页。

国的行政区域划分如下：（一）全国分为省、自治区、直辖市；（二）省、自治区分为自治州、县、自治县、市；（三）县、自治县分为乡、民族乡、镇。”宪法明确了国家行政“国-省-县市-乡镇”四级体制，并无“地区”这一行政层级。但是在实际行政管理中，由于地理交通、行政传统以及现实管理状况等原因，“地区”这样一个层级在省和县市之间一直存在着。[①] 这个“地区”相当于传统社会中的“府（州）”，与“地区中心城市”对应，近几十年，“地区”逐渐被包含多个县的“市”代替。总体来看，在国家行政管理体系中，我们目前的城镇结构还是沿袭了成熟的五级城镇制传统。

从全世界范围来看，随着工业化信息化时代的到来，城市形态在规模、功能等方面的差异进一步体现出来。在中国，城市形态的类型划分还有多种标准。比如，按照人口规模，可以划分为超大城市、特大城市、大城市、中等城市和小城市等五类七档；按照经济和房价水平等因素，可划分为一线城市、二线城市、三线城市、四线城市和五线城市等；按照经济特征，可划分为交通城市、商业城市、矿业城市、旅游城市等。

无论是五级城镇体系，还是其他分类方式，都让我们认识到城镇体系内部的结构化和层级化差异是非常复杂的，围绕这一重要现象，我们可以得到关于城市发展规律、城乡区别的众多观点，同时我们也不得不思索一些问题。一方面，城市与乡村有着本质性区别，现代社会结构差异中，最重大的差异之一就是城乡差异，甚至有人名之为“城乡二元对立结构”；另一方面，在城市内部，随着社会经济生活的快速发展，两极分化也越来越明显地出现了。我们对于不同类型城市的感性印象和内在认知都日渐丰富，在此基础上我们要思考新的问题：如果说，城市内部形成的级差在很多方面已经超过了一些城市与乡村的级差，那么，这些城市还能有效地成为“总体性”的城市吗？处在城市和乡村之间的小城镇，是否具有一种独立的特征？这些独立的特征是以个别的方式呈现出来，还是以本质性的方式呈现出来？小城镇的特殊性问题是在什么样的时代背景中提出的？为什么？

---

① ［美］陈金永：《大国城民：城镇化与户籍改革》，北京大学出版社，2023 年，第 16 页。陈金永指出：“中国实行的是省、县、乡的三级区划体系，但在实践中实际形成了省、地、县、乡四级区划体系。”

第二节 “小城镇”概念和小城镇道路

什么是“小城镇”?

在大多数场合,“城镇”和“城市”两个概念被混用,相互代替。无论在官方文件、学术书籍中,还是一般读物中,大中小城市和县镇都归类在“城市”或者“城镇”的体系里。尤其是20世纪80年代之后,中国进入新的城市化的规划和改革实践,“城市”和“城镇”两个概念并用或混用的现象更加突出。王振中在仔细分析《中华人民共和国国民经济和社会发展第十二个五年规划纲要》(以下简称《纲要》)后指出,《纲要》中“城市化与城镇化这两个概念是混用的”,并认为中国的城镇化只是“准城市化”。① 一直到今天,我们还是把“城市化”等同于“城镇化”。但是,在“城市(城镇)”内部,“县城和镇”这个层级与“大中小城市”的存在方式并不完全相同:一方面,它们处于较为模糊的统一体之中,都被归于与乡村对立的城市(城镇)体系;另一方面,它们之间出现了分离的趋势。

这种分离表现为两个层次。第一是事实层面。县镇和大中小城市虽然同属于一个体系,但管理方式、内在功能和地位有所不同,“按照目前我国的管理体制,县级以上的城市才属于城市管辖范围,而县以下(县级市除外),包括县城城镇,则属于农村管辖范畴”②。县镇管理并不属于城市管理的范畴,事实上县镇也游离于城市的基本特征之外,这时要把它硬性地与大中小城市合为一体,强行凸显其“城市”的内涵和意义,不能不说是一种现实扭曲。第二是认知层面。20世纪80年代中国开始了改革开放后新的现代化进程,城市化是其中的重要一环,在国家政策层面的城市化战略设计中,针对重点发展大城市,还是中小城市,或是小城镇,出现了一次长达几十年

---

① 王振中:《关于中国城市化道路的理论探讨》,载中国社会科学院经济研究所编,王振中主编:《中国的城镇化道路》,北京:社会科学文献出版社,2012年,代序第2页。

② 王振中:《关于中国城市化道路的理论探讨》,载中国社会科学院经济研究所编,王振中主编:《中国的城镇化道路》,北京:社会科学文献出版社,2012年,代序第2页。

的大讨论。通过讨论，人们逐渐意识到，大中小城市和小城镇之间存在着社会、历史、经济、文化等各个方面的差异，把它们合而为一，无疑会造成理论上的重大困难。

因此，把“县镇”或者“小城镇”从“城市”这个体系中独立出来，形成一种新的类别，不仅成为现实的需要，还具有了理论的可能。

《辞海》中“小城镇”的定义是：“介于城乡之间，在农村中发展和建立起来的，具备城市的一些基本社会功能，以非农业人口为主的小型社区。包括县城、县城以下较发达的集镇或乡级行政机关、文化中心所在地，以及在大城市周围郊县建立的卫星城。是一定区域内的政治、经济、文化和科技服务中心，连接城乡的纽带和桥梁。”[①]“介于城乡之间”这一描述，实质上可以理解成独立于城乡之外。而关于“小城镇”的具体内涵，在研究者那里出现了不同的答案。吴闫曾经总结了研究者对于“小城镇”的不同界定，大概有十一种之多，如果我们对学者们的各种分类进行最终归类，那么，“小城镇”主要包括以下六种：1. 小城市；2. 县城和城关镇；3. 建制镇；4. 集镇；5. 乡政府或国营农场所在地；6. 部分发达的乡或村。[②]

在本书中，“小城镇”所指对象的认定，依据两种标准。第一种是根据最直接的构词方式认定。“小城镇”包括两个行政地理层级：一个是“小城”，即我们现在行政层级里的“县城”（不包含“市”）；一个是“镇”，一般来说，它们在现实社会中，往往被称为“某某县”或“某某镇”，这两个层级就是小城镇的主要部分。第二种则是根据具有代表性的学术观点来进行判定。在关于“小城镇道路”的讨论中，著名学者温铁军等做出了一个相对权威的总结：“小城镇”是指县城、建制镇和集镇。[③] 刘溢海、牛银栓在《城镇经济学》中也认为“城镇是一种介于城市经济圈和农村经济圈之间的中间经济圈，既具有城市的属性，又具有农村的属性，具体是指县级镇及以下的镇，在范围上包括县级镇、建制镇和集镇”[④]。根据以上标准，本书中的“小城镇”指的是县

---

① 陈至立主编：《辞海》（第七版），上海辞书出版社，2020年，第4843页。

② 吴闫：《我国小城镇概念的争鸣与界定》，《小城镇建设》2014年第6期。

③ 温铁军：《中国的“城镇化”与发展中国家城市化的教训》，《中国软科学》2002年第7期。

④ 刘溢海、牛银栓主编：《城镇经济学》，中国农业大学出版社，2012年，第13页。

城、建制镇和集镇三种，在日常生活和文学作品中，它们一般被称为“某某县（小城）”或“某某镇”，其所代指的区域即可纳入我们的研究范畴。

县作为行政区划，开始于春秋时期，秦始皇统一中国之后，推行郡县制，县制正式设置。“县”指县管理之下的整个地理区域，包括乡镇和农村，但是县城往往指县的行政机关所在地。县一定要落实在一个具体的空间，即“城”里。《说文解字》说：“城，以盛民也。从土从成，成亦声。”①“城”指城墙围住的地方，也指人聚居的地方。在当代社会，一般来说，县级政府驻地是一个镇，它被称为“城关镇”，“县城”即县行政机构所在的城关镇。县镇在行政上管辖着乡村，但是作为城市的一个部分，“小城镇”不包含乡村，“小城镇”里的“县城”也是指县所在的“城（镇）”，而不是广义的、包含了广大乡村的“县”。

镇是与乡并列的地区层级，经省、自治区、直辖市批准设立。历史上，“镇”最初对应的是戍兵置将的“军镇”，是军事设防之地，后来则与进行商业贸易活动的“市”关系逐渐密切。唐朝之前，“市”和“镇”是有明确区别的，“市”指商贾贸易的地方，“镇”指军队驻扎的地方。北宋建立以后，宋太祖赵匡胤为巩固统治，不断采取措施加强中央集权，削弱藩镇势力，由于藩镇逐步废除，原来的军镇淡化了军事功能，逐渐演变为以商业功能为主的市镇。到了明清时代，在很多经济较为发达的地区，镇市已经不分，甚至镇和市共称为“镇市”或“市镇”。明弘治《吴江县志》记载：“人烟凑集之处谓之市镇。”②很多研究者都引用了明清时期嘉善、嘉定等地的县志记载，这些记载都指出，市镇主要的功能是“聚民致货”。市是贸易之所，而镇是“市之大者”。③ 这些记载不仅反映着“镇”的名称变化，也反映着经济商业发展与市镇演变的内在关联。所以，叶依能指出：“市镇的兴起和发展，是我国封建社会后期社会经济发展的重要特征，是社会生产力和商品经济发展的结果。”④

---

① ［汉］许慎著，愚若注音：《注音版说文解字》，中华书局，2015 年，第 289 页。

② ［明］莫旦：《弘治吴江志（卷二）》，《中国方志丛书》，台北成文出版社有限公司，1983 年，第 78 页。

③ 顾朝林：《中国城镇体系——历史·现状·展望》，商务印书馆，1992 年，第 111—112 页。

④ 叶依能：《明清时期太湖地区市镇发展之研究》，《农业考古》1988 年 4 期。

在当代中国，镇的主要标志是经济发展状况以及非农业人口数量，镇和乡的区别在于镇的经济发展较好，以非农业人口为主。“镇除了有乡的基本特征外，它更是一个经济区域内工商业的中心，商品生产的集散地和商品交换的场所，是政治、经济、文化的中心区。”①总体来说，乡属于农村型行政区，镇属于城市型行政区。建镇的标准在不同时期略有变化。1963 年之前，建镇的标准是：常住人口在 2 000 人以上，非农业人口占 50%以上。1964 年之后，镇的标准提高到：常住人口 3 000 人以上，非农业人口占 70%以上；或常住人口 2 500—3 000 人之间，非农业人口占 85%以上。到了 1984 年，镇的标准再次调整，只要符合以下条件之一就可以设镇：县级地方国家机关所在地；总人口在 20 000 人以上的乡，乡政府驻地非农业人口超过 2 000 人；总人口在 20 000 人以上的乡，乡政府驻地非农业人口占人口总数 10%以上；少数民族地区、人口稀少的边远地区、山区和小型工矿区、小港口、风景旅游、边境口岸等，非农业人口不足 2 000 人，如有必要，即可建镇。② 1984 年的标准更多考虑了政治、经济和区域因素，大大推动了镇的发展，也使小城镇的规模和数量在之后迎来了一个高峰期。

在现实中，镇也有自然衍生出的不同层次。一般来说，镇大致分为两种：集镇（乡镇）和建制镇。根据《辞海》的定义，“集镇”是乡村聚落的一种，通常是指乡村地区有一定数量的非农业人口、进行一定的商业贸易、承担一定社会服务功能的居民点。③ “集与镇的区别是：集以行商为主，定期进行交易；镇以坐商为主，常年进行交易，有一些固定的作坊铺面，从事手工业和商业活动。”④集镇既无行政上的等级，亦无确定的人口标准，是介于城市和乡村之间的一种过渡型居民点，具有一定的商业服务和文教卫生公共设施。“集镇属于农村聚落，而建制镇是一种最低层次的城市聚落。”⑤集镇是城市和乡村两种聚落的交界点，兼具两者特征。因为集镇存在城乡交界性，所以

---

① 刘溢海、牛银栓主编：《城镇经济学》，中国农业大学出版社，2012 年，第 9 页。

② 顾朝林等：《中国城市地理》，商务印书馆，1999 年，第 219 页。

③ 陈至立主编：《辞海》（第七版），上海辞书出版社，2020 年，第 1966 页。

④ 刘溢海、牛银栓主编：《城镇经济学》，中国农业大学出版社，2012 年，第 12 页。

⑤ 陈立旭：《都市文化与都市精神——中外城市文化比较》，东南大学出版社，2003 年，第 11 页。

有时我们把镇和乡村看作一类，称呼其为“乡镇”，有时我们把它纳入城市的系统，称呼其为“城镇”。镇的交界模糊状态，似乎更加证明了镇与乡村的区别比镇与城市的区别要小很多，这也是我们把“镇”从城市与农村中分离出来的一个佐证。

小城镇具有明显的城乡间过渡的特征，或者说，它与城市、乡村都不相同，这一点很早就被清晰地概括出来。在中国传统中，与以农业自然经济为主的农村相比，小城镇的主要特征在于商贾贸易。与大中城市相比，城镇小而功能简单，城市大而功能多样。随着现代社会的发展，大中城市、小城镇、农村的特征差异越发明显，不仅在行政等级、建设规模、人口数量这些显性方面，在经济模式、职业分类、价值观念等隐性方面，它们也各自形成了自己的特征。但是，真正引领中国大众关注“小城镇”这一特殊形态，并最终在现代社会学领域产生重要影响的开创者，是中国社会学家费孝通先生。正是因为他立足中国乡村现实的研究，原有的“城市-乡村”二分法之外出现了新的分类方式，即“乡村-市镇-都会”三分法。

20 世纪 40 年代，费孝通先生通过对江南市镇和乡村经济的考察，提出应该把之前归类为“城”的部分，分成“市镇”和“都会”。同时，他进一步把“城”分为“以官僚地主为基础的社区”和“偏于乡村间的商业中心”，前者为“城”，后者为“镇”。[①] 这是中国研究者第一次在“城市-乡村”两层体系外，提出“乡村-市镇-都会”三层体系的说法。虽然在 40 年代的几篇文章中，费孝通先生的这个观点没有进一步阐发成型，但是，它却成为后来小城镇理论的坚实基础。

费孝通先生一直继续着对小城镇的关注和研究，他的研究在很大程度上推进了人们对于小城镇和大中小城市之间差异的认识。1984 年，他的《小城镇　大问题》发表之后，引起了非常广泛的学术和社会影响，并且成为 80 年代“城市化道路”之争的焦点[②]，催生了“小城镇发展模式”“大城市发展模式”和“中小城市发展模式”三种观点[③]，很多学者都积极地参与了这场长

---

① 费孝通：《乡村・市镇・都会》《论城・市・镇》，《乡土中国》，上海人民出版社，2013 年，第 251—267 页。

② 费孝通：《小城镇　大问题》，《江海学刊》1984 年第 1 期。

③ 刘毅、徐雅雯：《关于当代中国城镇化模式发展的研究》，载中国社会科学院经济研究所编，王振中主编：《中国的城镇化道路》，社会科学文献出版社，2012 年，第 61 页。

达几十年的大讨论。在费孝通先生及其支持者的推动下，以重点发展小城镇为中国城镇化道路的观点成为这一时期的主流，并成为国家主导政策之一。赵新平、周一星认为，1989 年 12 月《中华人民共和国城市规划法》的颁布，代表着“积极发展小城镇”成为国家战略，小城镇发展进入了中国经济和社会现代化的“主航道”。[①] 关于小城镇发展道路的讨论持续活跃，并不断转化成各种现实政策。1998 年，党的十五届三中全会明确：“发展小城镇，是带动农村经济和社会发展的一个大战略。”“小城镇道路”在理论和实践层面都上升到了一个崭新的高度。

在学术上，城市化的道路选择仍然是一个可以不断讨论和商榷的问题，在迄今仍未结束的讨论中，有不少人仍对“小城镇道路”的实践效果有不同意见。[②] 但是发生在 20 世纪 80 年代的这场漫长讨论，凸显出了小城镇在社会系统中的特殊位置。虽然人们对小城镇和城市、乡村的关系仍然存在各种疑问，但在观念上，“小城镇”的独立性获得了巨大的提升。这极大地改变了人们的认知，它使人们意识到一个事实：对“小城镇”和“大中小城市”进行区别对待，不仅是一个知识圈内的学术问题，还是攸关国家现代化进程的重大社会、政治、经济问题。而小城镇小说的形成，也因为这场讨论成为可能。在某种程度上可以说，没有学术研究的推进和国家社会层面有关“小城镇道路”的讨论，就不会有小城镇小说这样一个新的文学研究现象出现。

第三节　小城镇小说及小城镇小说研究

20 世纪 80 年代，中国文学丰富而充满活力，短短的十年间，作家队伍“五代同堂”，各种文学思想各领风骚，文学潮流波浪起伏，优秀作品风起云

---

① 赵新平、周一星：《改革以来中国城市化道路及城市化理论研究述评》，《中国社会科学》2002 年第 2 期。

② 王振中、蔡继明等都认为应该发展大中城市。参见王振中：《关于中国城市化道路的理论探讨》，蔡继明：《中国的城市化与土地制度改革》，载中国社会科学院经济研究所编，王振中主编：《中国的城镇化道路》，社会科学文献出版社，2012 年，代序第 1—13 页，第 1—12 页。

涌，文学叙述新颖多样。真诚、自然、蓬勃，充满生机，很多人把这一时期称作 20 世纪中国文学的“黄金时代”。但是，从文学表现的开放程度来说，这个“黄金状态”是逐渐推展开来的。“文化大革命”结束之后的最初几年，整体上文学还处于深度政治化的语境之中，很多作家都还是自觉不自觉地专注于描述“文化大革命”创伤、政治反思以及社会改革这样的宏大主题。在文学题材上，与政治话语相结合的农村题材仍然占据主体地位，城市题材在改革开放和知识分子地位提升的历史背景中恢复了主流地位，而小城镇小说，离成为独立的题材，进入人们的视野，还有很遥远的距离。

1979 年，江西作家陈世旭的短篇小说《小镇上的将军》在《十月》杂志发表，并获得 1979 年全国优秀短篇小说奖，这是“文化大革命”之后最早出现的以“小镇”命名的有全国影响的小说。1981 年，湖南作家古华的长篇小说《芙蓉镇》在《当代》杂志第 1 期刊出，并获得第一届茅盾文学奖。这两部小说的地域背景，一个是赣北小镇，一个是位于湘、粤、桂三省交界处的“芙蓉镇”，它们都是典型的建制镇。两部小说突出了小城镇的地域和行政特征，无疑应该看作小城镇小说的开端。两部小说的主题都是表现“文化大革命”带来的社会政治困境和个体灾难，相对来说，二者的差异在于，《小镇上的将军》延续了前一时期的叙事模式，《芙蓉镇》则更深入地呈现了小镇社会生活的各种景观。

也就在此时，随着文学领域的进一步开放和多样化，表现小城镇生活的作品越来越多，很多作家以自己家乡的小城镇为中心建构了自己的独特文学世界，这成为当时一种重要的文学“地域性”现象。汪曾祺 1980、1981 年连续创作了《受戒》《异秉》《岁寒三友》《大淖记事》，虽然这些作品未明确标识其背景是江苏高邮县(今高邮市)，但是关于这个充满生活气息和文化风味的苏中县城的文学叙事，在汪曾祺诗意化的语言以及民间立场表达中，成为文学张扬自我和文体创新的一面旗帜，并被誉为“寻根文学”的文学源头之一。它们作为当代小城镇小说的艺术高峰，开辟了改革开放以来文学的新道路。

作家对家乡和生活地域的“情结”，使 20 世纪 80 年代的文学天地里闪现着中国各地小城镇的身影，李杭育“葛川江系列”中的“沙灶镇”“白沙镇”，贾平凹“商州系列”中的“四皓镇”“两岔镇”“白石寨城”，陈世旭“赣北系列”中的“小镇”，林斤澜“矮凳桥风情系列”中的“矮凳桥镇”，何立伟“没有故事的小城”，张一弓《张铁匠的罗曼史》中的“饮马桥镇”，张炜《古船》中的“洼狸镇”，路遥《平凡的世界》中的“原西县”“米家镇”，柯云路《新星》里的“古陵县”，王安忆《小城之恋》《荒山之恋》中的苏北小城，等等。这一时期的小城镇小说描绘了一幅由自然、街巷、小店、居民以及婚丧嫁娶、柴米油盐等日常生活组成的反映中国城镇社会经济情况的生动画卷。这些作品不仅从各种角度把握了小城镇的特征，还通过与大量都市小说、乡村小说的对比，确立了小城镇小说的独立价值，以及其在美学和社会学方面所具有的意义。

在宏伟深沉的乡土小说和朝气蓬勃的都市小说之间，小城镇小说发芽滋长起来。同时，小城镇小说也接续了现代文学的历史线索。回顾 20 世纪上半叶，现代作家在他们的作品中描绘出了一系列丰富多样的小城镇形象：鲁迅笔下的绍兴“鲁镇”，茅盾笔下的江浙小镇，施蛰存笔下的“松江”，柔石笔下的江南“芙蓉镇”，萧红笔下的东北“呼兰城”，沈从文笔下的湘西“边城”，沙汀笔下的四川“某镇”，师陀笔下的中原“果园城”，李劼人笔下的成都附近的“天回镇”……这些以小城镇为背景、内容各具特色的作品，在新的文学视野里被重新整合，拉伸出一条清晰的小城镇小说脉络。

因此，小城镇小说进入文学研究殿堂的原因，可以归结为三点：第一是社会背景，即 20 世纪 80 年代国家社会层面对于小城镇的重视以及大规模的小城镇道路现代化实践；第二是文学现实，即这一阶段出现了数量庞大的小城镇小说作家群体和众多表现小城镇生活的作品；第三是文学传统，即现代小城镇小说的历史谱系被重新叙述出来。

费孝通先生在 20 世纪 40 年代初步建立小城镇理论的时候，先用了“市镇”这个词来指代乡村和都会之间的聚落状态，到 80 年代初他定义了社会学意义上的“小城镇”概念，由于他在学界的影响，“小城镇在当前中国的语言里已成了一个通用的名词，它指正在兴起的一种新型的社区”①。“小城镇小说”这个概念发展的过程就复杂得多。20 世纪 80 年代虽然形成了一

① 费孝通：《论中国小城镇的发展》，《中国农村经济》1996 年第 3 期。

个小城镇小说创作的潮流，也有很多以“小城”和“小镇”为题的小说，但它们都淹没在“伤痕文学”“反思文学”“改革文学”“寻根文学”“乡土文学”“市井文学”等文学类型之中。如果要梳理一个小城镇小说被发现和研究的历史，最早也应该从 20 世纪 90 年代初开始，有人认为可以溯源到赵园 1991 年提出“小城文化”[①]，有人认为应该从吴福辉 1992 年提出“乡镇小说”开始[②]。1993 年熊家良发表《小城：在传统乡村和现代都市之间》可以看作是小城镇小说研究历史上的一个重要事件，不仅因为他首先把“小城”与“文学”真正融合在一起，也因为他是最早一位进行小城镇小说专题研究并传播小城镇小说基本理念的研究者。熊家良全文都使用“小城”“小城文化”“小城文学”等称谓，他的“小城”是包括县城和镇的。文中也可以看到社会学领域的小城镇理论对于熊家良的启发，一个明显的例证是，这篇论文多次引用了费孝通关于中国小城镇研究和帕克关于城市研究的论著。[③] 1997 年，栾梅健《小城镇意识与中国新文学作家》直接借用了社会学中的“小城镇”这一词汇，他提出，在 20 世纪二三十年代，“小城镇意识是本时期作家的主流意识，也是他们行为规范与审美特性的价值中枢”。[④] 这篇论文也很明显地受到社会学思想的影响。

2003 年杨剑龙组织了“小城文化与小城文学”笔谈，支持熊家良提出的“小城文学”构想。在杨剑龙、熊家良、逄增玉的笔谈文章中，可以看到三个人之间的微妙区别：熊家良还是大而化之地用“小城”来包括小城市、小城镇[⑤]；杨剑龙涉及概念时用“小城”，具体论述时都用“小城镇”[⑥]；逄增玉则明确地

---

① 邱诗越：《中国现代小城文学研究综述》，《沈阳大学学报（自然科学版）》2010 年第 4 期。

② 杨加印：《小城镇文学世界——现代小说中的一道独特风景》，东北师范大学硕士学位论文，2005 年，第 1 页。

③ 熊家良：《小城：在传统乡村和现代都市之间》，《湖北民族学院学报》1993 年第 4 期。

④ 栾梅健：《小城镇意识与中国新文学作家》，《中国现代文学研究丛刊》1997 年第 4 期。

⑤ 熊家良：《小城文学：一个地域文化空间的命题》，《湛江师范学院学报（哲学社会科学版）》2003 年第 5 期。

⑥ 杨剑龙：《小城文学的价值与研究方法谈》，《湛江师范学院学报（哲学社会科学版）》2003 年第 5 期。

突出“镇”的地位并一直用“小城镇”来代替“小城”概念[①]，可以看到他已经接受了当时社会政治领域中成为通用称谓的“小城镇”概念。这次对谈扩大了小城镇小说研究的影响，同时更有力地推动了“小城镇小说”这个概念的传播。

在 21 世纪初期，小城镇小说研究开始成为中国文学研究的一个新主题，以“小城镇”为研究主题的期刊论文、研究生毕业论文、专著、国家社科基金项目和教育部人文社科项目不断出现，形成了较高的研究热度。研究的内容包括小城镇小说的内涵、文化特征、人物形象、核心意象、美学品格等，林林总总，各有深入。总体来看，小城镇小说作为一个文学研究领域，已经形成了初步的体系架构，并开始走向成熟。但是至今“小城镇小说”概念还没有完全统一，熊家良、赵冬梅、邱诗越、孙胜杰、王艳丽、赵淑华等坚持沿用“小城”这一称谓，易竹贤、李莉、周水涛、杨加印、袁国兴、余连祥、谷丽丽等则使用“小城镇”。从比例上看，“小城镇”的使用更加普遍。需要特别说明的是，熊家良等人虽然使用的是“小城”概念，但是，这个“小城”实际上是既包含县城，也包含小镇的。[②] 相对来说，“小城”这个概念在字面意义上容易让人误认为只有“城”而无“镇”，还存在着概括的“缺口”；而“小城镇”不仅在命名上完整清楚，还与社会政治层面普遍使用的“小城镇”这个通用名词统一起来，在内涵上无疑更加名副其实，更具有概念所应有的规范性和普适性特征。这也是本书使用“小城镇小说”这个概念的主要原因。

第四节　20 世纪 80 年代小城镇小说中的经济生活

美国经济学家、诺贝尔经济学奖获得者斯蒂格利茨说过，21 世纪对世

---

① 逄增玉：《文学视野中的小城镇形象及其价值》，《湛江师范学院学报（哲学社会科学版）》2003 年第 5 期。

② 熊家良：《小城文学：一个地域文化空间的命题》，《湛江师范学院学报（哲学社会科学版）》2003 年第 5 期。

界影响最大的有两件事，一是美国高科技产业，二是中国的城市化。[①] 事实上，城市化对于中国发展的推进以及其对于世界的影响，从改革开放开始，延续至今。十一届三中全会之后，中国的现代化经由工业化、城市化等路径迅速发展，中国也成为全世界经济增长的主要“发动机”。中国经济领域的改革开放是全方位的，国家经济体制改革、有计划的商品经济、社会主义市场经济的确立和稳步前进，催生了经济特区、乡镇企业、国企改革等重大经济变革。从现实情况来看，改革开放后以经济建设为中心，社会发展的经济驱动力尤其明显，在中国社会现代化的进程中，经济现代化成为最突出的领域，取得了举世瞩目的成就。

而城镇化，既是全世界范围内现代化发展的必由之路，也是中国经济和社会现代化的重要一环。城乡融合、人口迁移、城镇建设、产业发展等驱动中国经济快速发展，现代化水平不断提高。“1978—2014 年这 35 年的城市化进程是‘经济型城市化’。不可否认，这一阶段的经济发展史与城市发展史在中国现代化进程中意义重大，也为世界所瞩目。”[②]在中国的现代化历史中，城镇化无疑扮演了非常重要的角色，它和工业化交织在一起，带来了中国的繁荣。陈金永指出：

> 所谓城镇化，最终是让大多数传统的农业人口举家转移到城镇里面，从事非农生产，并在城镇扎根落户，成为城镇居民。城镇化并不是简单的“农民进城”，而是借助工业化，转移农村劳动力，为（农村）人口提供一个提高自身生活（消费）水平的途径……工业化与城镇化这两个过程同步进行，是现代化过程中的一个重要部分。[③]

20 世纪 80 年代中国城镇化进程对中国传统小城镇的冲击是巨大的。回顾新中国建立到 1978 年近三十年的城镇化历史，从数据上看，城市化率

① 程必定：《从区域视角重思城市化》，经济科学出版社，2011 年，前言。

② 张书成：《新中国城市化政策演化进程与评价研究》，上海交通大学出版社，2019 年，第 59 页。

③ [美] 陈金永：《大国城民：城镇化与户籍改革》，北京大学出版社，2023 年，第 4 页。

从1949年的10.64%,增长到了1978年的17.92%。我们进一步分析城市化率的具体数据会发现,这一阶段城市化率提升的原因主要是大中城市的发展,因为国家出台的各类政策基本上向大中城市的发展倾斜,而小城镇出现了与城市化率整体提升完全相反,呈现不断减少的趋势。

从建制镇统计来看,1954年,中国有城镇5 400个,1958年实行"镇社合一"之后,建制镇数量急剧减少到3 621个,1978年只有2 687个,24年间,城镇数量下降了50%多,这是中国建制镇发展较少出现的"衰落时期"。[①]根据简新华的分析,1949年后的30年中,中国城镇化经历了第一个阶段"与重工业优先发展阶段相适应的滞后城镇化阶段",因为国家侧重发展重工业和大城市,忽视了和重工业发展关系不大的小城镇。简新华认为,改革开放之后,中国城镇化进入了第二个阶段"与轻工业发展阶段相适应的城镇化加速阶段",轻工业大多立足于小城镇,二者相辅相成,互相激发,从而带来了小城镇发展的重要机遇。[②]

从1980年开始,国家陆续实行了一系列鼓励小城镇发展的重大政策,尤其是1984年实施了新的市镇设置标准之后,小城镇数量在1982年最低谷2 687个的基础上迅速增长,1984年快速增加到6 211个[③],到1989年,小城镇数量达到11 873个[④],年均增长率达到惊人的23.8%。伴随小城镇数量的增长,小城镇经济快速发展,尤其是乡镇企业发展迅猛。乡镇企业在1984年由原来农村的社队企业发展而来。《中华人民共和国经济史》中提到,1984年的《关于开创社队企业新局面的报告》"以大量数据和事实,说明社队企业已成为国民经济的一支重要力量。农业现代化和安排富余劳动力都离不开社队企业的发展……提出将'社队企业'易名为'乡镇企业'"。"此后乡镇企业进入了第一个全面发展的高峰期。1984年底,乡镇企业数量猛增到606.52万家,较上年净增471.88万家,其中乡村企业净增51.66万

① 顾朝林等:《中国城市地理》,商务印书馆,1999年,第217页。

② 简新华:《中国工业化和城镇化的特殊性分析》,载中国社会科学院经济研究所编,王振中主编:《中国城镇化道路》,社会科学文献出版社,2012年,第21页。

③ 顾朝林等:《中国城市地理》,商务印书馆,1999年,第216—220页。

④ 顾朝林:《论中国建制镇发展、地域差异及空间演化——兼与"中国反城市化论"者商榷》,《地理科学》1995年第3期。

家，私营企业和个体企业开始涌现。”[①]从 1979 年到 1989 年这十年之间，中国乡镇企业产值占全国工业总产值的比重，由 14％提高至 28％，吸收了一亿多人口的农村劳动力就业，相当于过去 30 年间城市吸收农村劳动力就业人口的总和。乡镇企业中新增就业岗位的 50％集中在县城和建制镇，乡镇企业的发展，大大推进了中国农村地区的城市化。

经济的中心化、多元化和小城镇的勃兴，给中国社会带来了重要的影响。原有的经济模式发生转化，行之有效的商品流通体系重新恢复，新的生产经营方式不断出现，这逐渐激发了整个国家的经济活力和人民的创造动力，人们的生活水平稳步提高，各种新生事物和新的社会风气形成，小城镇传统的价值观念、人际关系、社会思想、伦理道德等受到冲击。在中国的现代化历史中，小城镇的社会经济变迁是一个巨型现象，大量的社会经济资源投入于此，导致了几亿人生产生活方式的转变和生活水平的提升，它不仅关乎国家民族的命运和道路，更与民间社会以及个人的物质、精神世界嬗变紧密相连。这个现象，不仅是政治和经济研究的重心，也必然成为文学叙述的核心内容。

20 世纪 80 年代，文学是在恢复现实主义精神的起点上重新出发的。在“以阶级斗争为纲”转向“以经济建设为中心”的大背景下，一方面不断发现和挖掘人性，推动人道主义精神滋长，一方面有意识地摆脱政治束缚，建构以“审美”“认知”为中心的创作和研究体系，带来文学在现实主义、现代主义、文化守成主义等方向的不断创新和蓬勃发展。从整体上看，文学反映现实，展现中国社会变化的宏大进程。通过各个领域，各个层面，各种人物的日常生活和精神生活，呈现人的现实生活，是 80 年代文学的主体内容。文学用自己的美学方式把握现实，建构出具有时代特征的叙事，成为我们认识 20 世纪 80 年代中国社会的整体参照系统。

认识世界和人类自己，是文学的内在价值和追求，优秀作家往往试图透过故事和人物形象等，抓住人生和世界的本质。也是在这个意义上，假如小说要把握住“小城镇世界”和“小城镇人”，就必须把揭示小城镇经济生活方

① 郑有贵主编：《中华人民共和国经济史》，当代中国出版社，2021 年，第 125 页。

式和经济观念放到重要地位。处于思想解放进程中的小说努力做到了这一点，相对于之前以政治-革命为主题的文学，20世纪80年代的小说借助改革开放和现实主义的力量，把文学表现的触角伸到了生活的各个角落，对于小城镇经济生活的叙述也普遍而广泛地存在着。在汪曾祺小说的高邮小商人和手艺人故事中，在贾平凹小说对商州城镇经济改革和思想转变的思考中，在张炜小说对山东龙口小镇粉丝工业生产和企业家命运的历史叙述中，在古华、林斤澜、路遥、柯云路等对小城镇生活的多方面展示中，我们不仅看到了生活于小城镇的一个个人物的鲜活形象，还观察到了小城镇商品经济、工业和手工业生产的丰富过程和内容。在某种意义上，我们可以借用马克思、恩格斯评价巴尔扎克的话：小城镇小说里，汇集了中国小城镇的多样历史，我们在这些文学作品中，甚至在经济细节方面，所学到的东西，并不比经济学著作少。

文学具有多样化的功能，它为人类社会提供了审美、认识、教育和娱乐等种种可能。但是，作为一种审美意识形态，文学有着疏离于经济之外的悠久传统，它对经济生活的关注远远低于对读者教化、审美追求、艺术表现技巧、自我审视等其他重要主题的关心。虽然现实主义文学强调对社会作全面深入地再现和反映，并提出了“史诗性”等文学追求的目标，但是一旦进入实质性表现，作家们的兴趣很少聚焦在展现社会经济的运行机制和人类的经济生活上。很多时候，文学对经济和商业生活的描绘都是简单化的，甚至描述本身就会遭遇艺术上的质疑，这样的例子众多。从观念上看，中国伦理学的核心问题是“义利之辩”，在这个二元对立的框架中，文学毫不迟疑地站在道德高地，高扬“道义”和“人”的旗帜，对抗内在逻辑为“趋利”的商业经济行为。

在中国文学作品的描绘中，与商业有关的人物往往是无情的、庸俗的、投机的、逐利的。《琵琶行》中的“商人重利轻别离”广为流传，民间文学中的“吝啬鬼”商人形象广泛存在。茅盾在《子夜》中试图把吴荪甫描写成一个机器时代的经济英雄，结局却不受控制地走向反面，吴荪甫投机失败带来了更大的道德崩溃，他甚至成了一个强奸女佣的恶魔。一直以来中国文学中经济商业主题都非常薄弱，这不仅因为政治和文化上的“轻商主义”，文学对经济人物和主题的蔑视，更来自读者和理论家在价值评价上对于经济生活的疏离与歧视。读者从前关心帝王将相、才子佳人，后来关心知识分子、革命英雄，为其命运和故事所感动，理论家关心文学中的人性、意识、价值、意义。而经济生活，不仅枯燥，似乎还永远带有一种拜金主义的庸俗气息，它与“美”和“善”的文学似乎有着天然的对立和冲突。

20世纪80年代的时代潮流是思想解放，在由封闭向开放的社会转型中，文学与经济的对立也出现了松动。曹文轩在《中国八十年代文学现象研究》中，把“崇拜精神，冷淡物质；尊道德为价值尺度，弃经济为价值尺度”作为封建主义的代表性现象，他认为，在中国传统社会，儒家思想传播了一整套推崇道德和理想人格的意识，抵制和冷淡物质的意识几乎浸透了每一个中国人，尤其是文人的灵魂。这种放弃物质的价值尺度的做法，是妨碍中国走向工业化、现代化的一个原因。而改革开放时期的文学批判了这种封建主义的经济观，张扬地表现创造物质财富时的快感、欣赏物质的美感以及享用物质财富的愉悦。至于文学如何表现经济，有很多种方式和可能：“文学当然不是经济学。大部分作品是在经济思想的冲突中写人的最底部的欲望的：物质对于人的必要性和必然性、物质对人的精神的反作用、物质对人原始意识的诱惑、物质对人品的检验……”①类似曹文轩这样的讨论，在以经济建设为中心的阶段，成为具有合理性的现实，这为改变人们对文学与经济关系的认知，提供了非常有价值的思考。

文学和经济之间的关系很复杂，呈现出既融合又对抗的张力。首先我们必须承认，这二者是有差异的，很多时候这些差异会转化成对立。皮埃尔·布迪厄指出，在现代社会里，整个社会体系由大量具有相对自主性的社会小世界构成。这些小世界具有自身的发展逻辑。艺术和经济等领域都遵循着它们各自特有的逻辑和必然性。艺术场域通过拒绝或否定物质利益的法则构成自身的场域；经济场域则是通过创造一个“生意就是生意”的世界才得以实现的，在这一场域中，友谊和爱情这种令人心醉神迷的关系在原则上是被摒弃的。② 经济和艺术分属两个不同的体系，而且两个体系的内在

① 曹文轩：《中国八十年代文学现象研究》，北京大学出版社，1988年，第27—29页。

② ［法］皮埃尔·布迪厄、［美］华康德著，李猛、李康译：《实践与反思——反思社会学导引》，中央编译出版社，1998年，第133—134页。

逻辑格格不入，经济体系的逻辑是“生意”，艺术体系的逻辑是否定物质欲望，服从于超功利性的美学原则。我们也可以把中国文化传统中的“义利之辩”，看作和布迪厄的艺术逻辑与经济逻辑对立相似的观念。

正是借用了布迪厄“文学场”的概念，朱国华讨论了经济权力对于文学的压制问题，他描绘了这样一幅悲观的画面：“经济权力对于文学的制约不仅仅通过将精英文学的写作设定为一种高风险的投资，从而将大批可能的文学行动者合法地排除在文学之外，不仅仅以市场经济的规则将终获成功的文学人限定为具有相当符号资本并且也通常具备一定经济资本的少数精英，而且，它还披上文学的合法外衣，渗透到文学场内部，将自己伪装成文学法庭的最高法官，为文学制定审美标准和叙事原则。”①在朱国华看来，经济权力通过资本和大众媒介等方式，完全架空了文学原有的美学特质，最终把文学变成了“无根的枯树，失去灵魂的躯壳”这样的空洞化存在。

把经济与文学对立起来的论述广泛存在，很多研究者坚执文学精神的大旗，努力捍卫文学的自主性，以此抗拒和批判经济对文学的围困。还有很多研究者虽然承认文学具有社会和经济属性，承认经济对文学具有一定的积极作用，但是本质上依然固守文学的领地，试图与经济保持有效的距离。季水河等人的观点在表达方式上就很具有代表性，他承认市场经济对文学的影响是巨大的，并认为市场经济与文学的关系呈现出非常复杂的“二律背反”现象：“一方面，市场经济丰富了人们的生活，改变了人们的心理，为文学提供了新的素材，另一方面，又使文学失去了丰富性与多样化；一方面，市场经济使作家们摆脱了政治的束缚，从政治的阴影中走了出来，另一方面，又使作家们背上了经济的包袱，产生了新的困惑；一方面，市场经济淡化了文学的政治色彩与工具意识，使文学的某些本性得以复归，另一方面，也淡化了文学的精神产品特性，商品意味越来越浓，使文学的某些本性被异化掉。”但是这种“一面……，另一面……”的辩证性立场，在进入具体论证后却很快遭到了抛弃，他随后提出市场经济导致了文学的四种流向：文化品格的失落，官能欲望的膨胀；崇高精神的萎缩，痞子习气的张扬；政治功能的淡化，

① 朱国华：《经济资本与文学：文学场的符号斗争》，《社会科学》2004 年第 9 期。

生活因素的增长;美学价值的减弱,商品气息的加强。[①] 这四种流向基本上都对文学造成了负面的影响,这样的论述,向读者传递的依然是传统的观点。市场经济与文学之间本来存在多种可能性的"二律背反",却似乎没有创造出文学新的生机和道路,反而使其落入一系列否定性的后果之中。

把文学与经济对立,抗拒经济对文学的渗透压制,这种心态有着深厚的历史传统和内在动因,但是,文学艺术与经济的关系远远不能以差异和对立来概括。马克思和恩格斯在19世纪中期的系列论述中指出,一定社会的基础是该社会的经济关系的体系,即生产关系的总和,主要包括生产资料所有制、生产过程中人与人之间的关系和分配关系等三个方面,其中生产资料所有制是首要的、决定的部分。上层建筑包括观念上层建筑和政治上层建筑,观念上层建筑指政治思想、法律思想、道德等社会意识形态。经济基础决定上层建筑,上层建筑反作用于经济基础。[②]

文学艺术作为上层建筑的组成部分,被经济基础所决定,并反作用于经济基础,它们之间的关系如此紧密。如果我们把经济与文学看作两个不同的系统,它们之间尽管有对立和疏离,但是还有不同程度、不同结构上的决定关系、交叉关系、促进关系、反映关系。事实上,在很多方面,文学与经济甚至保持着一致性,并形成了完整的"卯榫构造",其中最具有一致性特征的地方包括以下两点。

第一,社会经济发展决定了文学的发展。虽然马克思还指出了经济生产和艺术生产的不平衡,使不少学者对经济和艺术的一体化关系产生了质疑,但是不平衡不能反证它们之间没有直接关系。从文学历史来看,艺术形式的形成取决于社会经济现实:神话是早期人类社会经济水平落后的产物,说书与唐宋经济繁荣密切相关,而如果没有信息化技术和数字化经济,网络文学无从谈起。经济与文学相辅相成,经济活动和技术进步通过种种方式推动了文学的前进。陈平原在《中国小说叙事模式的转变》一书中,以

① 季水河:《九十年代文学的四脉流向——经济与文学走向系列研究之二》,《文艺评论》1996年第1期。

② [德]卡·马克思:《〈政治经济学批判〉序言》,中共中央马克思恩格斯列宁斯大林著作编译局编译:《马克思恩格斯选集 第二卷》,人民出版社,2012年,第2—3页。

翔实的数据解释了晚清报刊出版业巨大的发展怎样导致了现代小说叙事模式的转变。[①] 章培恒指出，经济发展通过对人性的塑造影响文学的内容，通过推动人的生活方式及需求的演化而影响文学的发展[②]；胡明、朱迎平等都通过研究指出，宋明时代的“书坊”和出版商对文学创作导向、文学流派形成，通俗文学传播以及特定文体的繁荣产生了积极影响[③]；张鸿声描述了中国工业经济发展对现代文学不同阶段所起的作用[④]；孔范今、许建平等都从经济视角论述了经济与文学之间的密切关系[⑤]，等等。这些都是非常典型的论证。

第二，文学对经济生活作了全面深入的反映和把握。虽然文学和经济之间存在着内在逻辑上的差异乃至分裂，但是文学的现实主义属性又本能地把二者融合起来。这是一种结构性的现象：某些方面是疏离和对立的，另外一些方面则糅合在一起。所以从《红楼梦》《金瓶梅》，到《子夜》《骆驼祥子》《一千八百担》，再到《古船》《浮躁》《平凡的世界》，这些艺术上被誉为经典的作品，在对经济生活的展现上也极具穿透力。它们正视并且认识到经济生活在现实世界和文学世界中的角色，对义利二元对立的体系进行了修正，把文学与经济的关系导向更为广阔的道路。即使这些作品仍然不同程度表达了对拜金主义和商业逐利的忧虑和抗拒，但是，它们提供了更为开放的经济伦理观念。尤其在汪曾祺等人的作品中，我们发现了一种可以命名为“合理功利主义”的价值观，这样的价值观在文学的“超功利主义”和经济的“资本功利主义”之间达到了特殊的平衡，而小城镇小说最好地证明了这种经济伦理的有效性，并在这个意义上展现了自己的独特意义。

---

① 陈平原：《小说的书面化倾向与叙事模式的转变》，载王晓明主编：《二十世纪中国文学史论（第一卷）》，东方出版中心，1997年，第220—249页。

② 章培恒：《经济与文学之关系》，《学术月刊》2006年第5期。

③ 胡明：《中国传统文学与经济生活》，《学术月刊》2006年第5期；朱迎平：《宋代刻书产业对文学的影响》，《上海财经大学学报》2006年第3期。

④ 张鸿声：《工业经济的变迁与中国现代文学》，《郑州大学学报（哲学社会科学版）》2011年第6期。

⑤ 孔范今：《经济变革与二十世纪中国文学》，《山东大学学报（哲学社会科学版）》1997年第3期；许建平：《经济生活与文学活动之关系及其研究途径》，《社会科学》2008年第3期。

根据以上论述，我们可以做一个简单的小结。

首先，文学与经济的关系存在着四种状态。一是二元对立关系。作为一元中心的文学，通过与道德伦理的价值统一，在文学与经济二者之间，建构了“美-丑”“善-恶”“对-错”“好-坏”的观念对立，在中国传统文化中，文学对经济和商业的歧视和妖魔化是典型现象。二是结构差异关系。我们认识到文学与经济属于社会体系中不同的亚类，二者各有自身的内在逻辑，其差异性是确定的，虽然这种差异很多都导向了与二元对立趋近的结果，而没有出现类似于丹尼尔·贝尔在《资本主义文化矛盾》中所叙述的经济、政治和文化的裂变与统一交织，但是它形成了一个更加开放的走向，至少在绝对对立之外，还存在着相对自足及内部合理性等种种可能。三是辩证相关关系。马克思、恩格斯论述了文学作为意识形态的组成部分被经济基础所决定的事实，经济决定文学，文学对经济产生影响，这一观点引导着文学与经济关系的社会学意义上的正常化。四是相互嵌入关系。我们借鉴西方新经济社会学中研究经济生活的社会学视角——即嵌入性视角，把经济和文学两个系统也看作是相互“嵌入”的。从文学对社会经济生活的深度反映，到经济体系中文学作品的生产流通，我们都可以看到文学和经济之间的相互“嵌入”是水到渠成、自然发生的，从这一视角，我们可以摆脱意识形态化的、简单粗暴的对立歧视，认识到二者更为丰富的张力。

进入到20世纪80年代小城镇小说这一特定类型，我们可以看到小说中对于经济生活的各种态度。在李杭育的《沙灶遗风》中，我们看到了现代经济社会一步一步抛弃传统的“最后一个”式的哀婉；在贾平凹的《浮躁》中，我们看到对经济发展中人心变幻和环境污染的批判；在古华的《相思树女子客家》中，我们看到了现代经营方式给一个小客栈带来的全面转变；在汪曾祺的“高邮系列”中，我们看到了对小城镇日常经济生活的展现以及对工匠商人的认同和赞美。总体来看，由于小城镇的“商业性特征”这一传统，也由于社会经济改革开放的历史背景，我们在20世纪80年代小城镇小说中看到的经济生活，是一种较为自然的“把经济嵌入文学”的方式，其中包含着对那些从事农业、手工业、商业、工业等各种行当的普通人给予肯定和认同的价值体系。

其次，文学与经济的这四种关系，也以结构性交叉的方式呈现。它们可以独立存在，也可以相互组合拆解，构成不同的状态。二元对立这种“集体无意识”是很容易隐藏在几乎所有关系类型中的，尤其与第二种类型结合最为紧密，且影响广泛。即使在第四种类型中，我们也不断发现它以各种含蓄的形式呈现出来。第三种类型和第四种有时容易混淆，因为它们在确认文学与经济的相互作用时，可能面对相似的文学现象。

最后，我们再简单地讨论一下“经济生活”的大致内涵。在《辞海》中，“经济”一词有六种释义：1. 经世济民；治理国家。2. 社会生产关系的总和。是政治和思想意识等上层建筑赖以建立起来的基础。3. 经济活动。包括产品的生产、分配、交换或消费等活动。4. 一个国家国民经济的总称，或指国民经济的各部门，如工业经济、农业经济等。5. 指家庭或个人的生活用度。6. 用较少的人力、物力、时间获得较大的成果。[①] 这几个释义涉及国家治理、社会生产和个人生活，包含了社会和个人的物质(商品)从生产到消费过程中的各个环节。在把文学创作与经济生活结合起来的时候，研究者几乎都采取了一种开放的态度。许建平这样解释“经济生活”的含义：“倘若认真地追问何为经济生活，我们非但不能得到一个现成的答案，而且很难将其外延与内涵说得那么周延。对它可以说得很宽泛，也可说得很狭窄。狭窄者指与政治生活、文化生活并行的经济生活，即以赚钱为目的的经济生产、资本活动。而宽泛者则指一切与货币相关联的挣钱与花钱行为：生产、流通、消费。如是，读书做官的政治活动中也有获取报酬和消费报酬，也有行政管理中的行政开支、运行资本等经济生活内容。”[②]夏飘飘也在宽泛的意义上，对经济生活做出了一个概括：“经济生活，是一个人在生活中与经济发生关系的各种活动，例如吃、穿、住、行等与经济密切相关的生活内容。”[③]这样的态度，既立足于创作现实，也给了文学研究更大的空间。

这种宽泛的立场，不仅对处于研究起步阶段的小城镇小说是重要的，同

① 陈至立主编：《辞海》(第七版)，上海辞书出版社，2020年，第2204页。

② 许建平：《经济生活与文学活动之关系及其研究途径》，《社会科学》2008年第3期。

③ 夏飘飘：《清代诗人的经济生活与诗歌创作——以浙派为例》，《贵州社会科学》2021年第9期。

时也体现了对经济生活更开放的包容态度，对人们理解小城镇的本质和小城镇居民的生活世界有极大的帮助。因此，在本书中，小城镇小说中的“经济生活”和“经济伦理”，是指包含小城镇地理、人口、职业以及物质（商品）生产、流通、消费、集市、商业、运输、手工业、工业等内容的社会生活和个人生活世界，以及在这一世界中呈现出来的伦理观念体系。

中国改革开放四十多年来，小城镇获得了巨大的发展，也在不同历史阶段扮演了重要的角色。1998 年，党的十五届三中全会公报上第一次提出了以发展小城镇为主的城镇化战略。2017 年，党的十九大明确“新型城镇化”战略是形成“以城市群为主体构建大中小城市和小城镇协调发展的城镇格局”，2021 年进一步调整为“以城市群、都市圈为依托促进大中小城市和小城镇协调联动、特色化发展”的国家规划，这一调整并非降低小城镇的地位，而是对小城镇的内涵、特色、综合发展提出了更高的要求。党的十九大提出，乡村振兴战略要按照产业兴旺、生态宜居、乡风文明、治理有效、生活富裕总要求，建立健全城乡融合发展体制机制和政策体系，加快推进农业农村现代化。在乡村振兴战略中，小城镇义无反顾地承担着促进城乡融合发展的重任。因此，在城乡发展新的历史起点上，“小城镇是新型城镇化和乡村振兴两大战略落地实施的结合点，也是城乡融合发展机制体制改革创新的试验田”①。可以说，小城镇的发展是“中国式现代化”必经的道路。

小城镇小说，在改革开放的大时代，在中国城市化和小城镇快速发展的历史背景下，应运而生，快速成长。从作家自发地拥抱生活和情感抒发开始，到自觉地在自己的家乡寻找地域文化的精神，再到不断地深入小城镇生活的各个方面深耕细作，小城镇小说不断积累，犹如涓涓细流汇成大江大河，各种关于小城镇的文学叙事，最终肩负并完成着反映宏伟历史进程的任务。正如陈世旭说：“我理解的‘小镇’是乡村与城市的结合部，也可以说是农业文明与工业文明的交叉点。……这有一点像当时的中国在世界的位

① 王明田：《小城镇是新时代深化改革的重要突破口》，《小城镇建设》2024 年第 1 期。

置。某种程度上，写小镇，就是写中国。”[1]作为一种特殊的文学类型，它对中国小城镇进行了最深刻广泛的阐释，在美学和社会学上都进行了深入的发掘和张扬。小城镇小说最重大的价值之一，就是通过对小城镇经济生活和经济伦理的描绘，把小城镇的历史传统和现实运行结合起来，融化在现实人生中，它紧紧地把握住小城镇与大中城市、农村不一样的本质，构建起中国现代小城镇的崭新形象。对于中国社会和中国文学来说，这无疑是一个重要的贡献。而本书的任务，就是描述这个文学现象，解释其文学意义。

① 陈世旭、孙衍：《做生活的有心人，处处留心皆学问》，《文艺报》2023年9月18日。

第一章 小城镇小说中的自然地理与经济生活

第一节　河流与小城镇的形成

> 芙蓉镇坐落在湘、粤、桂三省交界的峡谷平坝里，古来为商旅歇宿、豪杰聚义、兵家必争的关隘要地。有一溪一河两条水路绕着镇子流过，流出镇口里把路远就汇合了，因而三面环水，是个狭长半岛似的地形。从镇里出发，往南过渡口，可下广东；往西去，过石拱桥，是一条通向广西的大路。

在1981年创作、1982年获得第一届茅盾文学奖的小说《芙蓉镇》中，古华采用了中国现代长篇小说最常见的一种开场白，从自然地理环境描写开始，在山水道路之间编织出一张故事和人物之网，最终把所有的读者笼罩进一个阔大的情感世界。熟悉现代小说的人一眼就能看出，《芙蓉镇》的开篇与湖南作家沈从文《边城》前两章的描写异曲而同工。

在《边城》中，沈从文这样写渡口："由四川过湖南去，靠东有一条官路。这官路将近湘西边境到了一个地方名为'茶峒'的小山城时，有一小溪，溪边有座白色小塔，塔下住了一户单独的人家。"第二章他写茶峒凭水依山筑城，写山只一笔带过，水却写得无比丰富："那条河水便是历史上知名的酉水，新名字叫作白河。白河下游到辰州与沅水汇流后，便略显浑浊，有出山泉水的意思。"茶峒依河水而成一条河街，平时这是最热闹的商业区。春天，是河里涨水时节，可以打捞到上游漂来的各种东西，靠河吃饭的船只来来往往，船夫和纤夫忙忙碌碌。端午节，男人们在河里划船泅水。老船夫和翠翠是在小溪上摆渡，船总顺顺靠水上生涯发家，天保和傩送都是从小在水里长大，天保最终也葬身在这条大河……边城茶峒，以及生活在这条河边的人，都与这条河命运相关，城、水和人紧紧缠绕，密不可分。

沈从文对于后来湖南作家的影响巨大，这种枝节蔓延的影响，可以勾勒出一个文学家族的谱系。作为晚辈作家，古华和沈从文的直接交往不算太多，但他在多个场合或文章中表达了自己对沈从文的尊敬。作家的创作往往从模仿和学习开始，古华小说与沈从文小说的相似之处甚多，包括对湖湘文化的高度认同，对乡土精神中淳朴自然的赞美，对民风民俗的熟悉和喜爱，等等。当然，其中也包含了对于乡镇生活“情结”式的关注。古华和沈从文一样，写作的题材涉及了城市和乡村，但最著名的作品都是描述小城镇的，沈从文是《边城》，而古华是《芙蓉镇》。很有意思的现象是，如果仔细阅读这两部小说，有心的读者会发现，茶峒和芙蓉镇的交通地理环境也非常相似：一个位于川湘交界的山城码头，小城依山而防，凭水而建，外围是一条官路沿城而过，一条白河几乎贯穿了整个城和街；一个位于湘粤桂三省交界的峡谷平坝，一溪一河二水交汇，过河可以去往广东，往西是通向广西的大路。

据顾朝林等人的总结，关于中国城镇的起源，有四种假说：防御说、集市说、宗教中心说、地利说。① 如果把小说的描述看作一次考古，那么可以我们从小说中“古来为商旅歇宿、豪杰聚义、兵家必争的关隘要地”这句话得出结论，历史上芙蓉镇形成的原因，包含了除宗教之外的其他三种因素：防御、集市、地利。但是在小说中，芙蓉镇的防卫因素几乎没有涉及，而集市、地利的功能却在各种风俗和故事的叙事中得到极大的张扬。小说开篇介绍芙蓉镇历史时，读者就已经大略了解，很久以前，丛山之中偏于一隅的芙蓉镇，已经成为一个“三省十八县客商云集的万人集市”，而商业功能的形成，更根本的原因在于“地利”。

“地利”指地理环境的优势，地理环境特指自然环境，即一定社会所处的

---

① 顾朝林等：《中国城市地理》，商务印书馆，1999 年，第 8—9 页。

地理位置以及与此相联系的各种自然条件的总和，包括气候、土地、河流、湖泊、山脉、矿藏以及动植物资源等。在我们目前的学术话语中，“地理”“环境”“空间”等词汇往往被衍生扩张为自然和人文、社会等多个体系的“加总”，比如列斐伏尔的“空间”分别对应“感知的空间”“构想的空间”和“亲历的空间”①。近年来逐渐兴盛的文学地理学中“地理环境”一词的内涵也既包括自然地理环境，又包括人文地理环境。② 在本书关于小城镇地理环境的论述中，我们所描述的，主要是自然地理环境。

在小说《芙蓉镇》的叙述中，关于自然地理的描写是非常丰富的，其中包括了河流、小溪、峡谷、平坝、沼泽、湖塘、木芙蓉、水芙蓉、皂角树、水稻田等自然物，以及鱼、藕、莲子等各种物产。在芙蓉镇所有的自然地理环境中，能够保障小镇形成、运转并成为远近闻名的集市的核心因素，除了有一个相对适合居住和耕种的平坝之外，还有其他得天独厚的条件：河流与道路。相比道路，河流的自然特征更为明显，因此，我们很容易得到一个结论，芙蓉河是芙蓉镇形成和发展最具有决定性作用的自然性因素。如果我们再把视野放大到 20 世纪 80 年代小城镇小说中，我们可以看到同样的规律。河流，可以说是小城镇自然地理环境的第一主角。

管仲说：“水者何也？万物之本原，诸子之宗室也。”③水，是万物之源，其最基本的形式是河流。于城镇以及其中的居民而言，河流是生命的源泉，是生存的基础，“母亲河”的比喻对于小城镇来说极其贴切和真实，河流孕育了城镇。因为它们之间密切而重要的关系，“河流”顺理成章地成为小城镇小说的核心地理意象，很多小城镇小说都和《芙蓉镇》一样，从河流开始写起。何立伟的《小城无故事》是这样起笔的：“护城河绕那棋盘似的小小古城一周，静静蜿蜒。”林斤澜的《小贩们》的第一句是：“江水滔滔。……现在这条江上真是白茫茫一片，漫得无边无沿了。”贾平凹的《浮躁》也是以河流开头：“州河流至两岔镇，两岸多山，山曲水亦曲，曲到极处，便窝出了一块不大

① ［法］亨利·列斐伏尔著，刘怀玉等译：《空间的生产》，商务印书馆，2022 年，第 xxi 页。

② 曾大兴：《文学地理学概论》，商务印书馆，2017 年，第 2 页。

③ 李山、轩新丽译注：《管子》，中华书局，2019 年，第 663 页。

不小的盆地。”古华的《南湾镇轶事》写道：“再说南湾镇这个半农半商的山区小镇，傍着一条能走木排、放竹筏的小河，叫作鲤鱼江。”

有些小说的核心故事其实和河流没有太大的关系，但是，作者仍然要不自觉地写上一段，比如陈世旭《小镇上的将军》，主要人物出场之后，小说叙述就回到了小镇的河流：“一条小河环绕着这美丽的乡镇。”王安忆的《小城之恋》在故事展开过程中也要正式地交代一下背景：“这地方，是小小儿的一座城，环了三四条水，延出一条细细的汽车路，通向铁道线。”路遥的《人生》写高加林重新回到他读书生活过的县城：“当他走到大马河与县河交汇的地方，县城的全貌已经出现在视野之内了。”在刘震云笔下的塔铺镇，补习班的学生出了补习学校西边的玉米地，就来到河边。“河边落日将尽，一小束水流，被晚霞染得血红，一声不响慢慢淌着。”在小城镇小说中，河流永远在适当的时候，不时地出现在人们的视野中。

小说结尾往往是对主题的提升，落在何种意象上有时决定了整部小说的基调，有意思的是，河流依然凭借其博大多样的意蕴，在小城镇小说的结尾中独领风骚。《浮躁》在州河的回响中结束了故事：“风掀着浪泼闪过来，与黑黑的崖石相搏相噬，产生出一种细微的又是惊心动魄的音乐……这时候，正是州河有史以来第二次更大洪水暴发的前五夜，夜深沉得恰到子时。”《古船》的结尾，则是抱朴和见素两兄弟的对话，他们对未来的希望幻化成对芦青河水重新恢复的想象：

> “河水在地下，你还听不见。”
>
> 见素终于听到了。那是老磨在呜隆隆地转着，很像遥远的雷鸣。……可是见素此刻仿佛还听到了另一种声音，河水的声音；看到了那条波光粼粼的宽阔河道上，阳光正照亮了一片桅林。

在这些小城镇小说中，河流，基本上是自然环境叙述的第一意象，这一现象不是偶然，或者只是出于中国文学传统的山水情结。根本的原因是，河流与小城镇的形成、小城镇的居民生活关系密切，就像它在人们生活中的本源地位一样。河流成为小城镇地理背景中最深沉的底色。

通过这些小说的叙述，我们可以看到，小城镇的地理架构，要么是江河沿岸，要么双河交汇，其间的平地构成了小城镇的基本空间，这种特定架构造成的结果是，小城镇依水而立，也靠水而兴。没有合适的水和土地，人无法定居并聚集，城镇也失去了存在的基础。因此，在城镇起源说当中，最具有原初意义的因素是“地利”，即自然地理条件。而在河流、土地、气候、自然资源等各种自然地理因素中，河流是最根本的因素。

威廉·P. 安德森在《经济地理学》中提到城市起源的“河成理论”，这个理论认为，早期城市都出现在灌溉农业为主的地区，灌溉需要依靠河流建立堤坝等设施，也需要一个管理机构来分配用水，因而最早的城市就是提供这些功能服务的公共部门所在地。安德森在本书中还描述了西方城镇等级体系建立的模式：首先形成具有市场中心功能的集镇，农民把产品运到集镇出售；其次形成区际贸易中心，随着交通运输技术发展，人们可以在较大范围内从事贸易活动。农业腹地生产的农产品可以通过商人外运出去进行交易，这些交易在部分城镇进行，而接近港口或通航河流的区位，对于这些城镇的发展极其有利。①

这一发展规律具有普遍性，无论中外，都有类似的现象。从中国城市发展的历史来看，自然地理环境优势常带来城镇的发展，中国历史上有“河港城市”现象，指各个时期在沿黄河、淮河、长江、大运河地区出现了城市带。②根据河流运动的自然态势，大河流沿线的重要港口逐渐形成大中城市，而大中城市中间或周边以及支流的码头处散布着小城镇。在中国南方，河流对于市镇形成的作用尤其巨大，马克·埃尔文在《市镇与水道：1480—1910 年的上海县》中分析道，因为江苏南部无法利用车辆运输，道路与桥梁的状况也很不适于车辆运输，大车，甚至独轮小车几乎都没有，行旅除了徒步，普遍的方式是坐船，水道几乎可以直达每一户住宅和商号。因此，早期上海作为市镇的经济发展，是“直接与布满全区的错综复杂的水路网相关着的”。③

---

① ［加拿大］威廉·P. 安德森：《经济地理学》，中国人民大学出版社，2017 年，第 233 页。

② 顾朝林等：《中国城市地理》，商务印书馆，1999 年，第 9 页。

③ ［美］马克·埃尔文：《市镇与水道：1480—1910 年的上海县》，载施坚雅主编，叶光庭等译：《中华帝国晚期的城市》，中华书局，2000 年，第 527—530 页。

不仅上海，江浙一带都有类似的状况。

在小说《飞磨》(1981 年)里，高晓声对江南柳塘镇的描述虽然简洁，却清楚地展现了这个过程：

> 许多条小沟浜，通到大河里去，这大河便是联结江海湖泊的纽带。这样的大河沿岸，相隔十几里地，就有一个或大或小的市镇，起了货物集散的作用。现在我要说的柳塘镇，就是这类市镇中的一个。

柳塘镇位于常州的阳湖旁边，南邻太湖，北近长江，这一片江南地带布满了弯弯曲曲的河流，有水则土地肥沃，物产丰富，又可以很方便地把这些丰富的物产从乡村运出，去往五湖四海。处于河流交通线上的纽结位置，是柳塘镇形成的主要原因。

在北方大地，与江南相比，水的稀缺性是明显的，因此水和河流的经济属性更为突出。贾平凹的《腊月·正月》写的是商州的名镇四皓镇，镇前有一条河，流至汉江。清代嘉庆年间，汉江的船可以到达这里，镇子便是沿河最后一站码头。水运把本地的农副产品木耳、黄花、桐油、木炭、生漆等集中到镇子上，再运往湖北、四川、河南，又把食盐、棉花、火纸、瓷器、染料、煤油等货物从四面八方运回，形成了生产和消费的流转网络，水运码头所在地因为货物集散和人口聚集，自然地形成了城镇。

古华《芙蓉镇》中芙蓉镇的地理位置、自然资源和水路交通条件，使它很早就成为方圆几十里地区农副产品的聚集点和贸易中心，客商云集，风光一时，直到"大跃进"等一系列运动带来了对农产品生产和贸易的不断打击之后，芙蓉镇才失去了往日的喧闹和活力。贾平凹《浮躁》中的两岔镇也是靠着河流运输，把本地土特产运往外省，把外省商品再运回本地销售，没有州河，就不会有两岔镇船运队的兴旺变迁。

在小城镇小说的描述中，小城镇因为地利原因形成并发展的模式最为常见，如果要深究其逻辑顺序，则可以发现：首先是河流提供日用生活和农业生产水源，提供农副产品出产的条件，使人群得以定居；其次是河流提供水上交通，在河流的某个重要位置形成枢纽，比如水流转折处、交汇处的码头或堤坝所在地，交通便利带来了经济效率的提升，更容易获得较多的经济利益；最后，在此聚集起以从事工商业为主的人群，形成城镇。在城市贸易理论看来，城镇的形成是经济发展中的一大进步，在这个过程中，实现了从地区自给自足的经济模式向区际分工和贸易的经济模式的转变。

20 世纪 80 年代小城镇小说以历史素描的方式，为我们描绘出中国小城镇形成和成长的线条，芙蓉镇、柳塘镇、两岔镇等都经历了类似的发展脉络，但是，小城镇形成的过程，并不是这一时期小说叙事的重点，它往往作为历史背景而存在。20 世纪 80 年代小说的任务，是要建立一种新的时代叙事，它的叙事中心，是与改革开放携手而来的思想解放和社会发展。进入改革开放时期之后，小城镇开始一轮新的复兴，通过交通和贸易等，原有的单一低效的自给自足经济模式改变，小城镇走向新的贸易经济和工业经济。在古华、贾平凹、张炜等作家的叙述中，我们看到了转型时代小城镇如何按照这个逻辑，再次恢复自己的生机和活力。

第二节　河流与小城镇经济

河流是城镇的基础，但是河流不会甘心于长久地扮演“生命之源”这样单一的角色，在改革开放的历史进程中，河流成为小城镇经济的命脉和发展动力，它阔大而充满力量，深深地介入小城镇的社会生活和经济生活，造就了小城镇的基本形构。所以它会反复不断地在小说中以各种方式展现自我，甚至气势如虹地贯穿全篇，让读者强烈地感知水和河流的重大作用。

20 世纪 80 年代是中国现代化的重要阶段，也是城镇社会和经济领域的转型期，对于很多小城镇的经济和日常生活来说，河流带来的变化几乎是决定性的。《芙蓉镇》故事的后半段来到了“文化大革命”之后：“党的十一届三中全会扭转乾坤，力排万难，打破坚冰。生活的河流活跃了，欢腾了。”偏远的芙蓉镇一直在前进，随着党的政策变化，以阶级斗争为主的思潮逐渐让位于经济建设，芙蓉镇出现了新的工业经济，镇里建起了好几座工厂：

> 一座是造纸厂，利用山区取之不尽的竹木资源，一座是酒厂，用木薯、葛根、杂粮酿酒。据说芙蓉河水含有某种矿物成分，出酒率高，酒味香醇。一座铁工厂，一座小水电站。

芙蓉镇的主要经济方式，从原来单一的集市贸易，转向小规模工业经济和集市贸易等共存的模式，作为自然资源的芙蓉河，展现出更大的经济价值。其经济作用体现在四个方面。第一是生产条件。造纸厂的生产，除了竹木等原材料，耗费最多的就是水，纸浆需要泡水、脱水等重要程序，污水也往往直接排放到河流中；铁厂的生产也类似，基本上每道工序都需要大量、稳定的水源。河水不仅能保证水量水质需求，成本也是最低的，所以，造纸厂、铁厂一般靠近江河湖泊和水库，或者换一种说法，只有在合适的水源地，有了必要的生产条件，才能建起造纸厂和小钢铁厂这样的乡镇企业。第二是能源。芙蓉河上建起了水电站，水力转化成电力，成为小城镇运转的发动机。在南方，水电往往成为小城镇的主要供电方式，它是小城镇生活和生产的保障，也是地方经济的一个重要组成部分。芙蓉河不仅给造纸厂、铁厂提供生产条件，依河流而建的芙蓉河水电站更是成为重要的电力保障。水从资源到能源，给小城镇带来更大的双重经济效益。第三是产品。河流也可以转化成产品，芙蓉河河水质地独特，“含有某种矿物成分”，虽然这是“据说”而不是科学性的确定，出酒更多、酒味更香醇却是一个事实，小说用半神秘半现实的描述，突出了芙蓉河水的神奇功能。第四是运输。镇上建起了各种依赖芙蓉河生存的工厂，它们沿着芙蓉河分布排列，因为靠着芙蓉河，工厂“抽水、排水方便，还有水路运输”。这是芙蓉河馈赠给芙蓉镇的礼物，如果没有这条河，不能断言芙蓉镇就没有出路，但是在经济和社会发展上，芙蓉镇遇到的困难会严重得多。

在《古船》中，张炜也写到了河流对于洼狸镇粉丝厂所具有的经济价值。一是粉丝生产对于河水的依赖。“粉丝工业特别依赖水，河水浅下去，就不得不停下几个磨屋”，河水充足，粉丝产量才能得到保证，河水水量与粉丝产量基本上成正比关系，从这点来看，没有芦青河水，就没有粉丝生产这个支柱行业。二是河水的特殊水质带来粉丝质量的提升。“有人说白龙牌粉丝所以天下无敌，除了因为有芦青河水的滋润，再就是归功于姑娘们的手指了”，古老的芦青河水和年轻姑娘们的手指，决定了洼狸镇白龙牌粉丝的与众不同，“天下无敌”，“姑娘们的手指”可能只是一种美好的艺术想象，芦青河水却实打实地生产出了雪白的粉丝。三是芦青河曾经让洼狸镇成为远近闻名的运输码头。成千上万吨的粉丝从这里运往全国各地，交通枢纽的地位，给粉丝生产带来了极大的运输便利，也给洼狸镇带来了繁荣和声誉。

从地理空间来看，芙蓉镇和洼狸镇相隔千里，分处南北，但是它们异曲同工地展现出小城镇工业发展与河流极其紧密的关系。河流为工业生产和物资流通提供多功能支持，几乎是改革开放早期小城镇工业发展的典型样本。

《芙蓉镇》提及了铁厂、酒厂、造纸厂都可以依靠水路运输，但是芙蓉河在水路运输上的交通价值并未细说，只是简略带过。《古船》写芦青河的水质和水运条件成就了洼狸镇粉丝行业的辉煌历史，但是芦青河在交通上的意义也很少直接地展现。而在贾平凹写于 1986 年的长篇小说《浮躁》中，“州河”不仅凸显出重大的交通运输价值，还变成了小说的隐含主角，几乎每个人物的命运都和它紧密相关。在凸显河流主题这一点上，《浮躁》比《芙蓉镇》更接近沈从文的《边城》，小说写出了关于河流的种种细节：当地最有权势的田家是船工出身，田老七、田中正都在河里得到了重生，韩文举是渡船的船夫，小水是他的干女儿。主人公金狗就更有传奇色彩了，他母亲在水里生下他，而后就不见了踪影，他从小到大就泡在水里玩闹，活脱脱一个“浪里白条”。

金狗也是在州河里开始了他的个人发展。他从部队复员回家，经过思考，带头建造梭子船，在州河里做起了贩运的生意，从两岔镇上游装山货，运到荆紫关和襄樊，再运回烤烟和白麻，来回一趟，可以赚出好大一笔款项。虽然出船有危险，州河里四十六个石滩，十次出船五次出事，很多事故都是船毁人亡，但是河运带来的财富吸引了一拨又一拨的年轻汉子去冒险，去改变贫穷的命运，也改变这个以贫穷出名的两岔镇。

通过金狗和伙伴们的努力，州河里的船成为两岔镇最重要的致富工具。而县城里的田书记发现了船运对于县城的经济贡献，并提升了州河的意义和价值，他让蔡大安转告田中正，州河里都是两岔镇的船，可以想办法以乡政府的名义把它们组织起来："现在国家搞改革，中央一再强调抓农村商品经济，可要不失时机干一下，既有效地发展了地方经济，作为一个领导也有一份政绩呀！"

已经有商品经济意识的金狗，理性地计算了组织船队、统一采购货源、统一寻找销货出路对船户有哪些有益之处。于是他出面与田中正具体商谈组织船队事宜，结果是船权属于个人，无船而想参加船队的人家就投资入股，所得盈利，按股提成。船队对外名称就是"两岔镇乡河运队"，直接属乡党委领导。河运队首战告捷，赚了一笔钱，金狗又造了两只船，组织了一些无船而入股的人编了十几个木排。"这支河运队有船有排，各家各户再不为货源四处奔波，互相照应，互相提携，伤亡事故也随之大减。"

但是金狗不甘于在河运队当小队长，他有了新的想法。为了去州城打开新的天地，他甚至抛弃小水，搭上英英，不择手段当上了州报记者。然而，离开了河流的金狗，也失去了生机和运气，他的个人奋斗就像失去源头之水，逐渐干涸，经历了情感困境、开除公职、牢狱之灾……直到终于回到州河上，他才回到原来的真我状态。小说的尾声写金狗和他的新合伙人重开炉灶，他们不仅准备提升运输工具，买一条机动船代替梭子船，还希望"实实在在在州河上施展能耐，干出个样儿来，使全州河的人都真正富起来，也文明起来"。

这条喧闹、躁动的州河，因为巨大的运输能力成为两岔镇经济的支柱，成为小城镇发展的动力。无论从现实还是从文化的角度来看，它都是金狗和两岔镇仙游川的根基，它承载了几乎所有人物的故事，也暗含内陆小城镇的一般发展规律。

在其他一些重要的小城镇小说中，我们看到了相似的现象。李杭育笔下的葛川江(《葛川江上人家》)风景如画："春天，清冷的江水夹在两岸青山之间，汩汩流去。上面飘散五色花瓣，绕着五百里葛川大岭，逶迤如画。沿江两岸间或也有片平坦的沙洲，几丛秃柳生根在沙砾堆里，竟也年年发芽生叶。”但是葛川江更重要的作用却是它对乡镇居民的经济和生活支持：“这时节一江春水满汪汪的，跑船是再好不过了。每年一过端阳，江上便有人家三三两两地扯起新帆，背起纤板，唱起船歌，跑船到各处去找生活了。”林斤澜的《小贩们》写矮凳桥跑纽扣交易的年轻小贩们，每天在江上坐船来来往往，把矮凳桥的纽扣带到四面八方，在一分一厘的收入积累中走向新的生活。

汪曾祺笔下的高邮也是水域广布的苏中县城。他的《大淖记事》虽然没有像《芙蓉镇》和《飞磨》一样，直接写河流促成了城镇的形成，但是仍然描述了河流水运在县城生活中的作用，水上货运客运是苏中运河一带的主要交通方式：

> 在县城大淖的南岸……往里去，临水，就是码头。原来曾有一只小轮船，往来本城的兴化，隔日一班，单日开走，双日返回。小轮船漆得花花绿绿的，飘着万国旗，机器突突地响，烟筒冒着黑烟，装货、卸货，上客、下客，也有卖牛肉、高粱酒、花生瓜子、芝麻灌香糖的小贩，吆吆喝喝，是热闹过一阵的。

芙蓉河、芦青河、州河、葛川江、大淖……这些大小长短不一的江河湖泊，成为小城镇经济发展的推手，它们共同展现了中国小城镇经济发展的普遍规律。为了改变社会经济困境，小城镇往往首先依靠自然资源发展出以贸易为主的小商品经济，并在此基础之上形成初步的交通运输业和加工工业经济，这是以经济建设为中心的改革开放战略在小城镇进行实践并取得初步成果的普遍途径。

经济发展与河流的一体化状态，还通过另外一种现象呈现出来。当经济发展带来工业生产的扩张以及人的欲望膨胀时，河流也首当其冲因为人的经济活动滥用而遭受了生态上的破坏。在《芙蓉镇》里，由于芙蓉河沿岸的工厂都朝河里倾倒废渣废水，河岸上已是寸草不生，还有一排排倾倒的各种垃圾，各种纸张、纸盒，纸厂的烧碱白泡泡……河里有人搞起了围湖造田，原先河里盛产芙蓉红鲤，如今却连跳虾、螃蟹都少见了。作者写到这里，忍不住发出了感慨:“古老温顺、绿荫夹岸、风光绮丽的芙蓉河、玉叶溪,如今成了什么样子?”

《浮躁》里的州河,随着船运的开发,吃水上饭的人越来越多,但是激烈的竞争和水运的危险,带来了宿命般的结果,有人发了财,有人折了本,新屋不停地在盖,新屋的主人却不断更换,两岔镇和仙游川人原来对州河的敬畏和感恩,也变成了愤恨:

> 仙游川的人越来越多地咒诅州河,但还得咬了牙子吃水上的饭,如要赌一样全红了眼,全豁出去了,拿一切前途、命运和性命去“碰”那一点希望了!……这流氓、盗窃、暗娼、二流子也粪中苍蝇一样产生了。州河两岸再也不是往昔的州河了,家家出门要上锁,晚上睡觉了关起门还要下贼关……纯朴的世风每况愈下,人情淡薄,形势烦嚣。

以河流等自然资源为小城镇农业经济和小商品经济发展的基础,在小商品经济发展早期取得了较好的效果,但是当小商品经济发展到一定程度时,依靠单一的自然资源和简单的生产资料,经济层次便很难提升。自然资源由充足转向紧张和短缺、劳动力资源的剩余以及人的欲望扩张三者之间,矛盾冲突日渐尖锐,如果没有更有效的经济模式转换,就必然会带来环境污染、人情意识淡薄甚至社会治安恶化等各种问题。《芙蓉镇》和《浮躁》都很细致地发现并描写了这一现象,而且这些作品也在思考如何解决这个小城镇经济的核心问题。在《芙蓉镇》中,古华通过描述1979年芙蓉镇在党的农村开放政策推动下,重新恢复了集市贸易历史上曾经有过的繁荣,预想了一种相对美好的新生活,代替工业经济可能带来的后果;《浮躁》则通过描写金狗买机动船来改善生产资料,壮大河运贸易来帮助更多的人致富,期望社会发展走上一条“生产、文明都搞上去”的正路,展现了一个更为宏伟的理想。作家们的责任感,使他们不得不进入他们并不擅长的经济领域,思考如何解决小城镇工业化带来无序的问题,思考广大的小城镇社会的前途。

对于自然资源与经济发展的关系,经济学理论一般认为,丰富的自然资源禀赋是工业化起步的基础和经济发展的引擎[①],水、矿产等自然资源的丰裕程度也在一定程度上决定了地区的经济和产业结构。在经济较为落后的地区,自然资源的开发利用往往是粗放型的,经济增长对资源依赖严重。而一旦形成自然资源依赖,资源部门会吸纳大量投入,导致地区产业多元化受阻。[②] 随着地方经济条件的不断改善,企业不断提高科技水平,生产高附加值的产品,走内涵式扩大再生产的道路,形成集约型经济增长方式。这时,对资源的开发利用也就由粗放型转向集约型,地方经济发展也会不断减少对资源的依赖。[③]

在 20 世纪 80 年代小城镇小说中,我们看到了小城镇在改革开放起步阶段如何利用河流等自然资源发展地区经济,也看到粗放式资源利用带来的后果,《芙蓉镇》和《浮躁》呈现了这一过程的各个环节。但是,要寻找新的资源利用方式,提升小城镇的经济层次,改善居民的生活水平,并非易事,需要一个很长的探索过程。《芙蓉镇》和《浮躁》的作者不是经济学家,但是他们都提出了通过外延式发展乃至思想解放与革新来推进经济进步、社会和谐的思路,这种兼具现实性和理想化的描述,是现实主义作家深入观察社会之后提供的答案。

第三节　河流的文化隐喻

作为自然资源的一种,河流在小城镇物质和经济生活中承担了多种角色。它是人们的生存和生活之源,也是经济发展必不可少的生产资料,它提供了小城镇经济发展的交通条件,甚至形成了本地经济的独有特色。当然,它不能包治百病,它也有自己无法抗拒的运行规律,无力改变人类命运中的

① 邵帅、杨莉莉:《自然资源开发、内生技术进步与区域经济增长》,《经济研究》2011 年增 2 期。

② 孙永平、叶初升:《自然资源丰裕与产业结构扭曲:影响机制与多维测度》,《南京社会科学》2012 年第 6 期。

③ 成金华、吴巧生:《中国自然资源经济学研究综述》,《中国地质大学学报(社会科学版)》2004 年第 3 期。

所有方面，于是它在尽心尽力付出，帮助人们摆脱困境之后，又不得不承受新的重负，遭受更复杂的情感审视。河流的困境在小城镇小说中以不同的方式表现出来，在《芙蓉镇》中是作者对芙蓉河的同情和伤感，在《浮躁》中则是人们对州河的指责和不满。

这种对于河流的情感性和文化性描述，是与河流的物质性利用相辅相成的，文学作品给了它们最为充分的展现。在小城镇小说中，我们经常看到，“河流”非常自然地挣脱物质性世界的束缚，扩张延伸出各种各样的精神和文化意义。

水和河流，不仅是城镇形成的物质性基础，也是城镇的精神所在，不仅因为人无水不成活，更因为“水”孕育出城镇及其居民的风貌。《芙蓉镇》中描述，从前的镇守者下令在一溪一河中，栽下几长溜木芙蓉，成为一镇的“风水”，又把沼泽开掘成湖塘，遍种水芙蓉，小河、小溪、小镇因此得名“芙蓉河”“玉叶溪”“芙蓉镇”。河流、溪水以及芙蓉镇浑然一体，没有溪河，又怎么会有这个独一无二的“芙蓉镇”？正是南方秀丽的河水，养育了胡玉音这样温柔善良的女子，以及她们身上淳朴灵性的气质。

《浮躁》里曾经出现一位世外高人式的中年游者，他和金狗等人有一次长谈，其中的主题之一就是州河。他的精辟点评，使这条州河的特征升华成为商州和商州人的精神特质：

> 州河在你们省上属第三条大河，却是最有特点和个性的河，它流经三个省，四十六个县，全长二千八百里，深深浅浅，弯弯直直，变化无穷，也可以说它是这块边地境内最深最长也最浮躁的河！州河两岸，山光秀丽，风景迷人，物产虽然不丰但品类繁多，人民虽然贫困但风俗古朴……

在这样的谈话中，读者和金狗一起意识到，州河的“浮躁”，是时代的浮躁，也是金狗等商州人的浮躁，这是一种混杂着强健的生命力与价值迷茫的状态。受到这位“智者”的点拨，看清了州河和自己之后，金狗再次把问题向前推进了一步：“能不能这么说，在改革中更要注意到人的改革？”贾平凹的

“商州系列”和高晓声的“陈奂生系列”一直被认为是“改革小说”的代表，在贾平凹的“商州系列”中，《浮躁》从州河的性格出发，直接地提出了“经济、社会和人的思想改革”的主题。

《芙蓉镇》和《浮躁》把“河流”与人一体化，使“水”成为一个代表着地域文化符号的叙事方式，这是一种非常传统的中国化思维。“水”在中华文明中是一个特殊的文化意象和审美意象。《论语·雍也》中说：“仁者乐山，智者乐水。”老子在《道德经》中参悟到“上善若水”。水在中华文化的意义系统中被赋予了很高的地位。而《管子·水地》非常细致地解释了水与人的关系：

> 是故具者何也？水是也。万物莫不以生，唯知其托者能为之正。具者，水是也，故曰：水者何也？万物之本原也，诸生之宗室也，美恶、贤不肖、愚俊之所产也。何以知其然也？夫齐之水道躁而复，故其民贪粗而好勇；楚之水淖弱而清，故其民轻果而贼；越之水浊重而洎，故其民愚疾而垢；秦之水泔冣而稽，淤滞而杂，故其民贪戾罔而好事；齐晋之水枯旱而运，淤滞而杂，故其民谄谀葆诈，巧佞而好利；燕之水萃下而弱，沈滞而杂，故其民愚戆而好贞，轻疾而易死；宋之水轻劲而清，故其民闲易而好正。是以圣人之化世也，其解在水。故水一则人心正，水清则民心易。一则欲不污，民心易则行无邪。是以圣人之治于世也，不人告也，不户说也，其枢在水。①

《管子》的论述，是一种非常典型的唯物主义立场，它以一种斩钉截铁的语调做出论断：河水的特质决定或者说养育了人的精神。水是万物的本原，是一切生命的植根之处，这个规律人所共知，但是“美和丑、贤和不肖、愚蠢无知和才华出众都由它产生”这样的描述，无疑带有一定的主观叙事特征。《管子》首先在社会治理的立足点上，对各地的民风缺陷进行批判，但是其思维方式是中国式的“天人合一”。《管子》把民风与河流联系在一起，建

---

① 李山、轩新丽译注：《管子》，中华书局，2019 年，第 663 页。

构了人与水的内在同一性，其中，水作为外在物质性的一方，决定了人的群体性精神特征，并进而形成不同的地域文化。在地理与人的关系中，水成为决定性因素。

在中国传统文化中，河流经常化成某种运势的象征，一个地域及其个体在冥冥之中已经因为水而预设了自己的命运。在贾平凹的小说中，我们多次看到类似的表达，《腊月·正月》从韩玄子的视角环顾小镇的外景：

> 河水从秦岭的山外七拐八弯地下来，到了西梢岭，突然就闪出一大片地面来，真可谓"柳暗花明"！河水沿南山根弓弓地往下流，流过五里，马鞍岭迎头一拦，又向北流，流出一里地，绕马鞍岭山嘴再折东南而去，这里便是一个偌大的盆地了，西边高，东边低，中间的盆底就是整个镇街。

看着这蜿蜒的水势，韩玄子不由得发出了感叹："镇子真是好风水……"贾平凹在另一部小说《浮躁》中，写了两岔镇与仙游川之间的景观：

> 面临州河，河水不是直冲而来，缓缓的，曲出这般一个环湾，水便是"银水"，不犯煞而盈益。且河对岸两岔镇依山而筑，势如屏风，不漏不泄，大涵真元，活该干部在这村子聚了窝儿了！

无论是河流的转折回环，还是山水相互依傍，都形成了气的蓄势和充盈，预示了风水的富足，这样的自然文化，无疑大大地丰满了小城镇的历史和内蕴。

张炜的《古船》比贾平凹的两部小说更直白清晰地表现出河流与现实的隐喻关系，小说以一种"天启"的方式，通过河流的突然干涸，象征洼狸镇衰落和困境状态的到来。洼狸镇的时间属于典型的传统时间，人们在回忆历史时，犹如古人结绳记事，具体的年份是以重要事件的形式定格的，年份日期已经完全模糊，那个模糊不定的时间发生的事情却历历在目。在他们的记忆里，隋不召在外漂泊多年回到家乡那年应该记入镇史，因为那年的洼狸镇突降灾祸，春天的一个巨雷忽然击中老庙，引发大火，老庙烧完的时候天降大雨，十天之后，一直以来作为洼狸镇运输和生产命脉的芦青河逐渐变浅变窄，运输船一条一条搁浅，洼狸镇这个大码头慢慢干废。这种无法寻找原因的现象，自然成为一种天定的兆头，预言了即将到来的灾难。

关于河流与人的关系，在文化和现实的推导下，不断向外延展，古华在《芙蓉镇》里，就以不可遏制的激情，再次把历史和生活的线性发展，用“河流”的意象进行升华，建构起了更为宏伟的双重隐喻：

> 时间也是一条河，一条流在人们记忆里的河，一条生命的河。似乎是涓涓细流，悄然无声，花花亮眼。然而你晓得它是怎么穿透岩缝渗出地面来的吗？多少座石壁阻它、压它、挤它？……
>
> 生活也是一条河，一条流着欢乐也流着痛苦的河，一条充满凶险而又兴味无穷的河。人人都在这条河上表演，文唱武打，红脸白脸，花头黑头。人人都显露出了自己的芳颜尊容，叫作“亮相”。

时代的变迁，生活的曲折，人性的沉浮，命运的交错……芙蓉镇的一切，都似乎在百变、丰富的河流中得到深情的诉说。

小城镇文学关于水的叙事，保留着非常明显的传统文化思维，有时甚至带有神秘主义的气息，但是，从哲学意识上，它又体现出马克思主义对人与自然关系的基本论述。在《1844 年经济学哲学手稿》中，马克思提出了人与自然之间的关系：自然界先于人类而存在，人是自然界的组成部分。人依赖自然并受到自然的制约，没有自然界提供的各种资源和条件，人类无法生存。但是，人类在文明和社会进步的过程中，通过有意识的实践活动，不断能动地认识和改造自然界，并通过实践活动创造人类社会。马克思还认为，自然界的动植物“一方面作为自然科学的对象，一方面作为艺术的对象，都是人的意识的一部分，是人的精神无机界”①。人类的生存

① ［德］卡·马克思：《1844 年经济学哲学手稿》（节选），中共中央马克思恩格斯列宁斯大林著作编译局编译：《马克思恩格斯选集　第一卷》，人民出版社，2012 年，第 55 页。

延续以及精神活动都无法与自然界剥离，自然界既是人类物质生产的对象，又是人类精神生产的对象。人与自然的关系一直处于一种矛盾状态。当人类不足以支配自然、改造自然，没有掌握自然规律时，文学艺术通过想象来超越自然，后羿射日、阿拉伯飞毯等各种神话，都是把自然人格化、想象化，超越自然规律。早期文学作品成为人类解放自由的一种集体无意识，运用想象征服自然，寻求思想上的自由解放，为社会解放提供了基础，为后来科技的发展提供了可能。

自然不仅提供人类生存的基本条件，也是人类精神和意识的反映对象。水和河流作为自然的一个部分，与人类生活有极其密切的联系，并因此成为人的精神和意识的重要对象，在各种文化典籍和文学作品中，这样的现象广泛存在着。小城镇小说中关于水和河流的叙述验证了这一点，在古华的《芙蓉镇》、贾平凹的《浮躁》《腊月・正月》、张炜的《古船》等作品中，水和河流都以自然环境的符号性形象出现。一方面它们展现出先于人类存在并提供人类生存生活依赖的物质性状态，芙蓉河、州河和芦青河都是小城镇得以建立的物质基础，它们养育了小城镇居民，促进了小城镇社会经济生活的发展。另一方面它们也成为形成人类精神特征并外化为人类思想观念的一个因素，胡玉音的水灵源自芙蓉河的清秀，两岔镇人的沉浮源自州河的浮躁，洼狸镇的命运似乎掌握在芦青河的枯荣之中。这样的叙事造成了自然物质的精神“代入”，水与人是一体化的，人的观念通过水的变化展示出来，世界的秩序和规律，自然和人的统一，就通过这样的叙事形成了自己的逻辑圆环。

第四节　小城镇小说中的自然地理环境叙述

自然先于人类而存在，人类是自然的组成部分并依赖自然，所以在人类的现实和精神文化世界里，自然天生地占据着特殊的地位，它从各个层面影响人类的生存生产生活，也活跃在人类的哲学艺术文化作品之中。在 20 世纪 80 年代的小城镇小说中，自然地理具有非常重要的文学价值，其价值体现在两个方面。

第一，建构人与自然地理之间内在的精神统一关系，以情景交融的方式抒发情感。自然描写本身就成为一种诗意存在，这一传统在中国文学中历史深远。刘勰在《文心雕龙·明诗》中说“人禀七情，应物斯感。感物吟志，莫非自然”[①]，在《文心雕龙·物色》中又说“岁有其物，物有其容；情以物迁，辞以情发”[②]，其中的“应物斯感”和“情以物迁”都是指在自然物中感受特定的情感。张法认为，“情以物迁”包括两种情况，一是人对自然的生理性反应，一是人与自然的深层对应。[③] 在现实中，人的情感抒发很大一部分以自然为对象，人和自然形成了一种固定性的交流，它表现为人的一些特定情感集聚在某种自然景象之中，因此，某种自然景象也成为某种情感和精神的固定接受物。

第二，把自然地理作为社会和人类现实生活的一部分，揭示自然的物性、社会性和实用性。此时，自然地理凸显出其重要的认识价值和实用价值，也帮助我们更好地认识和把握社会。一直以来，文学叙述对于自然地理采取了非常现实主义的态度，张伟然在《中古文学的地理意象》中发现，“中古时期的小说对人物、时代往往虚构，对空间场景却大多采取征实的态度，以至史家经常引用小说作为空间史料，这应该是中国文学中一个十分值得注意的特点”[④]。贾平凹从创作者的角度，表达了同样的观念，他说：“每一个作家创作时，人物可能是集中汇合的，故事可能是扩张的或编造的，地理环境却一定是他熟悉的，然后在某一处扎住，进行扩展，改造，这可能是很普遍的事。……有什么样的作家，他就喜欢什么样的地理，有什么样的故事内容，他就选择什么样的地理，在地理的运用上，可以看出作家各自的审美，也可以看出作品内容的隐秘。真实的地理是创作的一个基本规律。”[⑤]古华对湖南五岭山、雾界山一带非常有感情，他的作品所用地名，都来自生活，有原

① ［南梁］刘勰著，陆侃如、牟世金译注：《文心雕龙译注》，齐鲁书社，1995年，第138页。

② ［南梁］刘勰著，陆侃如、牟世金译注：《文心雕龙译注》，齐鲁书社，1995年，第548页。

③ 张法：《中国文化与悲剧意识》，中国人民大学出版社，1989年，第181—182页。

④ 张伟然：《中古文学的地理意象》，中华书局，2014年，第16页。

⑤ 贾平凹：《文学与地理——在香港贾平凹文学作品国际研讨会上的发言》，《东吴学术》2016年第3期。

型，甚至用原名。① 自然地理越真实客观，与人的关系也越密切可信：因为人们的耕种和收获，土地有了价值；因为生长出林木和鸟兽，大山有了生命；河流大海可以捕鱼和行船，矿产代表着长久而巨大的财富……中国民间所谓“靠山吃山，靠海吃海”，就是指在最基础的层次上，自然环境对人产生各种各样的作用，它也塑造出以自然为生的人群和职业，农民、牧民、渔民、矿工、水手、木工……自然是生产者和创造者，是人们经济生活的提供者，是社会发展进步的补给站，人类在与自然环境的相生相克中，不断繁衍生息。

20世纪中国现代小说打开了文学表现的巨大空间，地域文化的叙事丰富化，是贯穿这一世纪最重要的收获之一。五四时期的鲁迅和乡土文学之后，30年代和40年代，沈从文、老舍、巴金、萧红、沙汀、张爱玲等作家都因为深耕某个地域，贡献了独特的文学样式，而东北作家、“山药蛋派”和陕西作家等更以地域作家群的方式集束出现，犹如千树万树梨花绽开，闪烁在文学史的天空中。可以毫不夸张地说，20世纪30年代之后，地域叙事——包括地域的自然景观、人工造物、民间风俗、群体性格、地方伦理等因素——在小说中的分量越来越重要。地域文化叙事已经基本摆脱了作为“故事”“人物”和“情感”之“点缀”的边缘化角色，上升为一种具有独立地位的美学意识和品格。

通过分析现代小说的写作方式，在某种程度上，我们可以把“自然地理环境定位”看作现代小说叙事最保险的“阿基米德支点”，它很自如地撬动了整个作品。与中国古代小说“议论先行”的模式不同，中国现代小说借用巴尔扎克、司汤达和托尔斯泰等人的批判现实主义叙事方式，带来了新的叙述形式和观念，《红与黑》《复活》《欧也妮·葛朗台》式的以环境描写开篇的写法，在鲁迅的《故乡》、沈从文的《边城》、周立波的《暴风骤雨》等作品中都得到了回响。在20世纪80年代的小说中，这一模式仍然保持着强大的生命力，大量的重要作品都是从环境描写开始展开自己的故事。

现代小说以环境描写开篇的写法，在文学立场和观念上有着特殊的意义，一定程度上，它可以看作文学对社会现实更为深度的介入，具有更加强

---

① 刘洪涛：《湖南乡土文学与湘楚文化》，湖南教育出版社，1997年，第46页。

烈的现实主义倾向。总体来看,现代小说的地理环境描写一般具有几个特征。第一是地域性。无论是《故乡》中江南阴晦的冬天、冷风、乌篷船、萧索的荒村,《边城》中川湘交界处的官路、小溪、小塔、河床的石头、活泼的游鱼,还是《暴风骤雨》里哈尔滨东南的太阳、苞米和高粱地、柴烟、牛马,都指向了特定区域特定时代的现实背景——或是江南封闭的小城镇,或是内地充满田园气息的乡村,又或是东北广阔富饶的原野。第二是精细化。现代小说对自然环境的描写,很多都采取了类似油画或摄影的手法,描写精细生动,提供给读者更多对时代、社会的把握与认知,相比线性时间的叙事,它建构起一个自然和社会的空间框架。第三是多样化。中国传统的"天人合一",自然风光与田园自由精神相契合的意义机制,在现代社会中出现了更大范围的拓展。在国家形势动荡、民族忧患深重、新旧冲突剧烈、人民生活飘摇的近现代时期,在轰轰烈烈的社会主义革命和建设时期,在改革开放的历史洪流中,自然环境描写的意蕴更加复杂多样,有沈从文、汪曾祺式的恒常静谧,有鲁迅、许杰式的审视同情,有柳青、周立波式的雄壮乐观,有路遥、贾平凹式的深沉厚重。第四是抒情性。作品中的自然环境描写越多,呈现出来的抒情性越浓。所以那些擅长捕捉自然的花草木、鸟兽鱼、光色影的作家,如萧红、沈从文、汪曾祺、贾平凹等,他们的小说,往往被称为散文化或诗化小说,因为自然与情感的交织融汇,他们的作品也往往具有浓厚的美学价值。

自然环境描写在文学叙述中的分量和地位都得以提高,但是其中的丰富性和异质性也在各个方面体现出来。回到 20 世纪 80 年代的小城镇小说,这种丰富性和异质性就表现在小城镇小说对自然环境的描写。小说呈现出小城镇与都市、乡村之间的差异,同时,它们也因为地域上的区别而在内部有所不同。

我们首先来比较几部小说的开头。

历史小说《李自成》从明末的北京开始写起:

北京城里已经静街,重要的街道口都站着兵丁,家家户户的大门外都挂着红色的或白色的纸灯笼,各街口的墙壁上贴着大张的、用木版印刷的戒严布告。又窄又长的街道和胡同里，更夫提着小灯笼，敲着破铜锣或梆子。

《将军吟》的背景也是城市，一座驻军城市：

南隅原是一个天然渔港，后来人民解放军海军部队把它建成了巨大的海军基地。空军也在港湾附近修建了临海机场和一个高级指挥机关，还有司令部、政治部、工程部、后勤部、大礼堂、运动场、俱乐部、招待所、军人服务社……

周克芹《许茂和他的女儿们》写的是四川的一个村庄——葫芦坝：

庄稼人在黎明时分就忙碌起来，清晨的乡村是这样的景色：乳白色的蒸气已从河面上冉冉升起来。柳溪河不知哪儿来的这么多缥缈透明的白纱，组成了一笼巨大的白帐子，把方圆十里的葫芦坝罩得严严实实。

魏巍的《东方》是著名的抗美援朝题材作品，但是一开始是从秋天的田野写起的：

春天里，风沙大，桃杏花落下细沙。冬天，烟村和无边平野，一片空旷。青纱帐和满天的白云，整个平原成了望不到边的滚滚绿海。到了秋季，谷子黄了，高粱红了，棒子拖着长须……

李国文《冬天里的春天》开始时写的是改革者于而龙回到故乡：

沉沉的大雾，笼罩在石湖上空。浓雾，有时凝聚成团，有时飘洒如雨，有时稠得使人感到窒息难受，有时丝丝缕缕地游动着。

《李自成》《将军吟》《许茂和他的女儿们》《东方》《冬天里的春天》是和

《芙蓉镇》同时获得第一届茅盾文学奖的五部长篇小说，通过比较这几部小说的起笔，可以看到这一时期小说在环境叙述上的几个特征。

第一，最为明显的，这些小说都从环境开始写起。无论题材、风格有怎样的区别，先用环境描写来铺垫，再进入人物和故事，这是它们共同的模式。从文学传统延续性来看，这种模式主要从批判现实主义和左翼文学那里继承下来，并在当代文学中继续惯性运行。从内在精神上看，这些环境描述更多的是给读者提供一种“社会化”的认知，让读者获得更多的背景线索和现实理解。

第二，虽然都写环境，但是因为所处地域背景的区别，环境中的“自然性”和“物象”系统有着很大的差异。这几部小说的地域背景既有城市，也有乡村。历史小说《李自成》以风雨飘摇中的明王朝为背景，北京肃杀和紧张的气氛，从街道口这个场景，各家门前的灯笼、墙上的布告这样的意象，以及兵丁、更夫等人物共同营造出来；《将军吟》则直接写城市的形成，军事基地，各种建筑，然后是宽阔的街道……这些对城市的描述，虽然也写环境，但是这些环境并不是真正意义上的自然，而是人工化的城市建筑、街道等。另外三部小说则从农村开始写起，田野里的蒸汽、河流、坝子，风沙、桃杏花、平野、青纱帐、谷子、高粱、棒子，大雾、湖水。这些物象全部来自自然，包含着自然界的各种要素，包括气候、土地、山水、植物等。

相比之下，《芙蓉镇》这样的小城镇小说的环境描写大多是自然与人工的结合，因为“传统城镇多以农业、家庭手工业为经济结构主体，依附于大自然，处于与大自然的和谐环境之中，城镇与自然共生互存”①。因此，其描述的顺序有时是直接取一个中景，把小城镇和自然环境融汇在一起，比如《芙蓉镇》：“芙蓉镇坐落在湘、粤、桂三省交界的峡谷平坝里，古来为商旅歇宿、豪杰聚义、兵家必争的关隘要地。有一溪一河两条水路绕着镇子流过，流出镇口里把路远就汇合了，因而三面环水，是个狭长半岛似的地形。”

很多时候小说也会采取类似摄影的推拉镜头手法，从远景到近景，远景是自然地理，近景则是小城镇。《新星》开头写的是山脉和田野中的千年木

---

① 李嘉华：《四川传统城镇环境空间的建构特征》，《华中建筑》2007 年第 1 期。

塔，这是古陵县周边地理和县城象征物的影像，空间变化是由远及近的：

> 苍茫的群山川野都在黑暗中沉睡着。一座千年木塔黑森森地矗立着。寒凉的风从山那边刮过来，塔上一层层檐角下的小铜钟叮叮当当地响着。那钟声融入初夏凌晨广大而清凉的黑暗中，单调寥寞，幽远苍凉。在四面的远山引起梦幻般的、似有似无的微弱回音。一千年来就这样叮叮当当地响着。
>
> 突然，塔里塔外的一层层电灯亮了。

《浮躁》和《芙蓉镇》的写法几乎是一样的，既写小城镇的整体地理环境，尤其是河流的地位，又夹杂着城镇的历史：

> 州河流至两岔镇，两岸多山，山曲水亦曲，曲到极处，便窝出了一块不大不小的盆地。镇街在河的北岸……

大中城市因为整体规模较大，历史较为久远和复杂，其人工建筑以及社会生活场景非常丰富。小说叙事要选择环境描写的切入点时，经常会聚焦在城市内部的某个点，对于城市空间体系来说，这个点基本上都只是一个近景，具体的物象则较为普遍地集中在公共性区域，比如街道。如果要观察乡村，从空间视野来看，一般都是阔大的自然环境中零星散布着一些房屋。在村庄内部，居住经常是分散的，农民的日常生活也多是田地的劳作，所以，环境描写自然会首先对准广大的自然空间，物象也主要是雾、山、土地、作物等。

小城镇面积不大，生活区相对集中，在空间构图中，呈现为中等大小的块状图像，与周围的自然地理相互映衬；小城镇内部和外部两个部分可以同时显现出来，构成观察视野中的“双主体”状态。所以小城镇小说的环境叙述，往往把小城镇和自然环境融汇在一起，你中有我，我中有你，难以区分，《芙蓉镇》的环境叙述就是如此，这种叙述方式是最具代表性的。

第三，自然地理在小说中的地位和作用，很大程度上是以自然的资源价值显示出来的。在以大中城市为背景的小说中，对自然的描述，一般只限定在天气之类的简单自然现象上。小说有时会写到城市中的自然物，比如《将军吟》中的“小山嘴”“池塘”等，但它们更像是眼光掠过城市时偶尔出现的点缀“物”，而缺乏作为自然资源所具有的社会经济作用。比较特殊的情况是，如果城市属于矿业城市，即“在矿产资源开发、利用基础上形成和发展起来的各类矿业和加工业城市”①，这时，自然作为资源的重要性就成为自然环境叙事的重点。比如《平凡的世界》中，孙少平因为获得招工机会所去的铜城，就是一座煤矿城市：

> 铜城行政建制为市，级别相当于一个地区。……铜城及其周围的矿区，就是这样一片喧腾不安、充满无限活力的土地。它的街道、房屋、树木，甚至一棵小草，都无不打上煤的印记；就连那些小鸟，也被无处不有的煤熏染成了烟灰色……

在小城镇小说中，自然的资源属性大大增加，我们前面已经描述了河流的广泛作用，在芙蓉镇和洼狸镇，它可以是生产资源和原料，也可以是能源和运输资源，它充分地渗透到小城镇的整体生活当中。《芙蓉镇》写镇上到处长着水木芙蓉，它们不仅具有观赏性，花枝招展，绿荫拂岸，还有实用性：“木芙蓉根、茎、花、皮，均可入药。水芙蓉则上结莲子，下产莲藕……一物百用，各个不同。”古华的《相思树女子客家》写了林业资源对相思坑的经济支撑作用，林木转运的需求带来了卡车运输，司机的需求又带来了旅店、餐饮以及其他服务业的发展。《平凡的世界》里铜城下面的大牙湾煤矿，按照小说的叙述，也相当于一个县城，这个准县城完全是依靠煤矿和工人们建立起来的。

而在乡村，几乎所有的自然物，都具有资源价值，给人们带来了各种益处。土地当然是最重要的，它是农民的根和生活的主要来源，《许茂和他的女儿们》写许茂在地里劳作：“青青的麦苗，肥大的莲花白，嫩生生的豌豆苗，雪白的圆萝卜，墨绿的小葱，散发着芳香味儿的芹菜……只有对庄稼活有着

---

① 顾朝林：《中国城镇体系——历史·现状·展望》，商务印书馆，1992年，第264页。

潜心研究的人，才会有这样的因地制宜、经济实效的学问。”《人生》中的农村，每一片土地都有不同的收成：“大川道里，连片的玉米绿毡似的，一直铺到西面的老牛山下。……向阳的山坡大部分是麦田，有的已经翻过，土是深棕色的；有的没有翻过，被太阳晒得白花花的，像刚熟过的羊皮。所有麦田里复种的糜子和荞麦都已经出齐，泛出一层淡淡浅绿。川道上下的几个村庄，全都罩在枣树的绿荫中。”

在小城镇小说中，除了水之外，山是小城镇和农村居民的另一种重要资源。贾平凹是对山有着很深的情结的作家，所以他写山写得充满生机。在《腊月·正月》里，他写人们到商字山割草，拾柴，采商芝，挖野蒜，商字山产的商芝，营养价值最高，能活血，健胃，滋精益神，天下独一无二。在《浮躁》里，他写山里人“油盐酱醋的花费，就指望上山去砍荆条，编了荆笆去卖，或者割龙须草，搓条绳，织了草鞋交售给两岔镇收购站”。到了夏天，山里大量的山货特产成熟了，集市堆满了猕猴桃、野葡萄、山桃、山梨、山楂，河运队就赶着收购，雇拖拉机运到渡口，再一船一船载往白石寨酒厂和襄樊酒厂。还有做把杖、运木头、打猎等经济型活动，都来自大山的馈赠。虽然大山不像河流那样可以成为人们致富的渠道，但至少让人们有了更多生活的保障。

道路，是一种相对比较特殊的半自然地理因素，虽然道路本身具有很大的人为性，但是道路的形成往往依据自然环境，并成为自然地理的一个组成部分。城镇位置一般是交通联结点、控制点以及运输转换点，道路交通在城镇的形成和发展上起了重要作用。改革开放后，随着国家基本建设投入不断加大，道路交通的重要性也在增大，其投入产出逐渐超过了河流，出现了与“河成”模式相似的“马路经济”模式。《浮躁》中写白石寨到州城的交通演变方式：“清末年间，白石寨的船是可以直通州城的，后来河道阻塞，水流浅显，再不见往来船只，唯一的一条公路顺山势赋形，起伏上下而联结着几个县的交通。”《平凡的世界》写一条道路上不同路段的差异：“从出县城起，路面比较宽阔，以后就越走越狭窄。约莫到五十华里外，川道完全消失了。西山夹峙的深沟，刚刚能摆下一条公路。接着，便到了分水岭。壁立的横断山脉陡然间堵住了南北通道。”时间上，所处年代越早，道路越简单，而其对于人们的生活越重要；空间上，越往中心地带，道路状况越好，交通和商业越发达，而越往偏僻地域，道路越差。

由于“马路经济”的巨大经济利益，小城镇的商业空间于公路两旁呈带状演化，而公路交通创造的经济和生活方式，与过去相比，也有很大的区别，构成了传统与现代的矛盾。《芙蓉镇》就写出了这种矛盾状态，芙蓉河上的车马大桥建成了，公路通了，各种车辆纷至沓来，其好处是工厂建起来了，人口增加了，车站、医院、旅店、冷饮店、理发馆、缝纫社、新华书店、邮电所、钟表修理店都有了。但是，公路交通的发展也带来了其他负面效应，比如污染、喧闹等造成的居住生活环境质量的下降。

关于自然地理环境的叙述，在以城市、小城镇和乡村为背景的小说中，展现的程度各有差异，其作为资源进入人们生活的状态也各不相同。在小城镇小说中，土地、山脉、矿产，这些自然物，和河流一样，与人物、故事较为紧密地结合在一起，成为人们日常生活叙事中的不可或缺之物，多样化地展现出它们的作用，也使小说的社会认识价值不断丰盈起来。

第四，作家在自然地理环境叙述中创造了自己的艺术风格。“作家写小说不可能不涉及各种地理元素，其思考问题也不可能脱离人与地理、风俗与地理、历史与地理等诸多关系。如果说，时间思维是作家历史地把握这个世界的一种方法，那么，地理思维同样是作家把握这个世界的非常重要的方式。”①小城镇小说作家很多都有自觉的自然地理意识和思维，贾平凹很早就把家乡商州当作自己的文学创作之根，他的“商州系列”小说和散文，既有对环境全方位的纤毫毕至的生动呈现，又有对当地文化、居民思想情感的深入挖掘，商州就是贾平凹的文学矿藏，他在其中挖出了自己的文学世界，所以他最有资格说“什么样的地理出什么样的作家”②，做出“我们常说这部作品有特点，有味道，至于什么特点什么味道，这都首先从作品中的地理开始”③的判断。

不仅贾平凹，20 世纪 80 年代几乎所有的小城镇小说创作者都有类似

---

① 周保欣：《“舆地学”与中国当代小说》，《文学评论》2022 年第 4 期。

② 贾平凹：《什么样的地理出什么样的作家》，《洛阳日报》2016 年 4 月 29 日。

③ 贾平凹：《文学与地理——在香港贾平凹文学作品国际研讨会上的发言》，《东吴学术》2016 年第 3 期。

的地理意识。李杭育在葛川江“采风、考据，实地查访、亲身体验，听野史秘闻，记录村夫老妪的风土掌故”①；刘洪涛认为，“湖南区域内独特的自然环境和文化血脉，既滋育了湖湘大地的钟灵山水、淳厚民风，也造就了湖南文学朴讷恬静、洒脱轻灵的独特风情”②。汪曾祺也同意评论者对他作品的解释：“我的家乡是一个水乡，江苏北部一个不大的城市——高邮，在运河的旁边。运河西边，是高邮湖。……水不但于不自觉中成了我的一些小说的背景，并且也影响了我的小说的风格。水有时是汹涌澎湃的，但我们那里的水平常总是柔软的，平和的，静静地流着。”③汪曾祺小说中恬淡从容的风格，与水流柔舒缓软的运河、高邮湖有着莫大的关系。特定地域的自然地理环境不仅为作家提供了丰富的素材，而且促成了作家的艺术个性。

总体来看，20 世纪 80 年代小城镇小说对于自然地理环境的叙述，涉及不同的层面，也展现了不同的意义。从自然地理内部因素来说，小城镇小说把河流（湖泊）作为第一自然意象来写，山、道路、气候、资源等则作为辅助性因素有所涉及，因此我们把河流作为小城镇自然环境叙述的主要内容进行分析。河流等自然地理环境是形成小城镇的重要原因乃至基础性原因，它们是小城镇的生存基础、生产资料，也支撑小城镇形成与自然资源联系密切的经济模式。小城镇小说关于自然地理环境的叙事，保持着“天人合一”的传统，更凸显了自然环境作为资源性价值的存在，这些叙述与都市小说、乡村小说之间具有一定的差异，也表现了小城镇作家对于自然地理的特殊观念，并在一定程度上塑造了作家的艺术风格。

---

① 吴亮：《孤独与合群——李杭育印象记》，《当代作家评论》1985 年第 6 期。

② 刘洪涛：《湖南乡土文学与湘楚文化》，湖南教育出版社，1997 年，第 46 页。

③ 汪曾祺：《自报家门》，《汪曾祺回忆录》，人民文学出版社，2020 年，第 5—7 页。

第二章

小城镇小说中的城镇空间与经济生活

第一节 小城镇的内部空间和功能区

20世纪80年代小城镇小说描述了一个以水为核心，包含土地、山脉、矿藏等因素的小城镇外在自然地理环境，在这些文学作品中，我们能够清晰地了解到，小城镇的形成发展与自然地理因素之间，有着极其密切的联系，这些自然地理因素与小城镇的生活方式、经济活动、民间风俗和精神品格具有内在的同一性。自然地理的描述，有助于我们理解和把握小城镇的总体性特征，但是更多时候，自然地理是作为基础性和背景性要素存在的，如果要深入认识小城镇的核心形态和内在结构，不仅需要了解外在自然地理环境，更有必要展开对小城镇内部空间布局的全面透视，并由此真正进入小城镇的社会经济生活和日常世界。

城镇"规划"的意识很早就已经在中国古代出现，城镇建造者遵循一定的规律对城镇空间进行设计。一般认为，《考工记》里的"匠人营国，方九里，旁三门，国中九经九纬，经涂九轨，左祖右社，面朝后市，市朝一夫"①，是中国早期都城空间布局最早的文献记载，其中规定：都城面积大概九里见方，每边辟三门，纵横各九条道路，道路的宽度可以供九辆车并行，东面为祖庙，西面为社稷坛。前面是朝廷寝宫，后面是市场，朝廷和市场各占地百步之遥。这些粗略的描述，代表着在春秋时期，中国都城的规模、分区、构造等已

① 闻人军译注：《考工记译注》，上海古籍出版社，2008年，第112页。

经开始具有一定的规制，在文化上，也体现了“尊卑贵贱等级分明、秩序井然的礼乐精神”①。《管子》创造性地提出因地制宜、不拘形式、分业定居的城市建设和规划观念。管子在答齐桓公问政时，提出：“士农工商四民者，国之石民也，不可使杂处，杂处则其言哤，其事乱。是故圣王之处士必于闲燕，处农必就田野，处工必就官府，处商必就市井。”②管仲通过对齐都城临淄的改造，规划了城市内部不同的区属和功能：“凡仕者近公，不仕与耕者近门，工贾近市。”③这样的安排，已经具有了现代城市功能分区的雏形。从中国城市建设发展的历史看，中国城市规划在规模、层次、人口、街道、区域、建筑等方面，都有相应的论述和实践，既规整又不失灵活，较完备又因时因地而不断改善。

中国古代城市规划往往在大城市得到充分的实践，比如偃师、临淄、长安、洛阳、邺城、汴梁、大都、南京等。在小城镇，因为空间区域的压缩，规划的系统性和完整性都较弱，但是，中国传统城市空间布局思想也不同程度地保存着，并一直延续至今。在 20 世纪 80 年代小城镇小说中，很多作品通过多角度的描述，为我们呈现出小城镇空间布局的基本状态，总体来看，通过小说的视角，我们可以总结出小城镇内部空间所具有的四个主要特征。

第一，小城镇功能齐全，但分区简单。小城镇麻雀虽小，五脏俱全，一般城市的主要功能基本上在小城镇都不能缺少，尤其是县城，作为中国连接城乡最重要的行政层级和经济中心地，包含着城市和农村的功能交集。所以农业、手工业、商业、工业、行政管理、文化教育等功能共存于小城镇中。但是因为小城镇的规模、经济方式和生活传统等原因，其在空间布局时，无法像大都市一样，按照各项功能进行单独分区。总体来看，小城镇空间分区相对明显的是农业区、工业区，它们形成各自连贯的区域，而手工业、商业、行政管理、文化教育等功能合并成一个混杂的区域。而且，小城镇社会经济普遍性的发展规律是“小城镇的功能结构形态处于由居住、商业、手工业的单

---

① 赵长征：《中华文化与传播》，外语教学与研究出版社，2015 年，第 191 页。

② 李山、轩新丽译注：《管子》，中华书局，2019 年，第 372—373 页。

③ 李山、轩新丽译注：《管子》，中华书局，2019 年，第 351 页。

一复合向居住、商业、工业、金融、行政的多元复合演化”[1]。关于这一特征，我们将在后文中专门讨论。

第二，农业是小城镇经济的重要组成部分，农业区一般环绕着小城镇，片状分布在城镇外围和边缘。小城镇被周围广大的农村所包围，是周边农村的中心腹地，费孝通把小城镇对农村的辐射以及农村对城镇的支撑方式称为“乡脚”[2]。小城镇在空间结构上，呈现出由核心功能区渐次向外拓展到工业、农业区域的布局层次。小城镇的人口由非农业人口和农业人口共同组成，与乡村相比，小城镇的经济发展更加多样和发达，非农业人口比较多，但是，土地、耕种以及农业依然属于城镇的一部分，所以小城镇周边和外围地带往往是农田。有的家庭全家或者个别成员具有农民的身份，按照规定，农业户口的小城镇居民拥有一定数量的土地，这些土地往往片状分布在城镇边缘。《腊月・正月》第三章写的是韩玄子去找驼背巩德胜喝酒解闷，刚好横穿了整个四皓镇，韩家在镇东边的高处，坐北朝南，门正对着商字山，他的行走路线是出门之后“从竹丛边小路往下走，下了漫坡，到了大片河滩地，他家的二亩六分地全在河滩……再往西走，就是镇街了”。四皓镇很多人家承包的土地，都在这一片属于镇边缘区域的河滩地里。《古船》中洼狸镇的故事就是从重新分配土地(“责任田”)、承包工厂和粉丝作坊以及地质勘探队在小镇四周探矿开始，它们共同构成了小说开始时洼狸镇的土地“抖动”和精神震动。粉丝工业是小说描述的重心，田野则是洼狸镇的背景。在分布上，洼狸镇大体以城墙和芦青河为界，城外是土地，种着高粱、麦子、玉米、地瓜等农作物，河岸属于过渡地带，河边田头上种着蓖麻。林斤澜“矮凳桥风情系列”小说中，写袁相舟一家人，袁相舟当过中学老师，退休在家，丫头她妈则承包了农田，“家里的几分田，就是承包在丫头她妈一个人身上”。他们一家，男主人有正式工作，是非农业户口，女主人务农，是农业户口，一个家庭户籍不同，这是当时户籍制度所造成的重要现象。因为农业需要较多的土地，而城镇中心往往较小并主要用于城镇行政、商业和居住，从经济

---

① 赵珂:《川渝山地小城镇形态演化发展研究》，重庆大学硕士学位论文，2002 年，第 38 页。

② 费孝通:《小城镇　大问题》，《江海学刊》1984 年第 1 期。

效益和社会效益最优化的角度看，农业区只能分布在小城镇的外围区域。

和农业区密切相关的，是小城镇的农副产品市场。根据产品来源，按照便利性原则，农副产品市场往往在小城镇内部靠近城镇进出口的区域，既方便周边农民运送各种农副产品，也方便城镇居民不出城就能获得家庭基本生活物资，同时也便于城镇卫生等方面的管理。在矮凳桥，"市场管理把农副产品，规定在东口"，而丫头她妈因为一种骄傲和习惯，种了新鲜的菜，每天要绕个道从街西口进，一路卖菜到街东口。《人生》中高加林进城卖菜，要穿过街道，"到南关里去。那里是猪市、粮食市和菜市，人很稠，除过买菜的干部，大部分都是庄稼人，不显眼。……县城南关的交易市场热闹得简直叫人眼花缭乱。一大片空场地，挤满了各式各样买卖东西的人。以菜市、猪市、牲口市和熟食摊为主，形成了四个基本的中心"。《浮躁》中写白石寨县，"北门内就是全寨城最大的杂货贸易点，大到木材、竹器、农具、家什，小到顶针、耳环、纽扣、掏耳勺，五花八门，应有尽有"，除了日杂品买卖，这里还有牲畜交易、肉菜和饮食，好不热闹。从距离和功能来看，农副产品市场处于城镇中心区和农业区之间的中间地带，并辐射整个外围农村地区，小城镇周边的农民进城，农副产品市场是主要目的地。

第三，小城镇的工业、交通运输业虽然规模有大有小，但分布原则和农业区有相似之处，一般以片状的方式分布于小城镇的边缘地带，比农业区更靠近城镇。工业生产因为需要大量用水，产品生产出来之后需要便利的交通运输向外流通，所以工业区基本上分布在河流两岸、靠近公路的区域。《芙蓉镇》里写"文化大革命"结束之后，芙蓉镇建起的造纸厂、酒厂、铁工厂等工厂，"工厂一般都是沿芙蓉河而建，抽水、排水方便，还有水路运输，便于倾倒各种废料垃圾"。《古船》中，洼狸镇的支柱产业是粉丝生产，出产粉丝的地点，是沿着芦青河岸边矗立着的一个个古堡似的老磨屋，小说很直接地说出了粉丝厂和水源的关系："至于磨屋为什么都盖在河边上，那首先是因为取水方便。"

还有一些特殊部门和经济行业，坐落在专门的固定区域，尤其是和交通相关的火车站、汽车站、码头等，往往处于小城镇边缘地带。《新星》第一章，写北京来的火车到达了古陵火车站，"睡眼惺忪的旅客带着来自京都繁华的印象贴着车窗玻璃看着这偏僻的小县城、简陋的小站,脸上露出一种恍惚”。李向南首先看到了火车上下来的林虹,后来他又和顾小莉同行,“他们走的是火车站通往县城的一条土马路”。汪曾祺《大淖记事》里的轮船公司,就在“城区和乡下的交界处”的大淖前面。因为聚集性需要,交通运输业也和工业区类似,会形成专门的区域,比如李杭育《沙灶遗风》中,沙灶镇位于海河交界处,水上交通运输是小镇的主要特色产业,所以,沙灶镇“北门外的港湾”就是一个运输货船的聚集地,这里热闹非凡,“每天都有几百条拖轮和水泥驳船停泊、出入,码头上传呼的哨子和船工们沙嘎的叫骂震天价响”。

第四,小城镇的中心区域是生活区,这个区域是一个多功能混杂系统,并有程度不同的规则性分布。“主街道”是小城镇不折不扣的中心。在行政级别、地理规模、人口规模和经济规模上,镇和县城属于两个不同的层级,所以主街道的特征各不相同,小镇主街往往是一条长的镇街,而县城主街一般是十字街。按照小城镇发展的聚集性规律,主街道上不仅居住着大量居民,还聚拢了几乎所有的手工业和商业场所,这里是小城镇的历史、人物、经济生活和日常生活的主舞台。20 世纪 80 年代的小说也发现并牢牢地抓住了这个主要空间中的人和事,从而深度把握了小城镇的真实生活和内在特质。

小城镇作为国家行政体系的一个组成部分,必然要建立各级行政机构来承担社会管理职能。这些机构的办公场所散布在城镇生活区域,具体地点没有固定区域且分布没有明显规律,但是往往有一些因素会影响行政机关选址,比如综合便利性和传统性。综合便利性因素是指行政机关往往在主城区,与集中居住区、商业聚集区域保持适当距离,交通出行等都较方便,同时又不至于过于喧闹而影响办公。在县城,政府机关一般在主街道的边缘,离县城十字街口距离不远不近,部分下属单位则按照特征位于县城外围。柯云路的长篇小说《新星》以年轻的县委书记李向南在古城大刀阔斧推动改革为叙事主线,主人公的身份及其改革主题决定了“县委大院”所具有的重要性。小说第一个高潮就是在县委大院礼堂召开的“提意见、提建议大会”,改革的东风从县委大院这里吹动了,县委大院是全县工作和小说的中心地点之一。小说的两位主人公县委书记李向南、县委副书记兼县长顾荣有一个共同的习惯,喜欢每天到古城的大街上转一转,“出了县委的青砖围墙大院，到了街上”。县委大院和大街如此近的距离，既可以看作干群关系密切的表现，也可以反衬官僚主义者对群众路线的熟视无睹。小说还写到一些行政部门所在的位置，比如，“火车站通往县城的一条土马路，两边拉开着间距的是城关公社、农机修配厂、农林局、畜牧局等半开不关的大门，一个个漆色模糊的木牌无精打采地拉着还没睡醒的长脸”，这几个部门和农业联系紧密，所以其办公地点就选在农业区所在的城镇外围。建制镇面积更小，镇党政机关一般就在小镇主街上。林斤澜《梦》写一群干部在矮凳桥镇的街上吃完中饭，一路“过街到镇委会去”。《古船》写隋见素一心想承包粉丝厂，无法安睡，他迷迷糊糊地走到街上，“又情不自禁地小跑起来，跑了一会又猛然止步，抬头一看，正好是镇委大门。他走进去，直奔镇委书记鲁金殿的办公室”。这样的选址，显示出党政机关的核心地位和其位置的便利特征。

传统性因素则是立足和沿袭本地原有的空间环境，本着经济成本和权力象征的最优原则，选择县镇党政机关所在地。小镇地理范围较小，可选择作为党政机关的地点不多，很多小镇政府往往就选择以前的大户宅院或者祠堂，稍做改造，既可以办公，又可以召集大会，比如陈世旭“小镇系列”小说中写道：“当时的镇革委会倒是很革命的，就在镇口的大路边上，先前是本地一个大姓宗族的祠堂。”《芙蓉镇》写李国香带工作组回到芙蓉镇开展“四清”运动，就住在王秋赦分到的吊脚楼，这幢吊脚楼就在镇街上，新中国成立前“是一个山霸逢圩赶场的临时住所”。以前镇街或镇上的宅院，包括从前大户人家的祠堂，往往建筑高大，内部空间宽阔，设备较为齐全，同时具有一种威权的象征，适合作为基层党政机关的办公场所。新中国成立之后一般征用这些建筑作为机关办公场所，这一现象非常常见并沿袭下来，我们可以看到，即使到20世纪80年代，县镇党政机关的地址分布也往往和这一传统有关。

宗教是小城镇的起源因素之一①，在中华传统中，佛教、道教等宗教以及祖先崇拜，是中国社会精神生活的重要组成部分。“封建社会数量最多、质量最好的建筑，大多是宗教祭祀建筑；迄今保存最多、最好的古代建筑，也

① 顾朝林等：《中国城市地理》，商务印书馆，1999年，第9页。

正好是以前的宗教祭祀建筑。这类建筑主要有寺、观、祠、庙、塔。”[①]施坚雅在他的调查中也发现，中国的中间集镇和城市通常都有一座正式的城隍庙，宗祠也通常设在集镇而不是村庄中。[②] 这些保存下来的宗教和祖先祭祀场所，是很多小城镇的标志性建筑，而且它们具有双重作用，既承担宗教祖先祭祀等专门性作用，也作为小城镇的公共空间，成为行政会议、居民聚集的主要场地。

这些宗教祭祀场地根据其重要性的差异，在分布地点上也稍有区别，每个县镇往往有一个或几个大型宗教建筑，它们一般建在城镇边缘，一方面取清净之意，另一方面也有足够空间形成与其地位功能相称的规模，满足建筑扩建、大型宗教活动或民间风俗活动等需求。同时，因为传统风俗和民众需要，小城镇也分布着一些小型宗教建筑，比如土地庙，它们零散分布在小街小巷之中。长篇小说《新星》就以“苍茫的群山川野都在黑暗中沉睡着。一座千年木塔黑森森地矗立着”开头，刚上任两周的县委书记李向南，一大早登上古陵县城的千年木塔释迦塔。在古塔陈列的展品中，他看到了古陵的千年沧桑，而古塔之外的山川田野，又激发起了他的雄心壮志：“古老而贫穷的古陵。如今，他决心要来揭开它新的一页。一千年后，这一页或许也将陈列在这古木塔中……”在小说中，过往的历史和当下的变革交织重叠，让这座木塔成为古陵县，乃至整个国家的象征，合而为一，浑然一体。贾平凹的《浮躁》第一章就写了三个宗教祭祀场所：香火旺盛的不静岗寺、正在复修的土地庙和已经修建完毕正在上画的田家祠堂。它们既构成人物故事线索，又展现当地文化风俗。“矮凳桥系列”中的《惊》写李地接到通知，到陈十四娘娘宫去学习，“陈十四娘娘宫在县城角落里……是城里的小庙，这种小庙在茅坑街拉屎巷里轧着，门外完全没有城外寺院的气派”。《古船》里洼狸镇有一处老庙，每年都有盛大的庙会，但隋不召回来那年的春天，一个巨雷打中了老庙，半夜里老庙被一把大火烧得精光，十天之后，运输船在芦青河搁浅了，河流慢慢变干。老庙被赋予了谶语的意味，老庙的原址，则成为后

---

① 程裕祯：《中国文化要略》，外语教学与研究出版社，2017 年，第 276 页。

② [美] 施坚雅著，史建云、徐秀丽译：《中国农村的市场和社会结构》，中国社会科学出版社，1998 年，第 11、47 页。

来洼狸镇开会的主要场地，洼狸镇重新承包粉丝厂的大会就在这里召开。宗教建筑和小城镇最紧密的联系，莫过于小城镇的名字来源于此。刘震云的小说《塔铺》中写道："这所中学的所在镇叫塔铺。镇名的由来，是因为镇后村西坛上，竖着一座歪歪扭扭的砖塔。塔有七层，无顶，说是一位神仙云游至此，无意间袖子拂着塔顶拂掉了。"

汪曾祺的《受戒》是一篇具有明显的民间宗教特色的小说，小说以一个小和尚明海的故事为主体，明海出生的地方，男孩当和尚是一种风俗。"他的家乡出和尚。人家弟兄多，就派一个出去当和尚。当和尚也要通过关系，也有帮。这地方的和尚有的走得很远。有到杭州灵隐寺的、上海静安寺的、镇江金山寺的、扬州天宁寺的。一般的就在本县的寺庙。"明海跟着他舅舅来到了荸荠庵当和尚。"荸荠庵的地势很好，在一片高地上。这一带就数这片地势高，当初建庵的人很会选地方。"因为明海有慧根，他后来到了全县地位最高的宗教场所善因寺剃度。

小说写了善因寺的位置，"在东门外，面临一条水很深的护城河"。汪曾祺又花了很多笔墨细致地描绘了这个大型宗教建筑：

> 好大一座庙！庙门门坎比小英子的胳膝都高，哼哈二将和四大天王都有三丈多高，天井有二亩地大，释迦牟尼佛单一个莲座就比小英子还高。磬里能装五担水，木鱼有一头牛大，膳堂里坐得下八百个和尚。

如果不安置在城外，很难想象小城内部哪里能有那么大的空间，建起来善因寺里的大殿、大佛、大树、大磬、大罗汉堂、大膳堂……又怎么可能吸引如此众多的信众聚集在此处，成为整个县城大型民间活动的主要场地。

在小城镇，还有一些重要的场所，比如学校、公园、广场、电影院、桥梁、城墙等，具有文化、教育、集会、休闲、服务等功能，这些场所有的就地理环境而设，有的则因为历史原因长期固定，表面看零散随机分布，其实也有一定的空间规划，总体来看，它们都没有形成单独的功能分区，都位于小城镇的生活区之内。路遥的《人生》写了农村青年高加林努力摆脱命运成为一个城里人但最终失败的故事，小说细腻地描绘了一个淳朴青年对于县城的爱和梦想。在家务农的高加林不得不去城里卖馍馍，当他看着他生活了几年的县城，涌现出一种复杂的情绪，这是当代小城镇小说中最为感人的一段抒情：

> 当他走到大马河与县河交汇的地方，县城的全貌已经出现在视野之内了。……亲爱的县城还像往日一样，灰蓬蓬地显出了它那诱人的魅力。他没有走过更大的城市，县城在他的眼里就是大城市，就是别一番天地。他对这里的一切都是熟悉的，亲切的；从初中到高中，他都是在这里度过。他对自己和社会的深入认识，对未来生活的无数梦想，都是在这里开始的。学校、街道、电影院、商店、浴池、体育场……生活是多么的丰富多彩！

不久之后，高加林的命运出现了转机，他被选拔为县委通讯组的通讯员，再次回到县城，他重游了那些曾经熟悉的地方，作为一个县城里的“准知识分子”，他去的这些地方非常符合他的身份以及精神特征：他先去了县立中学，然后去了体育场，从体育场转出来之后，从街道上走了过去，巡礼似的把城里主要的地方都转了一遍，最后才爬上东岗。东岗山顶上是烈士陵园，这是县城风景最优美的地方。“一般的市民兴趣都在剧院和体育场上。经常来这里的大部分是中学教师、医院里的大夫这样一些本城的知识分子。”此外，小说里还几次提到，高加林经常去的地方，还有县城的文化馆阅览室。这些文化部门及其办公建筑，并未集中在某个位置，而是分散坐落在县城各处。

总体来看，20 世纪 80 年代小说对于小城镇的空间叙述并未形成自觉的意识，绝大多数作家都是按照生活的自然状态来做出描述，这样的叙事方式一方面因为零碎散漫的叙述状态而使我们难以把握小城镇的空间全貌，另一方面，却使我们看到了小城镇空间的原生态呈现，获得了更为纯粹的认知。更具有意义的是，20 世纪 80 年代形成了一种特殊的“文学地域性”现象，很多作家以某个地域为背景，深耕其中的现实生活和文化，并完成了系列作品，比较突出的有贾平凹的“商州系列”、莫言的“山东高密系列”、李杭育的“葛川江系列”、韩少功的“湘地系列”、马原的“西藏系列”，乌热尔图的“鄂温克系列”，等等，这种现象与 80 年代的“文化热”、寻根文学浪潮有关，同时也是现代文学中鲁迅、老舍、沈从文、萧红、师陀等建立的地域文学传统的延续。在这个现象中，汪曾祺的“高邮系列”、贾平凹的“商州系列”、林斤澜的“矮凳桥风情系列”、李杭育的“葛川江系列”、陈世旭的“赣北鄱湖系列”等，都以小城镇生活为背景，并具有很高的艺术成就，他们通过丰富细致的叙述，为我们提供了全面把握小城镇空间知识和规律的渠道。其中，汪曾祺的“高邮系列”小说是一个具有典范性的样本，他通过近百部短篇小说绘制了一幅高邮县城的“清明上河图”，其作品既极富诗意，又蕴含着鲜活的日常和民间烟火气息，达到了抒情性和现实性的高度融合。这种高度现实性的体现之一是：“汪曾祺小说中的高邮和他的家乡高邮之间几乎没有差别。……显然，汪曾祺小说中的文学空间和作家的生活空间之间基本是对应关系。”[①]汪曾祺“高邮系列”小说中很多作品创作发表于 20 世纪 80 年代，但内容多是对 20 世纪上半叶高邮生活场景和人物的回忆。虽然在时间上形成了差序距离，但是在空间上，历史中的高邮仍然是现实高邮的底子，这些作品仍然是我们通过文学认识现实，进而深入了解中国县城空间规划的最好范本。

根据汪曾祺的小说，我们可以对高邮县城的整体面貌和功能分区做出一个大致的描述和分类。

城西外围：高邮湖、运河。功能：交通运输。

城西运河与主城结合部：珠湖、清水潭、通湖桥、土地祠、越塘、后街、海潮庵。功能：外来人口居住、水利、宗教祭祀。

城北外围：北乡高田、大淖、轮船公司、炕房、染坊。功能：农业、交通运输、需要依靠水资源的手工业。

城北与主城结合部：承天寺、小学、承志桥、北市口、天王寺、泰山庙、坟地、居住区、旅社、棺材店。功能：宗教祭祀、运输行业和外来人员聚集区

---

① 杨红莉：《民间生活的审美言说——汪曾祺小说文体论》，北京大学出版社，2008 年，第 142 页。

（挑夫、锡匠、卖艺者）、手工业。

城东外围：善因寺、庵赵庄、荸荠庵、天王庙、文昌阁、东门桥、马棚湾码头。功能：农业区、宗教祭祀、交通水利等。

城东与主城结合部（由北到南）：赞化宫、阴城、炼阳宫、财神庙等。功能：宗教祭祀。

城南外围：运河。功能：交通运输。

城南与主城结合部：南市口、琵琶闸、南城里（章家宅院）等。功能：水利、居住。

主城：十字街和小巷、师范、小学中学、各种店铺。功能：商业、手工业、居住、交通。

汪曾祺小说中的高邮，处在20世纪三四十年代的苏中运河地区，小城镇的传统因素，比如宗教、居住、商业、手工业等都保留着，还有一些现代中国新生的事物，比如师范学校、轮船公司等也出现了。因为和80年代的县城相差半个世纪，二者在社会经济发展上还是有很多差异。在80年代县城中较为普遍的现象，比如低程度的工业化、政治对个人生活，包括工厂、行政单位等，这些在汪曾祺笔下的高邮是缺失的。但是从空间布局来看，80年代的县城与30年代的相比，并未出现较大程度的质变，在《新星》《小城之恋》《人生》等同时期的小说中，我们都看到了与汪曾祺小说中类似的当代县城空间结构。在贾平凹的小说《浮躁》里，白石寨县城空间布局大致完整，各种功能既融合又按一定规律分布。北门外是一个大公园，迎接许司令的盛大仪式就在这里召开，北门内是一个大农贸市场，方便城外的商品进城，南门外则靠近州河码头，因为船工众多，南门沿街自发形成了平价旅社一条街。县城的文化活动场所也有基本配置，比如南正街有大剧院，经常有当地流行的秦腔在剧院表演，福运这样的粗莽汉子也会经不住诱惑买票去看戏。

从汪曾祺小说中的高邮，到《浮躁》中的白石寨、《新星》中的古陵、《平凡的世界》中的原西，都基本上保持着中国小城镇的基本空间模式。这一空间模式的核心特征是：小城镇外围是农业（水资源丰富的地方有养殖业）区域；小城镇边缘沿着河流和公路往往建起工厂或工业区；小城镇边缘以水陆道路为依托形成交通运输行业，交通行业较为发达的地方会形成行业人员和服务人员聚集区；小城镇内部核心区与外围的交叉地带，有一到两个满足居民农副产品需求又便利农民进城交易的农贸集市；小城中间是行政、商业、文化、居住等混杂的大功能区；小城的核心是十字街，它是店铺、手工业和商业集中地。

相对县城来说，小镇的空间布局和功能层次更加简单，县城本就不复杂的街巷体制，在小镇进一步压缩简化。大多数小镇由农业区和生活区构成，生活区一般也只有一条主街，这条主街融汇了商业、手工业、行政、文化和居住功能。有些小镇因为某种特殊原因，已经能和县城相提并论，比如《古船》中的洼狸镇，历史上曾经是“东莱子国”的都城，保留着部分古城墙，镇里有十字街，而且有远近闻名、形成了产业的粉丝厂作为经济支柱，有小学、广场、街巷和厂房，镇内则是以高顶街为中心的生活区和商业区。但是普遍而言，文学中所展现的 20 世纪 80 年代小镇，如芙蓉镇、矮凳桥镇、四皓镇等，内部地理空间更小，除了行政和商业功能之外，教育、文化等场地和功能都有所弱化甚至缺失，因此，小镇的功能结构也更加简单明了。

第二节　街道及其建制

如果说“河流”是小城镇外部地理环境中最具有决定性的因素，那么在小城镇内部搭建起小城镇社会和经济生活舞台的，则非街道以及街道上的各色店铺莫属。街道犹如小城镇生活的主舞台，这里上演了小城镇的故事传奇，同时也留下了小城镇最完整的历史和现实印记。

“街，四通道也。”①“街”本义指四路相通的大道，小篆象形为纵横相交的十字路。“道，所行道也。”②“道”是道路。从意义来源看，街道的原初功能是交通，用于人和车的通行。《考工记》记载，周代王城的街道宽度以车轨数计，干道宽九轨，顺城街宽七轨③，这个标准是具有王权威严象征的交通

① ［汉］许慎著，愚若注音：《注音版说文解字》，中华书局，2015 年，第 38 页。
② ［汉］许慎著，愚若注音：《注音版说文解字》，中华书局，2015 年，第 36 页。
③ 闻人军译注：《考工记译注》，上海古籍出版社，2008 年，第 112 页。

要求，它代表着街道和城市规划一样，纳入了国家管理和礼制的体系。战国之后，中国的城市开始采取里坊制度，坊是指城镇中方正的居民区，坊与坊之间的道路称“街”，坊内的道路称“巷”，通往城门的街道是主干道。隋唐时期，城市和里坊的面积逐渐增大，为了通行便利，坊内开辟出十字形的干道，称十字街。宋代以后，中国城市由里坊制改为街巷制，坊墙拆除，里坊制原有的方格网状的街道继续沿用，坊内的街、巷进行改造调整，沿东西向建造成巷，住宅则为南北向，巷直接通往干道。这种街巷的网格化设计，使城镇内部交通大为便利和规整。

宋代形成的街巷结构一直延续下来，至今仍然是小城镇空间布局的传统方式，但小城镇规模远远比不上大型城市，所以街巷结构也在规模上微缩化了。20 世纪 80 年代小说在描写小城镇的宏观场景时，“大街小巷”有一定的出现频率，但并不多见，而且几乎仅仅出现在对县城的描述当中。《平凡的世界》写 1975 年冬天的陕北原西县城：“县城的大街小巷倒也比平时少了许多嘈杂。街巷背阴的地方，冬天残留的积雪和冰溜子正在雨点的敲击下蚀化，石板街上到处都漫流着肮脏的污水。”贫穷而孤独的孙少平却有自己的精神生活：“每天，只要学校没什么事，孙少平就一个人出去在城里的各种地方转：大街小巷，城里城外，角角落落，反正没去过的地方都去。”《浮躁》写金狗离开州城，到了白石寨县：“白石寨的空气和记者站的工作，是最宜于他的，他又走动于熟悉得如掌上纹路一样的寨城的大街小巷。”

王安忆在写《小城之恋》和《荒山之恋》时，对街、巷的意象有着特别的关注，并赋予它们符号化的意义。在《小城之恋》中，故事发展有一条清晰繁杂的“人”的主线，即男女主人公的性爱历程，还有一个隐喻式的隐线，就是小城的“街”，二者似乎形成了一个主次二声部的乐曲。当两个人还处在蒙昧之中时，小说写道：“上南边买草的马车‘得得’的当街走过……到了夜里，街上的挑子走净，店铺上了门板，黑黝黝的一条街，石子路在月光下闪着莹莹的光亮。”当两人有了蒙眬的性意识时：“冬日的下午，街上总走着一些被澡堂的热气蒸红了脸膛的乡里男人和女人。……成千上万只猫则沸腾着……激荡着一整座县城。”他们处在不断膨胀的欲念引发的痛苦中：“正午的太阳底下，有人在街上的石子路上，摊熟了一个鸡蛋。”当他们互相躲闪和逃避时:“这一个秋天,街上很流行铁灰的褂子,西服领,微微地掐腰。”终于他们怀着愉悦和羞耻结合在了一起,那个多事的秋天,“城外泥地全被踩烂了,被乡里人的赤脚带进街上,搅了一城的泥浆黑水”。两个人要跟着剧团要去南方演出了,“走的那天,街上家家都在煮粽子,一街的粽叶清香”。几个月的演出结束,两个人经历了惊心动魄的精神纠缠,当他们回到熟悉的小城,走在回家的路上,“大路直通街心,却也分出了几条岔路,去向看不见的远处”。每个历程都有不同的街景伴随,从平淡到躁动、热烈、疏离、混乱、期待和复杂,街景和人物情感构成了小城镇独有的情景融合,使《小城之恋》中的生活完成了诗意转化。

在中国传统文化中,情感往往与自然山水以及季节变化结合在一起,而在《小城之恋》中,情感的载体变成了街道,这无疑是一种富有小城镇生活特色的艺术新变。小说中男女主角的日常生活基本上没有与街道的直接联系,如果作家想要建立这种联系,在故事设计上很容易做到,但是王安忆仅仅只是在平行线的构图上,完成了二者的融合。与此相类似,《荒山之恋》也是空间的双线结构,一条线是男主人公“他”辗转于几个城市之间,最终落足在滨海小城,另一条线则是女主人公“她”在滨海小城成长成熟。王安忆把“她”命名为“金谷巷的女儿”,这个名字里充满了日常生活含义的人物,却经历着传奇化了的故事,所以,王安忆的小说,通过“街和巷”这样的典型意象,拓宽了小城镇生活的美学张力。

王安忆笔下的街巷,是缺少烟火气的——这并非小城镇街巷的日常状态,它们被赋予了丰富情感和认知的符号,这种审美化的表现方式,提升了街巷在小城镇生活中的价值。这是王安忆的“文学空间”,她所书写的带有浓郁的抒情色彩的小城,几乎不深入涉及小城镇衣食住行的物质生活。

如果落实到真正的“物质空间”,回到城镇的现实生活,在大多数小城镇小说中,关于街巷的叙述具有两个普遍现象。第一,因为小城镇本身的规模问题,在县城里,存在着一定数量的小巷,但总量不多,而且由于内部封闭和功能简单,小巷很少成为故事的主要场景。而绝大多数行政层级更低的小镇,基本上只保有一条主街,民居贴近主街或者沿街而建,住宅区的纵深还无法形成“巷”的足够长度,难有小巷可言。所以在小城镇小说中,街巷中的

“巷”处于可有可无的配角状态，街道才是小城镇不折不扣的主体。第二，绝大多数的街道叙事不是象征性的，而是现实主义的，真实地呈现小城镇社会生活，也具有更明显的社会学意义。这些丰富多样的小城镇街道描述，程度不同地把握住小城镇街道的基本特征，它们的一般规律是：小城镇的街道状况，与小城镇的行政级别、历史、人口、经济发展情况等因素有着密切关系，并随着这些因素的变化而出现新的发展。

与小城镇街道形态关系最为密切的主要因素是小城镇行政层级。从20世纪30年代到80年代，绝大多数中国小城镇都还处在小商品经济和低级工业经济阶段，城镇建设还未全面展开，即使在改革开放之后，城镇建设的发展也有一个循序渐进的过程：首先是小范围的内部改造，在街道上新建或改建部分房屋建筑；然后是大面积地铺开建设，城镇面积向四周整体扩张，依次推进。因此，处于经济发展较早阶段的80年代，小城镇街道在数量和规模上都非常有限。但是，县城与镇之间，因为层级的差异，在街道形态上也存在基本规制和个别的变异：普遍来说，一般的县城有十字街和个别辅助街道，但是有些地处偏远的县城甚至还没有十字街；一般的小镇往往只有一条简单的主街，但是一些小镇因为特殊原因具有十字街的规模，少数小镇甚至有一定的街巷规制。

小城镇街道按照交通功能分为单一街道和交叉街道，而交叉街道又按照形状分为十字街、“T”字街和“Y”字街。方正的平原城镇多十字形街道，不规则的山区城镇则多“Y”字形街道，如果从交通能力和效率来看，十字街道聚集和发散的功能是最强大的，因此，十字街往往意味着交通、人口、商业的最密集状态，也在一定程度上成为小城镇的中心和标志。

汪曾祺小说中的高邮县城，可以大致看出是十字街形态的街巷结构。《异秉》中写王二在保全堂借了一块地方卖卤烧，保全堂“地点好，东街西街和附近几条巷子到这里都不远”；《钓鱼的医生》里写县城的地势像一个水壶，“城西的运河河底，比城里的南北大街的街面还要高”。这个东街西街和南北大街，构成了高邮城内的主街道，并分别接通了全县的东西南北四城，把县城分成了类似于“田”字形的空间形状。高邮十字街中的东街，店铺林立，是全县最繁华的所在，十字街隔出的四个区域，则分别分布着各种居民区和政治、经济、文化功能建筑，其间多有杨家巷、李家巷之类的小巷相连。余华的《此文献给少女杨柳》写了一个小城“烟”的寂寞街景：“我在走过十字路口时，自己并没有发觉，那时候我只是感到内心平静了一些。我沿着有些倾斜的水泥路走上去，不久之后我已经走上宽阔的大街了。街道在此刻显得清静多了，两旁的商店都关上了门，只有寥寥不多的几个人行走在街上。”《平凡的世界》里的原西县城在城镇空间建制上是完整的，小说多次从孙少平的眼光中，描述出原西县以“十字街”为中心构建的“大街小巷”格局。《浮躁》写许司令要到白石寨县来视察：“白石寨城里，各个单位都在打扫卫生，墙壁一律刷上白灰，板面一律染上墨黑，欢迎领导同志到来的横幅标语已经在四条主要街道上空挂起。金狗走到十字街心，那里正集了一群人在吵架。”呈十字形的四条街，让白石寨县的空间分布泾渭分明。

和县城相比，镇是更低一层的行政级别，这也决定了小镇街道的简单结构。在《芙蓉镇》中，20 世纪 60 年代，一直到“文化大革命”期间，芙蓉镇只有一条老街：“芙蓉镇街面不大。十几家铺子、几十户住家紧紧夹着一条青石板街。”《平凡的世界》写 70 年代的石圪节公社所在的镇上，也只有一条小街：“公社在公路对面，一座小桥横跨在东拉河上，把公路和镇子连接起来。一条约莫五十米长的破烂街道，唯一的一座像样的建筑物就是供销社的门市部。”《腊月・正月》里的四皓镇，地势是一个偌大的盆地：“西边高，东边低，中间的盆底就是整个镇街。……走进镇街，一街两行的人家都在忙碌。街道是很低的，两边人家的房基却高，砖砌的台阶儿，一律墨染的开面板门。”矮凳桥镇在改革开放之后成为全国知名的纽扣专业市场，专卖纽扣的商店和地摊有六百家，北至东三省，南到香港的生意人都来了，但是即便是如此繁华的商业中心，也只有一条街道，“街上开张了三十多家饮食店，差不多五十步就有一家”。这是 20 世纪 80 年代初的小镇街道，无论中国的南北东西，也无论是经济发展与否，街道的存在方式几乎都是一样的，一条街道贯穿整个小镇，其中的孤单或热闹，成为小镇的主要风景。

除了行政级别之外，人口等因素同样对街巷建制具有重要的影响。贾平凹和路遥笔下的陕西小镇与县城人口数量之间有 4—5 倍的差异。《腊月・正月》里的四皓镇只有一条镇街，因为镇里的人口本来就少，“韩玄子对镇街的二千三百口人家，了如指掌”；《浮躁》里的两岔镇，人口也是 2 300 左右，只有一条镇街。这样的人口规模，日常生活的需求也相对较少，一条镇街足以解决这两千多人口的政治、经济、文化等生活需求，镇街数量和人口是相匹配的。而《人生》里，高加林所在的县城是“一个万人左右的山区县城”，县城的街巷规模就要完整充分得多。即使是相对较落后的县城，因为人口集中，街道上的景观也不一样，热闹非凡，充满生气。《浮躁》写金狗出差到东阳县采访，小车经过县城街道，街上的人“多得如潮水”，即使司机不停地鸣喇叭，也依然非常拥挤。县城和小镇的街道具有形态差异，居民数量的差别也是背后一个重要的影响因素。

城和镇的街巷差异，还有历史传统的原因，因为一些特殊的历史存在，一些小城镇偏离了一般城镇的街巷模式，展现出新的景象。陈世旭《小镇上的将军》写将军“文化大革命”时被流放到的赣北小镇：

> 镇上有两条呈十字状交叉的大街。这两条街宽得足以驰过一辆吉普车，加起来足有六百米长。零零落落地嵌着青石板的路面(青石板据传是明代官道的遗迹)，以及从两边的门头上伸出来的，油漆斑驳的小吊楼，都在向人们炫耀着自己的长寿。

这个赣北小镇虽然偏远而破败，但从小说中我们可以看到其悠久的历史，这两条十字交叉的大街，就是从前繁荣威严的痕迹，所以，小城镇的历史，也是影响小城镇街道空间布局的一个重要因素。

相比之下，在影响小城镇街巷建制的各因素中，最具有变量特征的是经济因素。经济较为多样的县城，不仅有十字街，还在十字街的结构上，产生出新的街道，而经济较为落后的地方，即使具有县城的行政级别，也未形成十字街的一般建制。《大淖记事》写“从轮船公司往南，穿过一条深巷，就是北门外东大街了”。高邮县城以北靠近大淖的地方，因为交通便利、运输繁忙，外来人员较多，空间也相对较大，所以县城向北稍微有所扩张，并因此而有了一条新的街道。但是北门外东大街很特殊，它的功能非常单一，都是居民居住区——“这里没有一家店铺”，和城内的街道有着经济和文化上的重要区别。《人生》写刘巧珍帮高加林去县城的市场里卖馍:"刘巧珍现在提着一篮子蒸馍,兴奋地走在县城的大街上……直到过了十字街,穿过城里那条主要街道,来到南关的自由交易市场时,她才停住了脚步。"《新星》中写了不少古陵县的内部建筑,小说写县委副书记兼县长顾荣,每天都要到街上走一圈:"当他背着手在清冽的空气中从这条街慢慢走到那条街时,能在人们笑脸相迎充满敬意的招呼中,感到一种当家长的权威地位和心理满足。这是他每日清晨必做的精神操。"可以想见,能够"从这条街慢慢走到那条街",意味着县城里这些交叉的街道,是以十字街的方式存在着的。同时,古陵县城门楼洞之外,"前面一条直直的窄街,就是熙攘喧闹人喊畜叫的自由集市"。这是一条因为定期集市而形成的道路,虽然也在县城边缘,但对于县城商业以及主街道是很好的补充,展现了古陵作为一个具有悠久历史的县城的应有建制。

我们也能看到,有些县城内部非常简陋,贾平凹的《浮躁》写到了两个县城,金狗的家乡白石寨县,以及他到州城当记者后去采访过的东阳县。就小说描述的经济情况来看,白石寨的贸易活动繁荣多样,东阳县则以部分农产品出产为主。就街景来看,白石寨县县城东西南北各有布局,街道也是标准的十字街结构,而东阳县"城街主要有两条,一条是旧式的,一条是新兴的",它最初大致相当于一个镇的规模,只有一条旧街,后来有所发展,才增加了一条新街。这种状态类似于在原有街道之外另开新街,所以没有形成十字街的结构,这在县城中相对少见,至于其原因,小说中也有说明。根据小说的描绘,"东阳县属这些边远县中最偏僻也最贫困的一个",它属于山区农业县,商业经济也比较落后,所以街道规模和体制都比较简单,甚至还不如洼狸镇、芙蓉镇这样的大镇。东阳县代表的就是一类经济落后县城的街道建制,虽然经济发展,街道在增加或者扩张,但是,因为地处山区而几乎只能以农业和简单的小商品经济为主,这样的经济模式,使这个县城还没有发展出一般县城以十字街为核心的街巷规模。

与东阳县相比,有的小镇却因为经济发展而展现出繁盛的面貌。《芙蓉镇》写"文化大革命"结束之际,芙蓉镇几年之内就有了很大的发展,芙蓉河上的车马大桥建成了,公路通了,拖拉机、卡车、客车也来了,跟随大小汽车而来的，是镇上建起的造纸厂、酒厂、铁工厂、小水电站，然后是镇上的人口蚂蚁搬家似的陆续增加了许多倍，于是车站、医院、旅店、冷饮店、理发馆、缝纫社、新华书店、邮电所、钟表修理店等，都相继出现，在这样的经济形势下，芙蓉镇“以原先的逢圩土坪为中心，形成了十字交叉的两条街，称为新街”，原先的青石板街称为老街。新十字街的出现，代表着芙蓉镇恢复了曾有的三省十八县贸易中心的辉煌，焕发了新的生机，至少在街道规模上，芙蓉镇已经与一般县城无异了。应该说，古华的描述也非常准确地把握住了小城镇的发展轨迹，政策放开，交通发展，工业出现，人口增长，服务业配合，一步一步传导，改革带来的小城镇的物质性变化，最终落在了街道的扩张上。

20 世纪 80 年代是中国县镇建设的新阶段，经济生活和县镇街道的变化同步展开。《人生》写高加林终于有机会回到县城上班：“一切都和三年前他离开时差不多，只是街面上新添了几座三四层的楼房，显得‘洋’了一些。县河上新架起了一座宏伟的大桥，一头连起河对面几个公社通向县城的大路，另一头直接伸到县体育场的大门上。”这时的城镇建设才刚刚开始，县城面貌的改变，虽然还不明显，但已经初露端倪。《平凡的世界》写孙少平回双水村分家，在重新去黄原市继续当揽工汉之前，再一次来到他读过高中的原西县城，和几年前相比，原西县城的街道已经有了明显的变化，孙少平一直走到十字路口附近，他看见：

> 现在的原西城似乎比往日要纷乱一些。十字街北侧已经立起一座三层楼房；县文化馆下面正在修建一个显然规模相当可观的影剧院，水泥板和砖瓦木料堆满了半道街。原西河上在修建大桥，河中央矗立起几座巨大的桥墩；拉建筑材料的汽车繁忙地奔过街道，城市上空笼罩着黄漠漠的灰尘。街道上，出现了许多私人货摊和卖吃喝的小贩，虽然没遇集，人群相当拥挤和嘈杂。

街道，作为县城最中心和最重要的空间标志，仿佛是第一束报春花，暗示了县城经济的变化：已经建好的楼房，正在建的影剧院和大桥，繁忙的汽车，货摊、小贩和拥挤的人群。这些闹哄哄的景象，正是新的时期蓬勃生气的开始，也成为孙少平和孙少安兄弟俩命运转折的巨大背景。

小镇和县城一样，也在发生变化。石圪节镇上原来只有一条短短的小街，但这镇子在周围十几个村庄的老百姓眼里，就是一个大地方。到这里来赶一回集，值得乡里的婆姨女子们隆重地梳洗打扮一番。到了农村开始实行责任制，集市也活跃起来，心里一肚子闷气的田福堂跑去石圪节赶集散心，却更加心事重重：

> 到了镇上，他看见集市也和往年大不一样了，不知从哪里冒出那么多的东西和那么多不三不四的生意人！年轻人穿着喇叭裤，个把小伙子头发留得像马鬃一般长。年轻女人的头发都用“电打”了，卷得像个绵羊尾巴。瞧，胡得禄和王彩娥开的夫妻理发店，“电打”头发的妇女排队都排到了半街道上……

孙少安也来了石圪节赶集，在他眼里，街上是一派令人快乐的繁华景象：石圪节的集市和往常不大相同了——庄稼人都带着点什么，来这里换两个活钱，街道拥挤，东拉河的河道两边和附近的山坡上，到处都涌满了人，到处都是吆喝叫卖声。同样的热闹，孙少安的心里感受到的东西和田福堂完全不同：集市是这样的热闹，人这么多，买卖这样的兴旺，相比之下，“街道显然太小了”。

第三节　小城镇中心：主街的功能

城市构成有五大基本要素——城市中心、城市防御设施、城市商业、城市手工业和城市居住区①，这五大要素中，除了防御，基本上都在街道这个核心空间中体现出来。

中国古代城镇的形成模式，既有“先城后市”——因为防御等军事政治

① 顾朝林：《中国城镇体系——历史·现状·展望》，商务印书馆，1992年，第24页。

原因而成城,因为居民聚集、物资生活资料的交易需要而成市;又有“先市后城”——小集市逐步发展壮大而成城镇。但是,和大中城市相比,有限的人口以及物质需求聚集在一个相对狭窄的空间里,使小城镇的行政、商业、文化等功能分区不得不灵活和模糊,在一定程度上,它影响到了小城镇街道功能的专门性。于是,街道一直作为一个融合了交通、居住、商业、社交等特征的多功能混杂空间而存在。随着时代变化和经济发展,20 世纪中国迎来了城市化长时期、高强度的发展高峰,但是,在每个小的历史阶段里,城市化的过程和速度并不平衡,街道的发展也随之曲线波动,兴衰不一。

20 世纪 80 年代,中国正处在小城镇发展的转折期。新中国成立之后的三十年间,中国城市化率稳步提升,但这个发展主要是由大中小城市贡献的,小城镇的发展出现了很大的停滞。随着改革开放进程的到来,小城镇遇到了历史上难得的发展机遇,一切都焕发着新的生机和活力。在小城镇的变化中,街道变化是最能体现出新旧转型和变迁的现象,小城镇小说非常尽责地描绘和把握了这一社会变迁的历史进程。

街道最基础的作用是交通。《考工记》中提及“涂度以轨……经涂九轨,环涂七轨,野涂五轨”[①],上古时期,街道宽度的衡量标准是“轨”,即车的宽度,可见道路与车马交通的渊源关系。不同的街道,其宽度有所区别,这既是礼制的要求,也是根据人口和交通量进行的合理配置。进入近现代,几乎所有城镇的内部,都有主街道和小街巷,如果经济和人口规模稍大,还有环城街道和直通外地的公路,它们构成了小城镇纵横交错的空间结构。小城镇的交通密集区域,主要在主街道、进出城镇的马路这两个区域。历史上,很多小镇是依官路或驿站而形成,镇街就是官路的一部分。李劼人的《死水微澜》里,天回镇的石板街就是成都到新都县的官路。陈世旭《小镇上的将军》写的赣北小镇,十字街零零落落地嵌着青石板的路面,“青石板据传是明代官道的遗迹”,说明了穿镇而过的陆路交通由来已久。

县城边缘的公路,在交通功能上更为单一和集中。《人生》写高加林进城,在大马河川道通往县城的简易公路上,一早就出现了熙熙攘攘去赶集的

---

① 闻人军译注:《考工记译注》,上海古籍出版社,2008 年,第 118 页。

庄稼人，赶集的人们大多数是肩挑手扛，但是，年轻人不一样，他们骑着花花绿绿的自行车，一群一伙地奔驰而过。改革开放之后，随着社会经济的发展，小城镇交通形态演化呈现出一种趋势："从以水运交通为伸展轴向以公路为伸展轴演化。步行与汽车交通方式杂然并存；商业空间从传统的步行街道向公路两侧夹围，与过境交通空间杂然并存。"①所以，县城边缘的公路在交通和商业上，都展现出更大的作用。《浮躁》中，两岔镇的主街道正好是由省城到白石寨的公路，小水家的铁匠铺，成了各种往来车辆的枢纽："每日有客车和货车从铺门前经过，总要在这里停下来……于是乎，久而久之，这里成了过往车辆停歇站。"小水也因此无形中成为小城交通的民间协调员："车一到，她呐声一喊，或振臂一挥，车就停下，买卖公平，交易成行，远近有山珍野味的人没有不投奔小水的，大小车辆的老少司机也没有不殷勤小水的。这样，两岔镇的街面上，包括公家设办的各个单位的职工，甚至乡政府大院的干部，若嫌走水路去白石寨太慢，就来找小水拦路挡车，那车没有不挡得住的。""文化大革命"后的芙蓉镇，老街和新街都改造成了水泥路，车来车往，交通繁忙："没有公路就没有汽车，没有汽车就扬不起滚滚浊尘。……老街还好点。新街的屋脊、瓦背、阳台、窗台，无不落了厚厚一层灰。……一到落雨天，街面就真正地成了'水泥路'，汤汤水水四方流淌。"

在县城内部，街道上虽然也有车辆通行，但是居民的日常出行更为重要和普遍，《浮躁》写金狗到东阳县去采访，经过县城街道，街上来来往往的行人多得如潮水。《人生》中，高加林进城卖馍，他提着蒸馍篮子往热闹的集市中间走，虽然他非常注意周边的人群，想尽量避免见到认识的人，但是在短短的几百米街道上，他就接连遇到四五个同学和熟人，以至于他不得不加快脚步，赶紧从街道里的人群中挤过，走向南关的农贸市场。

从小城镇的运行情况来看，城镇交通密集的两个区域有明显的区别："传统小城镇的出行方式以步行为主，街道空间形态是城镇内主要供人行走、休憩、交往、从事贸易等多种活动复合的线性空间，它的存在不仅是为了

① 赵珂：《川渝山地小城镇形态演化发展研究》，重庆大学硕士学位论文，2002年，39页。

交通，它已成了城镇居民生活的一部分，其存在的标准是人。……而公路交通是以满足汽车的运作为准绳，其存在标准是汽车。”①小城镇小说的叙事描写，也基本符合这一规律。一般外围道路主要是供车辆通行，行人的交通行为经常是距离较远的出行，比如坐车出差或做生意，城郊农民到城镇赶集，等等。而城镇中心街道主要供城镇居民的高频日常交通，比如上下班、去市场和商店、串门等，一般距离较近，交通方式以步行或骑自行车为主。

街道的第二个功能是居住。市民居于室，而室居于街，“街”是两边有房屋的比较宽阔的道路，街道的交通功能也是为人的日常生活服务的，所以正如交通和人不可分割一样，街道和居民、房屋也紧密相连。一般而言，县城的小巷是居民区，可能零星散布着个别商铺。汪曾祺的“高邮系列”小说中很多都描述了主人公所居住的地方：“靳彝甫和陶虎臣住在一条巷子里，相隔只有七八家。”“高先生的家也搬了。搬到老屋对面的一条巷子里。高先生用历年的积蓄，买了一所小小的四合院。”比较典型的是李小龙家住的李家巷：“这是一条南北向的巷子，相当宽，可以并排走两辆黄包车。但是不长，巷子里只有几户人家。西边的北口一家姓陈。……陈家往南，直到巷子的南口，都是李家的房子。东边，靠北是一个油坊的堆栈。靠南一家姓夏。……在油坊堆栈和夏家之间，是王玉英的家。”一条小巷，四家人家，一家油坊堆栈。这就是县城小巷的基本状态：基本是住宅，个别房屋附带其他用途。

县城的街道一般是商店的集中地，但同时这些街道两边的房屋也住着很多的家庭，汪曾祺的《异秉》中写道：“后街的人家总是吵吵闹闹的。男人揪着头发打老婆，女人拿火叉打孩子，老太婆用菜刀剁着砧板诅咒偷了她的下蛋鸡的贼。”《大淖记事》写道：“北门外东大街……这里的一切和街里不一样。这里没有一家店铺。这里的颜色、声音、气味和街里不一样。”城内的高先生“三代都住在东街租来的一所百年老屋之中，临街有两扇白木的板门，真是所谓寒门”。小城镇的街道还充斥着亦商亦工亦居、多元融合的连家

① 赵珂：《川渝山地小城镇形态演化发展研究》，重庆大学硕士学位论文，2002年，43页。

店，在《芙蓉镇》《腊月·正月》等作品中，我们能看到小城镇的居民的家就在街道两侧，构成了城镇生活的重要场景。“新十字街没有下水道，住户、店铺，家家都朝泥沙街面泼污水。晴天倒还好，泥沙街面渗水力极强。”《芙蓉镇》这段对十字街街景的描述，把小镇街道的交通、居住和商业混杂状态描述得入木三分。

街道的第三个功能，也是最重要的功能，是商业。街和道的原初功能都是供人通行，但是各有偏向，道和路组合，强调其交通功能；街和市往往连在一起，偏于商业贸易的功能，所以“街”不仅便利交通，同时也有“市集”之意。《吕氏春秋·不苟》中说“公孙枝徙，自敷于街”[①]，其中的“街”即指“闹市”。一般意义上，“逛街”的“街”也主要取其商业内涵，代指街上的商店和商品。

汪民安精辟地论述过现代城市街道和商业、商品之间的关系，他说：

> 街道的真正秘密核心是商品。街道被各种各样的人群强制性使用，进而被生产出各种各样的意义，因此，它的语义变动不居。但是，街道仍然存在着一种固定的核心意义：它是商品的寓所。这也正是街道的魔力所在，它促使人们一遍遍不厌其烦地奔赴街道。实际上，人们常常将街道理解为店铺林立的商业性大街。如果不是将街道当作一个过道，而是将它当作一个目的地的话，那么，人们对街道的奔赴，主要就是对这些商品的奔赴。商品既是街道生机勃勃的跳动心脏，也是人群簇拥于街头的内在秘密。[②]

商业，是街道获得如此强大的魅力并让人不胜其烦地到那里的内在原因，没有商业，街道，乃至整个小城镇都要失去活力。一直以来，街道就是商业和店铺的聚集地，也是小城镇的灵魂。汪曾祺的《受戒》写明海从家乡去

---

① ［战国］吕不韦编撰，关贤柱、廖进碧、钟雪丽译注：《吕氏春秋全译》，贵州人民出版社，2009 年，第 699 页。

② 汪民安：《街道的面孔》，《身体、空间与后现代性》，江苏人民出版社，2006 年，第 147 页。

庵赵庄，经过一个大湖，穿过一个县城，在他眼里 20 世纪 30 年代的县城五光十色，溢彩流光："县城真热闹：官盐店，税务局，肉铺里挂着成边的猪，一个驴子在磨芝麻，满街都是小磨香油的香味，布店，卖茉莉粉、梳头油的什么斋，卖绒花的，卖丝线的，打把式卖膏药的，吹糖人的，耍蛇的……"即使从前的小镇，镇街也往往因为商业而繁荣热闹，《腊月·正月》写以前的四皓镇："镇街上便有八家客栈。韩玄子的祖先经营着唯一的挂面坊，有'韧、薄、光、煎、稀、汪、酸、辣、香'九大特点，名传远近。"《平凡的世界》写孙少安到米家镇去给牛看病，在少安的眼中，米家镇之所以像一个城镇，就是因为这个镇上的商业水平，双水村的人要买什么重要的东西，都到外县的米家镇去置办。米家镇不仅离这儿近，"货源也比他们县城齐全——不光有本省的，还有北京、天津进来的货物。……现在，他已经来到了街道上。这街道虽然也破破烂烂，但比石圪节多了许多铺子门面，看起来像个城镇的街道"。

到了改革开放初期，虽然商品经济恢复刚刚起步，商品品类也未丰富到应有尽有的程度，但是，小城镇的街道已经热闹起来，散发着生机勃勃的商业气息。《芙蓉镇》里写圩场的时候，芙蓉镇的老街和新街成为商品货物的盛会，也带来了人山人海："在芙蓉镇的新街、老街上占三尺地面，设摊摆担，云集贸易。那人流、人河，那嗡嗡的闹市声哟，响彻偌大一个山镇……"

可以和芙蓉镇相媲美的是《人生》中的县城南关，高加林看到的南关是这样的：

> 前面一条直直的窄街，就是熙攘喧闹人喊畜叫的自由集市。……两边店铺前是各种筐筐篓篓的摊子，一个挨一个。摊子后面蹲着卖主，张罗着，招揽着。这一段街是菜蔬瓜果；紧挨着一段是豆麦黍稷、五谷杂粮；再一段是鸡鸭猪羊；再往前走，两边是铁器、木器、锅碗瓢盆的杂货。街道尽头是一个个油锅、汤锅、烘炉，有的支着布棚，有的就在太阳下面，卖着丸子汤、粉汤、炸油糕、烤饼子、水煎包、刀削面……

林斤澜笔下的温州矮凳桥镇，因为成为全国性的纽扣交易中心，专卖纽扣的商店和地摊达六百多家，所以这个典型的商业镇有着中国最活跃和兴旺的一条街道。除了纽扣商店，这里还有为天南地北来的商人提供服务的各种饮食店，让整条街每天都沉浸在过年过节的欢乐里：

> 街上开张了三十多家饮食店，差不多五十步就有一家。这些饮食店门口，讲究点的有个玻璃阁子，差点的就是个摊子，把成腿的肉，成双的鸡鸭，花蚶港蟹，会蹦的虾，吱吱叫的鲜鱼……摊子里面一点，汤锅蒸锅热气蒸腾，炒锅的油烟弥漫。这三十多家饮食，把这六百家的纽扣，添上了开胃口吊舌头的色、香、味，把整条街都引诱到喝酒吃肉过年过节的景象里。

即使不是集市，在平常的日子里，小城镇的大街上也是商业的世界，《新星》里的年轻县委书记李向南一早起床，“他出了县委的青砖围墙大院，到了街上。快七点了，商店饭馆都在纷纷准备开门。清真小吃店里的豆腐脑、油炸糕满街飘香，隔着窗户，可以看见穿着白褂子的厨师在晃来晃去地忙碌”。

如果没有商业，街道会是怎样的一幅景象？芙蓉镇经历过从繁荣到凋敝到再次繁盛的历史，这个从前的三省十八镇中心地的衰落，是从“大跃进”开始的，“四清”运动带来了第一个重要变化，政治和革命彻底地压倒了经济，芙蓉镇从一个“资本主义的黑窝子”变成为一座“社会主义的战斗堡垒”。作家选择“街道”这个最具代表性的场景，描述了商业被压制之后，芙蓉镇生活的“空洞化”：

> 深刻的变化首先从窄窄的青石板街的“街容”上体现出来。……整条青石板街，成了白底红字的标语街、对联街，做到了家家户户整齐划一。原先每逢天气晴和，街铺上空就互搭长竹竿，晾晒衣衫裙被，红红绿绿，纷纷扬扬如万国旗，亦算本镇一点风光，如今整肃街容，予以取缔。逢年过节，或是上级领导来视察，兄弟社队来取经，均由各家自备彩旗一面，斜插在各自临街的阁楼上，无风时低垂，有风时飘扬，造成一种运动胜利、成果丰硕的气氛。……街上严禁设摊贩卖，摊贩改商从农，杜绝小本经营。

政治和革命化的要求，改造了小城镇的面貌，从外表上看，街容似乎更整齐、美观、干净了，甚至充满着“运动胜利”“成果丰硕”的气氛。但是，没有了摊贩，小本经营的商人不得不改商从农，街道失去了商品、失去了商人，也失去了生机，没有了商业，连交通、居住也丧失了正常的人气。

小城镇街道的第四个功能是社交功能。街道是城镇最重要的公共空间：公共空间主要是指城市居民在日常生活和社会生活中可以共同自由使用的室外空间：“它包括街道、广场、居住区户外场地、公园、体育场地等。根据居民的生活需求，在城市公共空间可以进行交通、商业交易、表演、展览、体育竞赛，运动健身、消闲、观光游览、节日集会及人际交往等各类活动。……城市公共空间的广义概念可以扩大到公共设施用地的空间，例如城市中心区、商业区、城市绿地等。”①对于小城镇来说，公共空间的供应品类并不多，最实用和便利的，是居民最集中的街道。所以，街道自然而然地成为小城镇一般性社交的主要选择。这一点正如马歇尔·伯曼所论述的：“街道的主要目的是社交性，这赋予其特色。人们来到这里观察别人，也被别人观察，并且相互交流接近。”②

《新星》中的县委书记李向南、副书记兼县长顾荣，都在街道上开展了他们作为主政者的一般性社交。顾荣每天早晨“背着手在清冽的空气中从这条街慢慢走到那条街时，能在人们笑脸相迎充满敬意的招呼中，感到一种当家长的权威地位和心理满足”。李向南虽然刚上任不久，也养成了到大街上散步的习惯，小说细致地描述了他走在街上的情景，一路上和李向南打招呼的人，包括一个五十来岁女清洁工、一群刚打完篮球的中学生、中学校的老传达魏老头：

> 一辆毛驴大粪车吱吱咕咕臭烘烘地从旁边经过，李向南也背着手和戴个破草帽赶车农民同行一段，打问一下村里情况。他问的话既随便又有目的性。哪个村的，村里责任制搞得怎么样，农民对队干部还害

---

① 李德华：《城市规划原理(第三版)》，中国建筑工业出版社，2001年，第491页。

② ［美］迈克尔·索斯沃斯、［美］伊万·本-约瑟夫著，李凌虹译：《街道与城镇的形成》，江苏凤凰科学技术出版社，2018年，第10页。

> 怕吗，队干部对现行政策有情绪没有，你家包着几亩地，搞点什么家庭副业？……如此等等。一个百货商店的售货员正仰着头下门板，看见李向南过来，连忙笑着招呼道："李书记又转转？"李向南点点头。赶粪车的农民惊喜地立住了："您就是李书记？"他笑笑点点头，感到一种有趣的享受和满足。

如果说顾荣在街道上的一般性社交属于蜻蜓点水，只是为了获得权威感的确认和心理上的满足，那刚来的李向南无疑更明白一位县委书记的街道社交可以达到的程度，这也是他改革者形象的一个证明。他当然在大家的尊敬中得到了享受和满足，但是他的社交是双向的、有效的，他不仅对每个打招呼者都有亲切呼应，而且在和路人看似随机的交谈中，获取了他作为地方主政者所应该了解的更多信息。这些信息不是来自汇报，而是来自最基层的真实民意反馈。

中国小城镇是较为典型的"熟人社会"或"半熟人社会"，居民的日常交往，除了串门，绝大多数都是在街道以及街道上的店铺这种公共空间进行的，所以，街道是信息和人际交往的枢纽。《芙蓉镇》里描写了这一充满了日常生活气息的街道交往：

> 铺子和铺子是那样的挤密，以至一家煮狗肉，满街闻香气；以至谁家娃儿跌跤碰脱牙、打了碗，街坊邻里心中都有数；以至妹娃家的私房话，年轻夫妇的打情骂俏，都常常被隔壁邻居听了去，传为一镇的秘闻趣事、笑料谈资。偶尔某户人家弟兄内讧，夫妻斗殴，整条街道便会骚动起来，人们往来奔走，相告相劝，如同一河受惊的鸭群，半天不得平息。

喧闹异常的街道，投射着活色生香的邻里关系，没有街道，很难想象小城镇的信息是怎样传递的，人际关系又是怎样变化的？这是在大中型城市中逐渐消失的"近邻观念"，在熟人社会和近邻观念中，人情是大于法理的，个人隐私是很难限制在一个封闭的空间的，一件小事会变成小城镇人尽皆知的事情。这是小城镇社交的特性，失去了隐私，但充满了人情味。

第四节　小城镇空间的传统和现代

在中国小城镇，街道具有交通、居住、商业、社交等功能，很多时候这些功能不会以单一的方式存在，多种功能往往合而为一。总体来说，小城镇内部的空间资源是相对紧张的，同时因为经济规模和效率有限，对于小城镇居民来说，经济性和便利性是生产和生活最基本的出发点，所以，交通、居住、商业、社交功能经常在街道上以各种方式共存，这成就了很多极具小城镇特色的街道经济现象。其中最典型的有两种：一种是融合了居住、商业和手工业的连家店，一种是带有重要社交功能的饭店、茶馆和商铺。

连家店的模式在小城镇历史悠久，较为常见。汪曾祺写 20 世纪三四十年代的高邮县城，即使在最繁华的东街上，也有不少的连家店。《异禀》中的保全堂，是个药店，门面虽然不大，但是用的人工较多，而且药店东家用的人，全都是来自外地淮城的。“他们每年有一个月的假期，轮流回家，去干传宗接代的事。其余十一个月，都住在店里。”《岁寒三友》中王瘦吾家开的绒线店也是一个连家店：“他家的绒线店是一个不大的连家店。……所卖的却只是：丝线、绦子、头号针、二号针、女人钳眉毛的镊子、刨花、抿子（涂刨花水用的小刷子）、品青、煮蓝、僧帽牌洋蜡烛、太阳牌肥皂、美孚灯罩……种类很多，但都值不了几个钱。”

贾平凹的《腊月·正月》中，四皓镇的镇街完全就是连家店的模式：

> 走进镇街，一街两行的人家都在忙碌。……街面上的人得天独厚，全是兼农兼商，两栖手脚。……木房改作二层砖楼，下开饭店、旅店、豆腐坊、粉条坊，上住小居老，一道铁丝在窗沿拴了，被子毯子也晾，裤衩尿布也挂。

连家店的一楼一般是前店后家，沿街是店铺，有木板门面，小商人开着饭店、旅店，杂货店，手艺人则做豆腐、酿米酒，卖着各种生活用品。韩玄子经常去的驼子巩德胜家，就在镇街上开了一个杂货店，他家的店台阶最高，房屋的结构也是家店共用，前店后家，下店上家："三间房里，一间盘了柜台，里边安了三个大货架，摆着各式各样百货杂物，两间打通，依立柱垒了界墙，里面是住处，外边安放方桌。桌是两张漆染的旧桌，凳是八条宽板儿条凳，是供吃酒人坐的。"韩玄子和巩德胜平时就坐在小方桌边喝酒聊事，巩德胜一边喝酒一边还照看着店里。连家店一楼占地往往并不宽敞，靠街的外间是店面，里间是厨房和住处，如果有二楼，则整个二楼都是居住的卧室，平时晾衣晒裤，就从二楼的卧室里，拉出一道铁丝。有些小镇街道狭窄一点，还可以伸出几根竹竿，搭到对面人家的楼上，比如芙蓉镇镇街上："街两边的住户还会从各自的阁楼上朝街对面的阁楼搭长竹竿，晾晒一应布物：衣衫裤子，裙子被子。山风吹过，但见通街上空'万国旗'纷纷扬扬，红红绿绿，五花八门。"

连家店模式把居住、手工业、商业融汇在一起，在效果上并非完美，这也是一种不得已的选择。居民居住追求安静干净的环境，家庭生活也需要隐私，房子应该是独立和封闭的，而手工业和商业一般都要处于人多和交通便利之处，自然会伴生噪声、气味、喧闹等，存在很多的安全隐患，生产和交易也需要专门的、宽敞的空间来进行，因此，居住、商业和手工业三者之间在内在需求上是有明显冲突的。20世纪80年代之后，因为消防法规的严格限制，以及生产、商业专门化的趋势，连家店模式逐渐式微，可以说就是这三者矛盾的结果。但是连家店模式是最符合经济要求的，其内在动力来自效率优先。在成本上，房屋、店铺、作坊三者合一，租金成本大大降低，三处来回的交通也不需要开支，同时方便店主就近照顾家庭。所以，对于对成本比较敏感的人群来说，即使连家店会带来很多的麻烦和问题，但和经济上获得的好处相比，其代价也是可以接受的。我们通过观察也可发现，一般连家店都是小本经营，以中低层的小手艺人和小商人为主，他们对成本非常关注。王廋吾费尽心力，到处奔波，寻找商机，虽然偶有所获，但最终血本无归，不得不挣扎在饥寒的边缘。《异秉》里的保全堂，住在那里的人也都是管理和技术工人。《腊月·正月》里驼背巩德胜原来是白沟的农民，倒插门进了镇街一家寡妇的门，后来找韩玄子去公社帮忙批了一张执照，开起了杂货铺，最近几年生活才慢慢滋润起来。芙蓉镇镇街上十几家铺子，几十户人家，只有在圩期的时候，生意才好一点。对于他们来说，连家店是最优的，也可以说是无奈的选择。

生意稍微做得大一点，或者所做的行当有一定环境条件要求的商人，一般都不会采用连家店的模式。比如保全堂的东家，因为有较好的经济条件，所以是另外住着自己的宅子的；开诊所的汪厚基跟一个姓刘的老先生学了几年，在东街赁了一间房，挂牌行医，诊所不同于一般店铺，对于环境卫生等方面的要求很高，所以不能采取连家店的模式。当然，小城镇里能有连家店的小商人，并不算是最底层，对于那些沿街叫卖的小摊贩来说，即使连家店，也是遥不可及的。

小城镇街道上的另外一道风景，是商业和社交一体化的茶馆、酒店和商铺。施坚雅在他的调查中发现，20 世纪 40 年代的中国内地，集镇中的茶馆往往是交往的枢纽："很少有人来赶集而不在一个或两个茶馆里泡上至少个把小时的。……在茶馆中消磨的一个小时，肯定会使一个人的熟人圈子扩大，并使他加深对于社区其他部分的了解。"施坚雅还发现，媒人们常常在集镇上的茶馆中活动，通过媒人的了解和沟通，很多农民就在自己所在的市场社区内娶儿媳。同时，集镇上各种商业行为，"要进行的关键性的协商谈判——这些交往也都在这一层次的集镇茶馆或镇公所中进行"①。

汪曾祺小说中也描写了 20 世纪三四十年代小城镇中茶馆扮演的角色。《大淖记事》中，小锡匠被保安队长打伤之后，锡匠们顶香请愿，要求县里惩治保安队长：

> 县长邀请县里的绅商商议，一致认为这件事不能再不管。于是由商会会长出面，约请了有关的人：一个承审——作为县长代表，保安队的副官，老锡匠和另外两个年长的锡匠，还有代表挑夫的黄海龙，四邻

① ［美］施坚雅著，史建云、徐秀丽译：《中国农村的市场和社会结构》，中国社会科学出版社，1998 年，第 45—46 页。

见证——卖眼镜的宝应人，卖天竺筷的杭州人，在一家大茶馆里举行会谈，来“了”这件事。

四川和江苏是茶馆和茶馆文化较为盛行的地区，尤其是在 20 世纪上半叶，在茶馆里议事和社交是非常普遍的现象。但是在 80 年代的中国小城镇，茶馆因为地域传统和经济原因，在很多地方都不多见，未能扮演一种普遍性的传统议事空间角色，茶馆的地位由更加常见的饭店、酒店、商店所代替。在这个阶段，稍微正式的经济和社交活动，比如商业谈判等，往往在饭店、酒店进行。《浮躁》中的雷大空开起贸易公司之后，人们隔三岔五就看到他“在白石寨北街口最大的饭店里摆酒席招待商客，洽谈生意”。小说多次描述了类似的场面：“翌日，大空和兰州的商客在一家饭店签订合同。”“相互倾诉了思念之情，大空就嚷道到饭馆去，他要请大伙吃喝一顿。四人到了北大街饭店。”金狗遇到一位到州城调研的中年人，金狗眼中的这位奇人为了了解当地的情况，也是一早去酒店或者到村子里找人聊天：“我先去了镇上，在一家酒店里坐了半日，和那店主聊了聊你们这儿的历史传说和奇闻趣事，又详细问了他家的经济收入。”《古船》中见素开了洼狸大商店之后，洼狸镇上的老人都有了一个聚集地。“店里先多了老头子，接上又有了年轻人涌进来。一个店开始热闹起来了。”

酒店里的社交是同时带有消费行为的，所以一般较为正式的谈判、签约、人情、交流等会选择酒店等地点。但是在小城镇，还有一些社交更加日常化，更多的是满足信息流通和情感的需求，这时，选择的地点就会淡化消费性的色彩，比如在一般的店铺，甚至就直接在街道上展开。《异秉》中写小摊生意蒸蒸日上的王二，每天收摊之后都会到保全堂店堂里来。“别的店铺到九点多钟，就没有什么人……保全堂正是高朋满座的时候。这些先生都是无家可归的光棍，这时都聚集到店堂里来。还有几个常客，收房钱的抡元，卖活鱼的巴颜喀拉山，给人家熬鸦片烟的老炳，还有一个张汉。”这群男人就在一晚上谈天说地的闲聊中，获得了知识、心理的满足。陈世旭《小镇上的将军》写了剃头佬这个有趣的人物，他的理发店就是小镇的社交中心，他把握着全镇的脉搏，以及它同外部联系的最新动向。“从上街头到下街头，经常传着‘剃头佬说’之类的最新要闻。”有时，理发店不能满足信息传递的更大需求，小镇的社交中心就转移到了十字街口的老樟树下：“碰到令人耸听的超级新闻，理发店这个不足十平方米的新闻中心就未免太狭窄了，他就会像现在这样，跨出门槛，来到十字街口这些五花八门的摊子中间。”十字街口的老樟树下，后来不仅成为将军在小镇上经常立足的地方，也是人们自发地商议为将军建立一个纪念碑的地方。在理发店、十字街口的老樟树下，人群的聚集，几乎不涉及消费和商业行为，却包含了很多的小镇居民日常交往，其中既包括重要事件的商议，又可以仅仅是信息的传递交流。

以街道为中心的小城镇内部空间，可以放到更大的背景中，来发现其多元价值和特征。20世纪80年代文学对城市、小城镇和乡村的描述都很丰富，尤其是有很多生活体验上非常开阔的优秀作家，他们创作的作品囊括了都市、乡村和小城镇等各种地域背景，而且这些地域背景都非常有辨识度，比如王安忆的上海、铜山和小鲍庄，陈世旭的南昌、赣北小镇和鄱湖农村，贾平凹的西安、州城、白石寨、两岔镇、四皓镇和鸡窝洼……路遥《平凡的世界》一本书中就包含了省城和黄原这样的大中城市，原西县和米家镇、石圪节公社这样的小城镇，还有双水村之类的村庄，三个层级并存。苏童则自觉地构建了不同的地域背景空间，并进行了命名：属于都市的“城北地带”和“香椿街”、属于小城镇的“马桥镇”以及属于乡村的“枫杨树”。

在这些作品中，我们可以看到不同背景的意象和空间系统，相对来说，乡村的内部空间较为散漫，很难看出其中的设计布局，但意象类型较为集中，主要是土地、山脉、小河等自然地理因素，以及稻麦高粱、蔬菜瓜果、牲畜等自然物。农村经济改革之后，出现了部分和工商业相关的新现象，《平凡的世界》孙少安在双水村建起了砖窑，海明挖了池塘养鱼，村边马路上还有汽车不断经过。但是，街道在乡村还是较少出现，在很大程度上，以街道为纽结的空间结构和意象系统，属于城市和小城镇。

但是，城市和小城镇的街道之间，差异也是明显的。通过都市小说和小城镇小说的对比，我们可以看到大中城市和小城镇内部结构的区别。首先，地区及以上层级城市，往往具有更专门的功能分区，这些分区一般以街道为界限，这和小城镇内部功能混合的状态形成了明显区别，但城市主街和小城镇十字街的作用是相似的，它们划分出了不同的功能区域。路遥写《平凡的世界》时，对黄原市的内部进行了相应的描绘：

城市的主要部分在黄原河西岸。东关的街道通过老桥延伸过来，一直到西面的麻雀山下，和那条南北主街道交叉成丁字形。西岸的这条南北大街才是黄原城的主动脉血管。大街全长约五华里。

南北街道的中段和东关伸过来的东西大街组成了本城的商业中心，也是全城最繁华的地带。南大街沿小南河伸展开来，大都是党政部门，北段为宾馆、军分区和学校的集中地。

除过市中心的商业区，人们分别把这个城市的其他地方称为东关、南关、北关。南关主要是干部们的天地，因此比较清静；北关是整洁的，满眼都是穿军装和学生装的青少年；东关却是一个杂乱的世界，聚集着形形色色的人们。

黄原市内西面是山，中间区域是喧闹的商业中心，南关是安静的机关办公地，北关是整洁的宾馆、军区和学校，东关则是杂乱的老街和城乡接合部。这是中等城市的布局，泾渭分明，一目了然，尤其是商业区、文化区、干部居住区以及老城区，往往各占一隅，自成体系。获得第三届茅盾文学奖的长篇小说《都市风流》也描写了大城市类似的布局：城市中心的卫海区是老城；清末建成的中华区沿着月牙河修起月牙道，月牙道盖起一座座大百货公司、大银行、大饭店；新中国成立后有了新市区，其中有图书馆、医院、剧院、高等院校、科研单位；城市西南角的厦门路则是静谧威严的干部住宅区。在这些叙述中，大中城市与小城镇在空间和功能布局上，存在着明显的区别。

其次，城市和小城镇的街景以及其他意象也各成系统。《古船》中隋见素出走洼狸镇，来到地区所在的城市，夜间他在城里街上游荡，街上有闪烁不停的霓虹灯，潮头奔涌一样的自行车流，城市居民的夜生活丰富多彩，可以去看录像、跳舞、立体电影，吃素菜馆，滑旱冰……《浮躁》写金狗来到州城，新城里“楼房矗起，街面宽阔，有花坛，有交通警，有霓虹灯，有五光十色的商店橱窗和打扮入时摩登的红男绿女”。《平凡的世界》里孙少平来黄原市揽工，他去的地方是柴油机厂、黄原师专、地委大院，甚至黄原宾馆和黄原酒店。在凯文·林奇的“城市意象”理论中，道路是城市“具有统治性的元素”①。很多研究者在研究当代都市小说时也发现，街道以及广场、立交桥、高楼大厦、工厂、公司、写字楼、出租屋、豪宅、酒吧等，都在小说中不断重复和叠加，成为大城市绚丽图景的主要意象。

街道是人们现实活动的实践空间，也是思想和意识的对象。本雅明在《发达资本主义时代的抒情诗人》一书中，把巴黎的拱廊街和街道游荡者，看作西方发达资本主义时代的象征：巴黎拱廊街，不是为了最大限度地满足人们的物质需要，而是资本与商品的肆意陈设，它是体现资本灵魂的“外壳”，其建筑样式、材质选择、环境设计，无一不是为商品经济服务的。② 哈贝马斯指出，剧院、博物馆、音乐厅以及咖啡馆、茶室、沙龙等给西方市民的娱乐和对话提供了一种公共空间，人们在此讨论的话题沿着社会的维度延伸，艺术、文学以及政治都容纳进来；它们分布在城市街道的物质公共空间中，产生了西方的政治公共领域，是西方社会民主制度形成的符号。③

芦原义信从街道的美学效果和实用性来对街道进行新的定义，这是本雅明和哈贝马斯的观念的另一种发展。“街道是当地居民在漫长的历史中建造出来的，其建造方式同自然条件和人有关。因此，世界上现有的街道与当地人对时间、空间的理解方式有着密切的关系。”他提出，要立足“以人为本”，把居民居住空间的“内部化”设定到街道的规模，并对街道景观做出更具有美学意义的设计和管理，提升城市“意象”的水平，扩大街道的功能。④

---

① [美]凯文·林奇著，项秉仁译：《城市的印象》，中国工业建筑出版社，1990 年，第 44 页。林奇指出：“迄今所研究的城市印象的内容与物质形式有关的，主要有五类元素：道路(path)、边界(edge)、区域(district)、节点(node)和地标(landmark)。”道路是其中最具体的意象。

② [德]瓦尔特·本雅明著，王才勇译：《发达资本主义时代的抒情诗人》，江苏人民出版社，2005 年，第 7 页。

③ [德]哈贝马斯著，曹卫东、王晓珏、刘北城、宋伟杰译：《公共领域的结构转型》，学林出版社，1999 年，第 35—67 页。

④ [日]芦原义信著，尹培桐译：《街道的美学(上)》，江苏凤凰文艺出版社，2017 年，第 192—199 页。

本雅明、哈贝马斯和芦原义信都是在都市的背景中建立起关于街道的理论，并产生了很深远的影响，中国小城镇的街道虽然也有商业经济，也有美学要求，但是更有自己的历史和现实特征。从小城镇小说的叙述来看，中国小城镇的街道规模较小，建筑高度和街道宽度都比较节制，很多小镇就是一条青石板街，两边的住宅也简陋而近距离相对，一般县城即使是最宽阔的十字街，也往往容易造成车辆和人群的拥挤。小城镇街道从功能上是多元而实用的，交通、居住、商业和社交融汇杂处，没有明显的功能分区，因为空间规模和建筑成本的问题，也不太注重审美和舒适度。从作用来看，小城镇街道更加注重小商业的适度发展，注重人情往来和日常社交，具有非常典型的日常生活状态。

传统与现代的杂然并存，这是小城镇内部结构及其街道景观的独特状态，也是小城镇居民真实的日常生活世界。它属于历史和现实，也永远回响在生长于此的人们心中，从这个意义上来说，汪曾祺通过街道、店铺抒发的乡愁，是最具有中国小城镇特色的现象和情感。

> 从我家到小学要经过一条大街，一条曲曲弯弯的巷子。我放学回家喜欢东看看，西看看，看看那些店铺、手工作坊、布店、酱园、杂货店、爆仗店、烧饼店、卖石灰麻刀的铺子、染坊……我到银匠店里去看银匠在一个模子上錾出一个小罗汉，到竹器厂看师傅怎样把一根竹竿做成筢草的筢子，到车匠店看车匠用硬木车旋出各种形状的器物，看灯笼铺糊灯笼……百看不厌。有人问我是怎样成为一个作家的，我说这跟我从小喜欢东看看西看看有关。这些店铺、这些手艺人使我深受感动，使我闻嗅到一种辛劳、笃实、轻甜、微苦的生活气息。这一路的印象深深注入我的记忆，我的小说有很多篇写的便是这座封闭的、褪色的小城的人事。①

---

① 汪曾祺：《我的世界》，《汪曾祺回忆录》，人民文学出版社，2020 年，第 3 页。

第三章

小城镇小说中的职业分类

第一节　小城镇小说中的职业发展特征

“士农工商四民者，国之石民也。”[①]士农工商，这是中国古代社会对社会群体的分类，除了第一类“士”有多种解释之外[②]，农工商分别代指农民、工匠、商人。众所周知，人类社会有过三次大分工，第二次是手工业从农业中分离出来，工匠群体获得了广泛的社会承认和地位，第三次社会大分工则使商人独立出来，成为一个不可忽视的群体。三次大分工推动了人类社会政治、经济、文化的巨大发展，也对人类经济方式和社会结构形成了深远的影响。

至少在管仲所在的春秋战国时期之前，中国历史上已经出现了“职业”的观念和体系，虽然这个体系还不够丰富，但已经奠定了中国传统社会结构的基本雏形。在20世纪80年代小城镇小说中，对于职业的叙述显而易见地多了起来，这些叙述展现出非常重要的认识价值。综合而言，小城镇小说的职业叙述具有四个方面的作用：首先，它帮助我们更加清晰地了解职业发展变化的主要特征；其次，关于职业的叙述，比较全面地展现了中国社会，

---

① 李山、轩新丽译注：《管子》，中华书局，2019年，第372—373页。

② 在《汉书·食货志》中有对“士农工商”的解释：“士农工商，四民有业。学以居位曰士，辟土殖谷曰农，作巧成器曰工，通财鬻货曰商。”［汉］班固：《汉书》，中华书局，1962年，第1118页。东汉末期何休作《春秋公羊解诂》，对士农工商的定义也作了解释：“古者有四民：一曰德能居位曰士，二曰辟土殖谷曰农，三曰巧心劳手以成器物曰工，四曰通财粥货曰商。”［清］阮元校刻：《十三经注疏》，中华书局，1980年，第2289页。

尤其是小城镇社会的群体类型；再次，职业是与人们生活关系最密切的内容之一，在中国社会生活中具有不可替代的地位，关于职业的叙述，展现了小城镇居民的“日常”生活和美学；最后，职业生活与人们的情感状态和价值观念交叉融合，成为中国当代社会文化的重要组成部分。

职业与社会发展几乎是同生共长的关系，每种职业都来自某一阶段社会政治、经济和文化等方面的需求。中国历史上王朝更替，治乱多变，对于职业的需求会在一时一地出现差别。虽然中国社会传统文化基本保持恒定，人们的普遍需求却在不断增长，这给职业历史发展变化带来了三个典型特征，这些特征都在小城镇小说中有着不同程度的呈现。

第一，随着社会发展，职业分类越来越专业化和多样化。

在中国古代社会，皇家贵族之外的人群分士、农、工、商四种，这样的分类方式保持了很长时间，但是四民内部不断衍生出新的分支。“士”有读书人、官员、绅士等，“农”有耕、樵、渔、牧、桑、果、菜等，“商”则有坐贾、行商、贩卖等。分支最多的，当属“工”，《考工记》中就列出了木工、金工、皮革工、染色工、玉工、陶工等六大类，共三十个工种。到了唐代，已经出现了我们现在所熟悉的“三十六行”之谓，包括肉肆、宫粉、成衣、玉石、珠宝、丝绸、纸、海味、鲜鱼、文房用具、茶、竹木、酒米、铁器、顾绣、针线、汤店、药肆、扎作、陶土、仵作、巫、驿传、棺木、皮革、故旧、酱料、柴、网罟、花纱、杂耍、彩舆、鼓乐、花果等。同时，仅仅以四民类别来区分社会职业身份也已经难以继续，因为四民之外的其他职业也在不断出现。明代万历年间的学者姚旅在《露书》中就提出：“古有四民……余以为今有二十四民。”除了士农工商以及兵、僧六民之外，他还列举出道家、医者、卜者、星命、相面、相地、弈师、驵侩、驾长、舁夫、篦头、修脚、修养、倡家、小唱、优人、杂剧、响马贼十八民，共二十四民。[①]

随着社会发展，新的职业不断出现，与经济繁荣、人的需求扩张等现象正相关的，是各类行业职业的持续繁盛和细分。与此相对应，一部分传统职业在形势的变化下，也会出现衰亡和式微。《中华人民共和国职业分类大

---

① ［明］姚旅：《露书》，福建人民出版社，2008 年，第 206 页。

典》于 1999 年、2015 年和 2022 年三次颁布。[①] 1999 年版中，职业归为 8 个大类，66 个中类，413 个小类，1 838 个细类(职业)。2015 版与 1999 版相比，维持 8 个大类不变，增加 9 个中类、21 个小类，减少 547 个细类(新增 347 个职业，取消 894 个职业)。2022 版相比 2015 版，净增了 158 个新的细类，职业数达到了 1 639 个。可以看到，即便是在很短的时间之内，也可能出现较多种类职业的新增和衰减。

职业增减的双向效应，在 20 世纪 80 年代小城镇小说中以两种典型现象呈现。第一种现象是职业类型的恢复性增长。进入 80 年代后，小城镇经济上的变化，最重要的就是恢复曾经存在、当下仍然具有生命力的手工业和商业。《芙蓉镇》写“文化大革命”结束之后，芙蓉镇一片热闹景象，每月六圩，人们在新街和老街设摊摆担，云集贸易。《古船》写洼狸镇开始搞起了承包制，粉丝厂重新开工，工人们又回到了磨屋里生产劳作。《浮躁》里的船工、画匠、和尚、铁匠、司机等都活跃起来，运输、旅社饭店和贸易也越发繁荣。《人生》里写县城里逢集市的时候，“秤匠、鞋匠、铁匠、木匠、石匠、篾匠、毡匠、箍锅匠、泥瓦匠、游医、巫婆、赌棍、小偷、吹鼓手、牲口贩子……都纷纷向县城涌去了”。这些关于 80 年代新生活场景的描述，展现了小城镇各种职业的大汇合。那些曾经“消失”了的职业纷纷回到了现实之中，原来的职业体系在重新恢复。新的形势也诞生了不少“新”的职业，比如芙蓉镇的圩场新出现了米行、肉行，还有之前已经建成的造纸厂、钢铁厂、酒厂和电厂，这些让芙蓉镇增加了不少的工人和司机。但是总的来说，这些小城镇“新生”的职业，本身早已有之，只不过以一种新的面貌出现在小城镇。从这个意义上说，用职业体系和秩序的“恢复”形容更为准确。

第二种现象是一些传统职业在新的时代遭遇了危机，正在不可避免地

---

① 参见国家职业分类大典和职业资格工作委员会：《中华人民共和国职业分类大典》，中国劳动社会保障出版社，1999 年；国家职业分类大典修订工作委员会：《中华人民共和国职业分类大典(2015 年版)》，中国劳动社会保障出版社，2015 年；国家职业分类大典修订工作委员会：《中华人民共和国职业分类大典(2022 年版)》，中国劳动社会保障出版社，2022 年。

走向衰亡。这种在新的时代传统职业受到冲击后逐渐消亡的现象，在“寻根文学”中有非常生动详尽的描述，非常有影响的“最后一个”文化挽歌模式也就此形成。这一模式来源于浙江作家李杭育的小说《最后一个鱼佬儿》和《沙灶遗风》，尤其是后一篇小说，写的是沙灶镇的一个传统，每家人新建房屋之后都要“画屋”：

> 屋的外墙一律用墨汁或者锅底的烟炱涂得上下漆黑……用五色油彩画满了仙鹤、鹦哥、白梅、红莲、龙凤、云彩、蟠桃、浮屠、“年年有余”“喜上眉梢”，等等，全是乡里乡气的鸟漆画和掺杂着佛、道及神话题材的吉祥图景，画得桃红柳绿，龙飞凤舞。

而在全沙灶镇，正经算得上画屋师爹的只有一个，就是耀鑫老爹，因为这个职业，耀鑫老爹得到了乡镇居民的尊重敬爱，但是，近几年来，人们不再修建老式房屋了，而是建起了多层的洋楼。“造洋楼既时髦又实惠，造价也比老式的屋便宜。……造洋楼这个风也已经在六里桥乃至全沙灶开了头。赶时髦的总是年轻人，谁也拦不住他们。”洋楼是不需要画屋的，所以画屋师这个职业也将随着洋楼的流行而消失，耀鑫老爹不得不接受这一现实，他也看到了他爱恋的这个职业的未来，最终，他让准备拜他为师的庆元另走他路，重新学一门手艺。汪曾祺1985年的小说《戴车匠》也有类似的感慨，小说在回忆了戴车匠的生活之后，写到自己时隔四十年再回家乡：“东街已经完全变样，戴家车匠店已经没有痕迹了。侯家银匠店，杨家香店，也都没有了。也许这是最后一个车匠了。”汪曾祺《桥边小说三篇》中的《茶干》一篇，写了连万顺酱园店的茶干失传：“一个人监制的一种食品，成了一地方具有代表性的生产，真也不容易。不过，这种东西没有了，也就没有了。”《沙灶遗风》中的画屋师、《戴车匠》中的车匠、《茶干》中的酱园店，这些职业都在走向消亡，而对这一现象的描述和感叹，也成为20世纪80年代最具意义的文化现象之一。

第二，各种职业具有一定的区分和评价差异，但总体来看，是从传统社会的等级分明向现代社会的逐渐平等转变。

中国历代王朝都用传统的礼制来规定和维护社会秩序，人们处于以身份或职业为等级形成的社会机制之中，在政治权利、人身自由、生活方式（包括房屋建制、衣冠服饰、车马日用）等方面，不同身份和职业的人群要遵循特定的规矩，不能僭越礼制的要求。士农工商的顺序也在一定程度上代表着四民的地位之别。“士”地位最高并常居庙堂之上，中国长期处于农业社会，政策上“重农抑商”，所以农民虽贫却得到广泛尊重。在中国历史上，虽然手工业对于社会经济极其重要，在满足人们需要的同时，也带来了更多的财富，手工业和匠人却得不到应有的地位和尊重，即使是推崇工艺技术的宋应星，也并不认可匠人这一群体。薛凤认为，这是一种理论与实践之间的断裂。① 相比之下，商人所受歧视更多，从汉代开始，商人就被区别对待，受到各种限制。② 新中国成立后，职业平等的观念得到提倡，工农兵的地位大大提升，知识分子则不再“高高在上”，各类职业群体在政治和经济上获得了平等的身份。改革开放后，在新的经济背景下，职业平等观念得到进一步的传播和普及。从中国历史的长时段看，职业间的差异是在逐步缩小的。

但是，现实中不存在绝对的“无差别”，人们根据自己的固有观念和生活经验，建立了对各种职业的评价标准，在一般人心目中，各类职业和身份之间，仍然有着不小的差异。在小城镇小说中，城乡差别导致的农民与其他职业群体之间的距离，表现得尤其明显。《平凡的世界》中田润叶嫁给了副县长的儿子，在婚礼上的田福堂“内心里也充满了说不出的骄傲和荣耀”：“是呀，看这场面！真是气派！他感叹地想：他，一个农民，能这么荣耀地和县上的领导攀亲，真是做梦也想不到。”而替哥哥来送礼的少平内心充满了不忿，在他看来，少安哥和润叶姐青梅竹马。但是，现实是无情的，“两个家庭贫富的差别，就把两个相爱的人隔在了两个世界”。在《人生》中，路遥详细地写到高加林的梦想：“他虽然从来也没鄙视过任何一个农民，但他自己从来都没有当农民的精神准备！不必隐瞒，他十几年拼命读书，就是为了不像

① ［德］薛凤著，吴秀杰、白岚玲译：《工开万物：17世纪中国的知识与技术》，江苏人民出版社，2015年，第51页。

② 方志远：《明代城市与市民文学》，中华书局，2004年，第9页。

他父亲一样一辈子当土地的主人(或者按他的另一种说法是奴隶)。虽然这几年当民办教师,但这个职业对他来说还是充满希望的。几年以后,通过考试,他或许会转为正式的国家教师。到那时,他再努力,争取做他认为更好的工作。”农民高加林在干部的女儿黄亚萍面前“有难以克服的自卑感”:“这不是说他个人比她差,而是指家庭、经济条件和社会地位这些方面而言。”在社会现实中,一个好的职业,就可以带来个人收入的提高和生活的改变。高加林调到县委宣传部当通讯员之后,他的职业,加上才华和外貌,使他立刻就成为这个县城最引人瞩目、最有前途的年轻人,而失去这个职业,他几乎就失去了向上的可能。

《腊月·正月》中,退休教师韩玄子在当地颇有威望,他对靠做小食品生意发家的王才,打心眼里是瞧不起的,王才则对韩玄子一家都尊敬有加,从他们之间的不对等状态中,可以看到传统士商关系的残影。但小说最终把这种不平等关系扭转过来了,县委马书记来到四皓镇,没有到韩玄子家的婚宴祝贺,而是去给专业户王才拜年,给了小商人小手艺人应有的尊重。小说对韩玄子的失落采取了同情的态度,但是对王才得到的尊重也是认同并欣喜的,这样的结果,也代表着传统的职业等级观念在新的历史时期进一步淡化。

第三,对于个人来说,职业由单一化转变为混杂化。

《管子》认为四民应该分开居住,“不可使杂处,杂处则其言哤,其事乱”①,《春秋公羊解诂》中也有“四民不相兼,然后财用足”②。这些早期典籍都说明,中国古代社会明确要求士农工商应立足本职,不能跨界。但是,社会发展的现实需求会冲破各种传统的规则制度,陈江的研究指出:“在明代中后期的江南地区,随着社会流动的日益频繁,传统的四民界限已渐趋淡化和模糊。农家卷入商品经济后,亦工亦农、亦农亦商堪称寻常之事,而儒士、官宦与工、商的渗透融合也成为十分普遍的现象。”③改革开

---

① 李山、轩新丽译注:《管子》,中华书局,2019 年,第 372—373 页。

② [清]阮元校刻:《十三经注疏》,中华书局,1980 年,第 2289 页。

③ 陈江:《明代中后期的江南社会与社会生活》,上海社会科学院出版社,2006 年,第 41 页。

放后出现了农民进城、全民经商等新现象，也出现了大量职业转换和一身兼多职的情况，职业身份的界限感不断弱化。所以，职业变化的另一个双向效应是，在职业的专业化程度不断提高的同时，职业之间的融合交叉也越发凸显。

这种职业跨界情况在小城镇小说中是最为醒目的现象之一。汪曾祺最擅长描写小城镇传统的手艺人兼小商人，这些横跨工商两界的人物也是汪曾祺小说的绝对主角。张炜《古船》中的主人公隋见素，既是工人也是商业的奇才。进入改革开放时期，农村鼓励个体经济发展的政策，大量农民逐渐不再完全依靠土地收成，有的还成为商人、企业家、工人、国家干部。《人生》中的高加林、《平凡的世界》中的孙少平是当时农民进城的典型，他们都想通过努力摆脱农民的身份，都当过民办教师。高加林短暂成为国家干部，却又不得不回到农村，而孙少平追求并满足于煤炭工人的职业，他的哥哥孙少安虽然一直扎根农村，但是通过办砖厂，不仅自己致富，还能够帮助村里其他人。《浮躁》中的金狗在职业转换上尤其复杂，他是画匠的儿子，当过兵，退伍之后回到两岔镇创办河运队，因为没有挡住国家干部光环的诱惑，他到州城做了记者，后来又被诬陷而入狱。小说最后，金狗再次回到州河上，他重新买了新船，又做起了船队。

在这个时期，还有像孙玉厚(《平凡的世界》)这样纯粹的农民，李知常(《古船》)这样纯粹的技术工人，韩玄子(《腊月·正月》)这样纯粹的民间知识分子以及李向南(《新星》)这样纯粹的党政领导干部。但是，小城镇小说中许许多多的人物，都摆脱了单一身份职业，在不同的领域中不断跨越、转换，甚至同时以多重身份存在。这是改革开放带来的社会活力，它赋予个人在职业上多样选择的可能。

第二节　小城镇的职业结构

富永健一认为，农村型聚落的主要特征，是人口密度和规模较小，社会关系局限于地域内部，居民大部分从事第一产业。[①] 而城市型聚落刚好相反，具有人口总数和非农业人口数量多，人口密度大，居民职业构成、社会构成复杂，以人工景观为主，各种物质和精神现象高度聚集，生活方式高度现代化和社会化等特征。在城市与农村之间，存在着多种重要差异，其中最突出的一点，就是职业的差异。

城市是文明的载体，人类社会的各种物质和精神成果都在城市汇集。从社会结构来看，城市规模越大，人口越多，政治经济层级越高，其中的行政、经济、文化教育体系就越丰富完整，其结果，是职业类型多样化和专业化程度提高。1999 年版《中华人民共和国职业分类大典》中的 8 个大类分别是：1. 国家机关、党群组织、企业、事业单位负责人；2. 专业技术人员；3. 办事人员和有关人员；4. 商业、服务业人员；5. 农、林、牧、渔、水利业生产人员；6. 生产、运输设备操作人员及有关人员；7. 军人；8. 不便分类的其他从业人员。[②] 几乎所有细类的职业，都在大城市存在。

而在农村，职业类型较为单一，长期以来从事农业劳动的农民占绝对多数。到 20 世纪 80 年代末，中国农村的职业类型有所增加，很多社会学研究者都通过农村实地调查进行农村职业分类，但因为标准不同，分类结果有一定的差异。在 20 世纪 80 年代的农村，虽然其他职业不断出现，但从整体上看，以农业收入为主要经济来源的农业劳动者一直占比最高。

从职业细类看，职业体系规模是按照大城市到乡村的顺序逐级缩减的。在农村，除了农林牧副渔等第一产业，其他职业细类急剧减少。在城市，尤其是大城市，第一产业之外的其他职业细类，都较为发达。而处于大中小城市与乡村之间的小城镇，由于政治文化功能以及现代工商业体系要薄弱得多，职业类别体系也处于中间状态。因此，我们可以说，城市职业体系是完整而立体化的金字塔形状，乡村职业体系是单一化的，小城镇职业体系则类

---

① ［日］富永健一著，严立贤、陈婴婴、杨栋梁、庞鸣译：《社会学原理》，社会科学文献出版社，1992 年，第 202 页。

② 参见国家职业分类大典和职业资格工作委员会：《中华人民共和国职业分类大典》，中国劳动社会保障出版社，1999 年。

似于一个扁平的架构。在职业大类和中类上，小城镇与城市基本齐平，但是在细类上，小城镇的规模有较大程度的缩减。

由于小城镇扁平式的职业结构，高级别党政领导干部、高级知识分子等，在小城镇缺乏“出场”的现实条件。同时，纯粹的农业人口，小城镇比农村要少，但是一个新的现象——“农民进城”，在这个时期明显增加。因此，小城镇小说写到这两类人群以“进入者”的形象出现在小城镇时，其方式和过程有着较大区别。第一类是由上而下以视察、荣归的方式暂时性进入。《平凡的世界》中，中央首长高老以前一直在北京担任部级领导，这次回到老家原西县，就是一次短暂的回归，即使是更低级别的地区革委会主任苗凯在原西县出现，也是因为接待和陪同高老到访的需要。《浮躁》里也有类似的情节，省军区许司令因为要参加田老六纪念碑落成典礼而来到了白石寨城，而另一位被金狗视作世外高人的外来者，其身份应该类似于大学教授，他是来商州考察地理民风的。当然还有其他特殊情况，比如《小镇上的将军》中将军是因为“四人帮”的迫害来到小镇的，《新星》中省委书记的女儿、作家顾小莉从省城来古陵县县委宣传部挂职任副部长。地厅级以上党政领导干部和大学教授、作家等人物，是小城镇职业体系的空白，小城镇小说中写到这些人物短暂进入小城镇时，往往形成一次情节上的高潮，打破小城镇日常生活的平衡。另外一种“进入者”相对复杂一些，既包括进入小城镇扎根的干部和工人，也包括暂时来到小城镇的农村劳动者。《平凡的世界》中田福军、田润叶都是读书后来到县城工作，《浮躁》中的金狗、《人生》中的高加林经由招工进了城，《浮躁》中的雷大空来县城开了公司，福运和小水则是投奔外爷麻子铁匠。他们从农村进入小城镇，往往经历了艰苦的努力和个人奋斗的过程，而结果很多并不尽如人意。

在 20 世纪 80 年代小城镇小说中，几乎所有人物的职业身份都是明确的。可以说，职业是人物最重要的标志，也是影响小说叙事和文化特征最重要的因素。汪曾祺、古华、苏童等作家的作品，呈现了不同历史时间段的小城镇生活。汪曾祺的“小城镇系列”是以 20 世纪三四十年代的高邮为背景的，古华的小说写了湖南小镇 60 年代至 80 年代的现实生活，苏童笔下的马桥镇则贯穿了近现代江南社会近一个世纪的历史。但是，这些历史性叙事的存在，不仅无碍于我们了解小城镇的全貌，反而因为他们对传统小城镇社会的深入把握，使我们能够通过线性归类和对比，从更长的历史阶段，来发现和解释中国小城镇的社会职业结构模式的本质特征。

我们以汪曾祺的小城镇小说为例。人民文学出版社 2016 年出版的新版《汪曾祺小说全集》共收录小说 145 篇，其中约 60 篇以高邮或其他小城镇为背景，比较确定是写高邮的小说有 50 余篇，占比略高于三分之一。1979—1989 年汪曾祺发表小说共计 47 篇，其中以高邮为背景的小说有 17 篇，占三分之一，但是，这些小说在数量和影响力方面，隐含着一些超出篇幅数据的因素。首先，这 17 篇小说有一部分是记人系列，每一篇包含几个单篇，比如《故里杂记》(3 篇)、《故乡人》(3 篇)、《故里三陈》(3 篇)、《故人往事》(4 篇)、《小学同学》(5 篇)、《桥边小说三篇》，如果拆成单篇，这个数据就由 17 篇变成了 32 篇。其次，汪曾祺小说中最优秀也最为人所知的作品，包括《异秉》《受戒》《大淖记事》等，都在这 17 篇中。

为了更直观地了解小城镇居民的职业身份情况，我们把汪曾祺这 17 篇小说进行了整理，并把小说中人物以及其职业身份以表格方式展现如下。

表一　20 世纪 80 年代汪曾祺小城镇小说中的人物职业身份类型

序号	小说及写作时间	主要人物的职业身份以及其他特征	次要人物职业身份	再次要人物职业身份
1.	《异秉》(1948 年旧稿，1980 年重写)	王二及妻子、儿子：自制和买卖熏烧(卤味)	管事、“刀上”、同事、相公(陈相公和陶先生)：保全堂药店职员，刨烟师傅 张汉：食客，懂历史故事	收房钱的抡元 卖活鱼的巴颜喀拉山 给人家熬鸦片烟的老炳
2.	《受戒》(1980 年)	明海：和尚 小英子：农家少女 三师傅：和尚(念经、放焰口、飞铙)	大师傅、二师傅：和尚 小英子母亲和姐姐：农妇，绣花 小英子爸爸：农民，是“全把式”，什么都会	收鸭毛的 打兔子兼偷鸡的

（续表）

序号	小说及写作时间	主要人物的职业身份以及其他特征	次要人物职业身份	再次要人物职业身份
3.	《岁寒三友》（1980年）	王瘦吾：开绒线店，开绳厂，做草帽 陶虎臣：开炮仗店的，自制鞭炮焰火 靳彝甫：画师，斗蟋蟀	季匋民：画家，收藏家，财主，教授 王伯韬：开陆陈行，流氓，开草帽厂	
4.	《大淖记事》（1981年）	十一子：锡匠 巧云：挑夫的女儿	锡匠们 黄海蛟、黄海龙：挑夫 刘号长：水上保安队军人	县长 承审 保安队副官 卖眼镜的宝应人 卖天竺筷的杭州人
5.	《故里杂记》（1981年）			
	《李三》	李三：地保，更夫，庙祝，还管死人失火、叫花子和缉盗		
	《榆树》	侉奶奶：无业，纳鞋底 “牛”：侄子，卖力气活（运货、碾石粉）	丁甲长 丁裁缝 杨老板：开香店	
	《鱼》	庞家三兄弟和三妯娌：开肉案店的（屠夫），兼卖茶叶	桶匠	
6.	《徙》（1981年）	高鹏：秀才，私塾先生，小学老师 高雪：高先生之女，学生	谈先生：文人 徐呆子：读书人 沈石君：教育家 谈幼渔：闲人 汪厚基：医生	
7.	《故乡人》（1981年）			
	《打鱼的》	夫妻和女儿：池塘打鱼		
	《金大力》	金大力：瓦匠头儿，开茶水炉子		

（续表）

序号	小说及写作时间	主要人物的职业身份以及其他特征	次要人物职业身份	再次要人物职业身份
7.	《钓鱼的医生》	王淡人：内外科医生，不计回报给人治病		
8.	《晚饭花》（1982 年）			
	《珠子灯》	王常生、孙淑云：夫妻革命党、书香门第		
	《晚饭花》	李小龙：学生	王玉英：父亲是政府录事，做针线	钱老五：王玉英未婚夫，会画画、刻章，记者，但不务正业
	《三姊妹出嫁》	秦老吉：挑担子卖馄饨的	三个女儿分别嫁给皮匠、剃头的和卖糖的	
9.	《皮凤三楦房子》（1982 年，本表中唯一一篇以 20 世纪 80 年代为时间背景的小说）	高大头：铜匠、司机、采购员、总务、修鞋匠	朱雪桥：针灸医生 谈凌霄、高宗汉："造反派"、党政领导干部 奚县长：党政领导干部	
10.	《鉴赏家》（1982 年）	叶三：挑担子送果子的，字画鉴赏家	季匋民：大画家	大儿子是布店的二柜 二儿子是布店的三柜
11.	《王四海的黄昏》（1982 年）	王四海：卖艺，卖膏药	貂蝉：五湖居客栈老板娘	
12.	《八千岁》（1983 年）	八千岁：米店老板 宋侉子：相骡子（一绝、怪人）	虞小兰：交际花 八舅太爷：地方军阀 赵厨房：厨师，会做满汉全席	草炉烧饼：做烧饼
13.	《故里三陈》（1983 年）			
	《陈小手》	陈小手：产科医生	团长：军人	

（续表）

序号	小说及写作时间	主要人物的职业身份以及其他特征	次要人物职业身份	再次要人物职业身份
13.	《陈四》	陈四：瓦匠，表演高跷“向大人”，冬天糊纸灯		
	《陈泥鳅》	陈泥鳅：救生船的水手		
14.	《昙花、鹤和鬼火》	李小龙：学生		
15.	《故人往事》(1986年)			
	《戴车匠》	戴车匠：车匠	侯家：银匠、出租花轿	杨家：开香店
	《收字纸的老人》	老白：收字纸		
	《花瓶》	张汉：食客	瓷器工人	
	《如意楼和得意楼》	如意楼的胡老板：做包子和点心 得意楼的吴老板：从包点到炒菜		
16.	《桥边小说三篇》(1986年)			
	《詹大胖子》	詹大胖子：五小校工，摇铃、浇水、烧水、印卷子、送成绩单，卖糖	张蕴之：校长 王文蕙：女教师	
	《幽冥钟》	老和尚		
	《茶干》	连老大：开酱菜园，卖酱菜、自制茶干		
17.	《小学同学》(1989年)			
	《金国相》	金国相：学生	奶奶：做鞋底的	

（续表）

序号	小说及写作时间	主要人物的职业身份以及其他特征	次要人物职业身份	再次要人物职业身份
17.	《邱麻子》	邱麻子：学生，后来跟他爹学打铁	邱麻子他父亲：打铁的，开铁匠店	
	《少年棺材匠》	徐守廉：学生，小学后在家中学做棺材的手艺		
	《蒌蒿薹子》	蒌蒿薹子：学生，接替父亲开糖坊		
	《王居》	王居：学生	王居父母亲：开豆腐店	

根据表一，在汪曾祺笔下的小县城中，人物按照职业身份可分为十类：

第一类是县城官员和政府职员，比如县长、承审、录事、地保李三、丁甲长。

第二类是知识分子、教师和学生，比如高鹏一家、王常生一家、季匋民、张蕴之、王文蕙、沈石君、谈先生、李小龙、金国相。

第三类是军人，比如八舅太爷、刘号长、副官。

第四类是农民和雇工，比如小英子一家、黄海龙等挑夫们。

第五类是僧道，比如明海及其师父、老和尚。

第六类是无业居民，比如打鱼的夫妻、侉奶奶。

第七类是医生，比如王淡人、汪处基。

第八类是小商人，比如八千岁、詹大胖子、客栈老板娘、卖眼镜的宝应人、卖天竺筷的杭州人、叶三。

第九类是手艺人，比如十一子（锡匠）、陈小手、陈泥鳅、高大头。

第十类是小商人兼手艺人，比如王二一家（卤制品）、保全堂职员（药店）、刨烟师傅、王庹吾、陶虎臣、靳彝甫、连老大、胡老板、吴老板、戴车匠、陈四、秦老吉和他的女婿们。

汪曾祺描绘的是20世纪三四十年代江苏中部一个小县城的职业群体类型。正是这些不同职业类型的人群，组合成了一个小城镇的完整社会结构，也正是这些人群塑造了小城镇的社会关系和伦理文化。

从职业身份分类来看，在汪曾祺的小说中，小城镇最主要的职业类型，除了小官员、知识分子和学生之外，就是小商人、手艺人，以及小商人兼手艺人。粗略估算，17篇小说中除《受戒》《徙》《昙花、鹤和鬼火》3篇小说的主人公分别是和尚、知识分子和学生，其他14篇作品的主要人物都是“工”和“商”两类。

小工商业者的存在，既由小城镇背靠广大农村的经济地理条件所决定，又反过来构筑了小城镇的经济基本形态，这是一种互生的关系，也是小城镇最本质的关系。虽然其他群体，比如官员、小知识分子等都对小城镇的社会经济生态形成了多层次多方面的影响，但是，小工商业者无疑是小城镇和小城镇小说中当之无愧的主人。因为汪曾祺描述的主要是现代时期的小城镇。因此，我们可以进行一些横向比较，观察其他一些现代小城镇小说关于小城镇职业人群的描述，分析其与汪曾祺小说是否有一致性。可以看到，鲁迅关注的中心是知识分子，沙汀关注的中心是乡镇官僚和士绅，但是许杰、茅盾、师陀、沈从文、李颉人等都把主要的关注点放在小城镇的工商业者身上，并创造出了非常经典的人物，包括吉顺、林老板、顺顺和傩送、蔡傻子和蔡大嫂……即使是鲁迅和沙汀，也塑造了许多工商业者的形象，比如《药》中开店的华老栓、《孔乙己》中咸亨酒店里的“我”，而沙汀小说里最常出现的“袍哥”们很多也披上了生意人的外衣。从这个角度来看，汪曾祺本阶段的小说显然与现代小城镇小说构成了同一种传统，即通过对工商群体的集中关注，来实现对小城镇的深入把握。这种对小城镇的历史叙述在一些作家以三四十年代为背景的叙述里也可以得到印证。比如苏童的《一九三四年的逃亡》，其中的马桥镇，就是竹匠这样的手艺人的世界。

虽然在古华、林斤澜、张炜、贾平凹等作家的作品中，叙事的中心已经转移到20世纪80年代(部分小说叙述范围还扩大到六七十年代)，但是，综合来看，他们的作品还是明显地延续了现代时期小城镇小说的传统，保存着许多对小商人和小手艺人的描述。但是20世纪80年代和

30 年代相比，社会有很大的发展，即使是 80 年代这十年之间也有很大的改变。到 20 世纪 70 年代末，中国社会主要由工人、农民、知识分子和干部四大社会群体构成①，同一群体的内部同质性非常高。改革开放后的新政策重新恢复了小城镇的工商业传统，小城镇社会展现了新的生机，也造成了职业身份的一些重要变化，包括：四大群体内部都产生了新的裂变，四大群体之间也出现了相互流动。除此之外，新的群体，比如企业家和个体经营者等也出现了。这一现象与现代时期的小城镇传统既有外在的区别，又有内在的延续。

以下我们选取部分具有代表性的作品，来观察其中人物的职业身份类型，具体情况由两个表格来显示。

表二　20 世纪 80 年代长篇小城镇小说中的人物职业身份类型

	《古船》	《浮躁》	《芙蓉镇》	《新星》	《平凡的世界》
党和国家机关负责人	周子夫、李玉明、栾春记、鲁金殿、赵炳	田中正、田有善、巩专员、公安局局长、看守所所长	杨民高、李国香、王秋赦、谷燕山、黎满庚	李向南、顾荣、顾小莉、冯耀祖、庄文伊、康乐、胡凡、胡小光、典古城、龙金生、朱泉山	田福军、冯世宽、李登云、张有智、徐治功
国家机关工作人员		蔡大安、田一申	黎满庚（干事和秘书）	信访站小周	刘根民、田晓霞（省报记者）
知识分子和学生	长脖吴、郭运（老中医）、李技术员	总编、考察人	秦书田	林虹、老校长	润叶、孙少平（青年）、郝红梅、侯玉英、顾养民、润生、田晓霞（青年）、兰香、金秀

① 陈立旭：《都市文化与都市精神——中外城市文化比较》，东南大学出版社，2003 年，第 66 页。

（续表）

	《古船》	《浮躁》	《芙蓉镇》	《新星》	《平凡的世界》
企业管理人员	赵多多、隋抱朴（中年）	金狗、杨姑爷			侯生才、雷区长
企业工作人员	隋抱朴（青年）、隋见素、隋含章。李知常、大喜、闹闹	英英、老袭、石华			孙少平（煤矿工人）、王师傅、安锁子、金俊海、李向前、金光明
企业主、专业户、小商人	隋迎之、张王氏、周燕燕	雷大空、翠翠爹		港商、卖油条的老王	田福堂、孙少安、刘根民表哥、胡永合、王满银
手艺人	张王氏	画匠、韩文举、麻子铁匠、福运、七老汉	胡玉音、桂桂		米家镇铁匠、兽医站医生、胡德禄、福德胜
农民				吴嫂、老汉	孙玉厚、金俊武
特殊职业		不静冈老和尚、道士			
家庭妇女和无业人员	茴子、小葵	小水			
军人	大虎	许司令			金波、金二锤

表三　20世纪80年代中短篇小城镇小说中的人物职业身份类型

	“矮凳桥风情系列”	《小镇上的将军》	《沙灶遗风》	《人生》	《相思树女子客家》	《腊月·正月》
党和国家机关负责人	李地（中年）、溪鳗男人、螃蟹局长、乌场长、方县长、通用局长	镇长		高加林叔父（高玉智）、黄亚萍父母亲、张克南父母亲、公社赵书记	公社书记赵行及其岳父	县委吴书记、公社王书记

（续表）

	"矮凳桥风情系列"	《小镇上的将军》	《沙灶遗风》	《人生》	《相思树女子客家》	《腊月·正月》
国家机关工作人员	镇办公室主任			马占胜、高明楼、黄亚萍、高加林（县委通讯组）		张武干
知识分子和学生	袁相舟、校长、李地（青年）			景若虹	诗人	韩玄子、二贝
企业管理人员				张克南	赵行妻子、观音姐	
企业工作人员	舵工、供销社女会计、高桩柿	搬运队莽后生			春翠、小乔、杨雀、伍香、广东司机	三娃
企业主、专业户、小商人	李地女儿、溪鳗、小贩们、搞运输组的女同学、娟娟爸爸		桂凤、百根、庆海、阿苗（苗木生意）			王才、巩德胜
手艺人		剃头佬、老裁缝	耀鑫		炊事员赵师傅和钱师傅	
农民	袁相舟妻子、队长、虾米	农村妇女和小孩		高加林（高中毕业后）、巧珍、马栓、刘立本、德顺爷爷		狗剩、秃子
特殊职业			媒婆姚三嫂			
家庭妇女和无业人员						白银、叶子

（续表）

	"矮凳桥风情系列"	《小镇上的将军》	《沙灶遗风》	《人生》	《相思树女子客家》	《腊月·正月》
军人		将军、驻军炊事班士兵				

从以上作品中，我们大致可以把小说中角色的职业身份类型分为如下十一类。

第一类是党和国家机关负责人，包括县和镇一级党政领导干部，比如县委书记（李向南、冯世宽、田有善）、县长副县长（顾荣、周子夫）、镇长（李地、鲁金殿、王秋赦）。

第二类是国家机关工作人员，包括在国家机关中从事公务但未担任负责职务的工作人员，比如黄亚萍、高加林（县委通讯组）、信访办小周、张武干、镇办公室主任。

第三类是知识分子和学生，小知识分子一般是学校校长和教师，以及个别有威望的民间知识分子，比如韩玄子、郭运、长脖吴、林虹、润叶。

第四类是国营和集体企业的管理人员，比如赵多多、隋抱朴（中年）、观音姐、侯生才、雷区长。

第五类是国营、集体和私营企业的工作人员，比如粉丝厂的隋含章、李知常，煤矿工人孙少平、王师傅、安锁子，司机金俊海、李向前，售货员金光明，搬运队莽后生。

第六类是企业主、专业户和小商人，比如王才、巩德胜、雷大空、李地女儿、溪鳗、小贩们、孙少安、刘根民表哥、胡永合、胡玉音、吴婆婆、李二爹。

第七类是手艺人，比如耀鑫老爹、金狗父亲、麻子铁匠、剃头佬、老裁缝。

第八类是农民，包括城镇农民和进城的农民，比如袁相舟妻子、高加林（高中毕业后）。

第九类是特殊职业者，比如不敬岗的老和尚、道士、媒婆。

第十类是家庭妇女和无业人员，比如癫女人、白银、叶子。

第十一类是军人，比如将军、许司令、大虎、金波、驻军炊事班的战士。

从职业身份类型来看，和汪曾祺笔下的 20 世纪三四十年代相比，在以 20 世纪 80 年代为背景的小城镇小说中，党和国家机关负责人以及从事工商业者成为主角，其他职业身份类型的角色则居于次要地位。总体来看，小城镇居民以日常消费品的生产和交易为主要经济生活方式，这与小说中三四十年代的经济生活方式有着较大的相似性。相比较而言，变化主要体现在三个方面。首先，描绘党政领导干部的内容大大增加，新中国成立之后，由于历史的原因，他们在小城镇拥有举足轻重的地位和巨大能量。《芙蓉镇》中，李国香和王秋赦可以决定胡玉音和桂桂的命运；《新星》中，李向南的到来改变了古陵县固有的节奏和生活。第二，从事工商业的人群出现变化。从传统的手艺人和小商人，转变为国营企业和乡镇企业的管理人员、工作人员，以及规模较大的私营企业创立人、较小规模的个体经营户等。第三，个人职业身份转换、身兼多种职业身份的现象也越来越多。《平凡的世界》中润叶从农民到教师和干部，孙少安从农民到私营企业主，孙少平从学生到教师、农民、揽工汉、煤矿工人，连田福堂都从乡村基层干部变成了县城包工头，这些不同的职业身份细分类型，也代表了小城镇经济方式的多样化和复杂化。

第三节　小城镇的职业分类和分工协作

如果没有手工业、商业这样的经济方式从农业中分离出来，如果没有足够数量的人口摆脱对农业的依赖，创造出土地之外的经济体系和生活体系，城镇不仅不会出现，也不会像我们已经看到的这样充满了变动和活力，牵引着整个社会和文明向更高层次迈进。在一定意义上可以说，城镇、经济、文明三者的发展是一体化的。

与农村社会人口规模较小，行政层级较低，以自给自足的小农经济为主的模式不同，小城镇是建立在一定的行政层级、小商品经济或工业经济基础之上的，因此，小城镇的职业分工要比乡村复杂得多，不仅包括数量和形态上的增长和多样，也体现在不同职业之间的相互关系上。不同职业群体之间的关系较为复杂，它们大多数时候是黏合的、互补的，有时却呈现出分离乃至对立的状态，这些都成为构成小城镇社会结构、日常生活以及文化观念的重要因素。

首先，职业分类产生一定的分化和差异。职业分类属于社会分工的一部分，马克思建立了最系统地阐释阶级产生、发展的理论体系，他准确地发现了社会分工在社会生活中的重要作用，提出社会分工是造成人类社会分化、产生阶级的基础；社会阶级的划分以生产资料的占有方式为主要标准①，共同的生活方式、利益、教育和自我意识等是划分的重要条件②。马克思主义的阶级理论在中国革命与建设的实践中发挥了巨大作用。

在社会学领域，社会分层是指在特定社会制度和文化背景下，个人或群体对社会资源占有程度的不同而形成的差异与层化。韦伯和涂尔干分别提出了阶层分层和社会分工分层模式。韦伯的理论提出了社会分层的法律、经济和社会标准，并在此基础上区分阶级、身份群体和政党三种共同体形式，较有启发意义的是，韦伯认为身份群体是更有实质性的共同体，身份群体之间能够形成互动关系。涂尔干社会分工分层理论的基本原则是，根据个人才能形成职业最优配置，职业群体不仅提高了劳动生产效率，更重要的是通过“有机团结”，承担起维持经济生活秩序的重任。

20 世纪 80 年代小城镇小说对于职业的描述，涉及职业身份分类，上一节我们已经作了部分探讨。虽然与传统封建社会森严的等级相比，现代社会的职业和身份划分不断松动，但是其差异依然存在，在不同阶段甚至有所扩大。对于 20 世纪三四十年代小城镇存在的不同阶层，小说中有简洁明了的概括，比如汪曾祺的小说《八千岁》里，米店的米分为“头糙”“二糙”“三糙”“高尖”这四种：“头糙卖给挑箩把担卖力气的，二糙三糙卖给住家铺户，高尖只少数高门大户才用。”米的分类暗示了这一时期小城镇的阶层差异。

其次，不同职业之间和同一职业内部形成了群体区分。不同群体之间可能因为利益或观念的不同，而形成一定的对立。但是社会是一个整体系

---

① ［德］卡·马克思、［德］弗·恩格斯：《德意志意识形态》（节选），中共中央马克思恩格斯列宁斯大林著作编译局编译：《马克思恩格斯选集　第一卷》，人民出版社，2012 年，第 148 页。

② ［德］卡·马克思：《波拿巴的雾月十八日》，中共中央马克思恩格斯列宁斯大林著作编译局编译：《马克思恩格斯选集　第一卷》，人民出版社，2012 年，第 762 页。

统，社会分工的共存，职业内部的竞争，都不是为了封闭自我或者你死我活，而是共同合作来支持社会有序运行，各行业职业发挥各自作用，超越自给自足的自然经济和行业体系，通过相互满足和支持来得到共同发展。如果行业职业的高下等级差距不断扩大，社会秩序的和谐会受到极大损害，在这样的环境下，最后的结果是所有行业职业一起走向崩溃。涂尔干说："如果说分工带来了经济利益，这当然是可能的。但是在任何情况下，它都超出了纯粹经济利益的范围，构成了社会和道德秩序本身。有了分工，个人才会摆脱孤立的状态，而形成相互间的联系；有了分工，人们才会同舟共济，而不会一意孤行。总之，只有分工才能使人们牢固地结合起来形成一种联系。"①

涂尔干区分了传统社会中的"机械团结"和现代社会中的"有机团结"。"机械团结"是以共同信仰和习惯、共同仪式和标志为基础建立起来的社会联系，"有机团结"则依赖复杂的劳动分工体系中的相互支持。小城镇的经济基础和社会结构，使职业之间和职业内部，形成了"机械团结"和"有机团结"交叉融合的状态，一方面，小城镇属于血缘和人情社会，共同的情感和利益构成或大或小的共同体，另一方面，小城镇分工又相对复杂，在漫长历史中已经形成了相互依靠和支持的传统。总体来看，小城镇居民虽从事各种职业，中间也有对立和竞争，但是"团结"或者"黏合"度是比较高的。在小城镇小说中，这种黏合表现为三种常见的模式。

第一种是以家庭或准家庭为纽带的内部团结。小城镇手艺人最重要的传统之一是职业的家族化和家族沿袭，《异秉》中，王二一家就是一个非常典型的家庭经济系统，一家四口都参与到共同的经济生活中："天不亮王二就起来备料，然后就烧煮。他媳妇梳好头就推磨磨豆腐……磨得了豆腐，就帮王二烧火……省出时间，好做针线。一家四口，大裁小剪，很费功夫……儿子念了几年私塾，能记账了，就不念了。他一天就是牵了小驴去饮，放它到草地上去打滚。到大了一点，就帮父亲洗料备料做生意，放驴的差事就归了妹妹了。"《浮躁》中麻子外爷在白石寨开了铁匠铺，小水和福运就跟着外公

① ［法］埃米尔·涂尔干著，渠东译：《社会分工论》，北京：生活·读书·新知三联书店，2000 年，第 24 页。

学打铁，外爷死后就继承了铁匠铺。与家庭机制相接近，有一些职业群体内部以乡情或家族关系为核心，形成了类似同行公会的紧密联系，比如《大淖记事》中的锡匠、挑夫和锡匠都来自兴化："这一帮锡匠很讲义气。他们扶持疾病，互通有无，从不抢生意。若是合伙做活，工钱也分得很公道。这帮锡匠有一个头领，是个老锡匠，他说话没有人不听。老锡匠人很耿直，对其余的锡匠（不是他的晚辈就是他的徒弟）管教得很紧。""挑夫里姓黄的多"，他们也有着共同的生活习惯：生活简单，靠卖力气生活。《浮躁》中的河运队，是依靠许许多多两岔镇人一起投资和出力，才办起来的。

第二种是以朋友情感或交往为纽带的联系。汪曾祺《岁寒三友》写了王瘦吾、陶虎臣和靳彝甫之间的赤诚友情。《异秉》中写王二的卤烧摊收摊之后，他就要到保全堂来，这时的保全堂高朋满座，无家可归的光棍都聚集到店堂里来，还有收房钱的、卖活鱼的、给人家熬鸦片烟的几个常客，大家一起听张汉谈天说地。《浮躁》写小水家的铁匠铺，刚好在由省城到白石寨的公路边，每天客车和货车经过，很多人在这里停下来，吃饭解手，这里成了过往车辆的停歇站："那些河里插鳖者，山中猎兔者，卖鸡售蛋者，全冲着省城人而集中在铺子门口招揽生意。小水也就常常做了许多卖主的代理人，车一到，她呐声一喊，或振臂一挥，车就停下，买卖公平，交易成行，远近有山珍野味的人没有不投奔小水的，大小车辆的老少司机也没有不殷勤小水的。"小水家的铁匠铺成为小城镇的小市场和中转站。

第三种是以利益和职业道德为纽带的联系。《古船》中洼狸镇主要由隋家、赵家和李家三大家族组成，隋家是粉丝厂和粉丝技术的主心骨，赵家追求的是权力和利益，李家则在技术上有独特的天赋，三家虽然有着不同的立场和利益追求，但是在洼狸镇的共同利益——粉丝厂的顺畅运转上，都遵守着职业的底线。所以虽然隋家、李家乃至全镇，都对承包粉丝厂的赵多多抱着鄙夷和不服，但是当粉丝厂倒缸时，隋抱朴还是挺身而出，李知常也孜孜不倦地研究出了大大提高粉丝厂生产效率的机器。《浮躁》中河运队内部也有利益纷争，但是整个船队依然按照各自分工，收货的收货，跑船的跑船，销售的销售，还有管理的、管账的，大家一起推动河运队顺畅运转，使不静岗、仙游川以及两岔镇上的一些人家日渐富裕，这是河运队协作带来的好处。

在小城镇，职业分工模式具有很强的社会结构分析效果。如果要进行更细致的辨析，可以发现，小城镇里的人们虽然分属不同群体，但他们的关系更多时候是相互连接和补充，甚至相互依赖的。这种建构性的关系，更加接近涂尔干在职业分工理论中所描述的“有机团结”和“职业互补”。

最后，职业身份差异有多种表现形式。《芙蓉镇》的故事内核是一场发生在20世纪六七十年代的政治冲突，冲突的双方，一方是“左倾”错误执行者李国香、王秋赦等，他们因为干部和“雇农”的身份而具有较大的政治话语权，另一方是代表“走资本主义道路”的胡玉音和桂桂、秦书田，他们作为个体经营者和知识分子，各自走向了不同命运。《古船》中，粉丝厂的主人隋迎之一家，在不同的时代其地位发生了巨大的变化，资本家的身份成为他们一家命运变化的主要原因，虽然隋迎之想尽办法把自己的粉丝厂都交给了国家，但是在“阶级斗争”的政治形势中，这个家族终于没能避免家破人亡。改革开放后，这种时代因素造成的差异较为明显地表现在小说所描绘的部分官僚主义现象中。《新星》中县长顾荣利用政治权力为儿子提供保护，对于群众的疾苦却冷漠对待；《浮躁》中田有善、田中正等，极力追求家族利益、个人享受和政治前途，钻营陷害，欺男霸女。有时即使在那些试图理顺干群关系的叙述中，我们依然可以看到不同身份间的距离。李向南致力于创造古陵县的新貌，但是他采取的方式是通过个人政治权力强行推进改革，对于群众来说，他是只能仰望的“包青天”。《陈奂生上城》中陈奂生对县委吴书记的崇拜，《人生》中高加林拼命想挤进县城当干部，都展现了这种距离。

这种时代因素造成的差别意识在小城镇小说中还有不少的描述。《人生》中写同一个班级学生高中毕业：“农村户口的同学都回了农村，城市户口的纷纷寻门路找工作。亚萍凭她一口高水平的普通话到了县广播站，当了播音员。克南在县副食公司当了保管。生活的变化使他们很快就隔开很远了，尽管他们相距只有十来里路，但在实际生活中，他们已经是在两个世界了。”在《平凡的世界》中，无论是孙少安自己，田福堂、孙少平，还是秀莲，都认为孙少安与润叶的爱情是不合适的。孙少平多次为这件事情感到无比遗憾，但他也很快想道：“这是绝对不可能的。他哥是农民，而润叶姐是公派教师。至于两家的家庭条件，那更是连比都不能比了。”秀莲看到润叶送来的被面，马上醋意十足地意识到润叶喜欢过她的丈夫，但是她一听说润叶是个干部，立刻放下心来：“一个女干部怎么可能爱她的农民丈夫呢！”

在社会分工和专业化程度很高的现代社会，群体的划分以职业分化为基础，而在以市场为主要资源配置手段的情况下，人们的绝大部分经济利益都通过职业途径来实现。[①] 进入改革开放时期，国家以经济建设为中心，提倡个人劳动致富，允许一部分人先富起来。经济上打破“大锅饭”，在不同职业间贯彻按劳分配原则，这是国家政策的要求，也是经济建设必然的结果。《平凡的世界》写原西县每年春节之前都要开四级干部大会（“四干会”），这是县城最热闹的时候。在改革开放之前，“四干会”通常都是批判几个“有资本主义倾向的阶级敌人”，而现在却大张旗鼓地表彰发家致富的人，不仅有精神奖励，“冒尖户”还有物质奖励。这是改革开放时期的新变化，小说写道：“在社会还普遍贫穷的状况下，这些发达起来的农民受到了人们的尊敬……连干部们都羡慕地议论他们……人们的观念在迅速地发生变化：过去尊敬的是各种‘运动’产生的积极分子，现在却把仰慕的目光投照到这些腰里别着人民币的人物身上了。”当然，这时评判“冒尖户”标准还很勉强，孙少安是把各种家当全部算上，才挤进了资产 5 000 元的行列。改革开放中出现的经济差别，比较明显地体现在国有企业管理者、私营企业主和个体经营户获得成功之后。《古船》里赵多多承包了粉丝厂，很快就在经济上获得了巨大的利益。按照见素精细的推算，赵多多 13 个月内至少在粉丝厂赚取了 5.5 万元的利润，一跃成为洼狸镇最富有的人：他不仅获得了管理粉丝厂的巨大权力，还拥有了“企业家”的各种待遇，可以配女秘书，银行可以低息甚至无息贷款给这位全县有名的企业家 20 万元。相比之下，虽然获得了镇领导支持，但作为普通工人的隋见素只有 5 000 元的贷款额度。赵多多在经济上拉开了与一般工人之间的差距，与靠捡碎粉丝来获得一点收入的

① 陈立旭：《都市文化与都市精神——中外城市文化比较》，东南大学出版社，2003年，第 55 页。

小葵和小累累一家相比，更能看出其他职业群体与赵多多等企业经营者在收入和财富上的差距。《浮躁》里的雷大空成立了白石寨城乡贸易联合公司，通过各种手段，赚取了不菲利益，成为全县个人致富的典型，也成为众人仰慕的对象。相比之下，不仅白石寨的集体致富典型河运队队员们难以望其项背，小说中金狗到东阳县采访时遇到的卖艺人、醉汉、挑夫和赤贫的农民，与雷大空之间更是有着一眼可见的差距。林斤澜的小说《梦》里写女镇长李地提出辞去镇长的职务，去女儿开办的纽扣工艺公司当经理，虽然其中有特殊的个人原因，但也能让人感受到经营企业所带来的经济利益的吸引力了。

改革开放后中国社会的结构发生转型。《腊月・正月》中韩玄子和王才之间的冲突，《相思树女子客家》中观音姐面对的质疑和嫉妒，《芙蓉镇》中李国香和胡玉音的对立，都是这一历史进程的反映。“每一次技术的冲击和经济的变革……导致身份结构的演变，并倾向于使社会荣誉的重要作用再次复兴。”①正是在新的历史背景下，声望分类显现出更为重要的意义。

第四节　小城镇的声望分类与职业价值

职业声望分类，是在马克斯・韦伯的社会学研究影响之下建立起来的一种社会评价方式，韦伯运用“财富-经济”标准、“权力-政治”标准和“地位-社会”标准来进行社会分类研究，开创了采用多维指标研究不同社会群体结构的模式。② 声望，是指公众的良好评价与社会承认，一般表现为获得尊重和认同的程度，虽然声望不可避免地会与政治地位、经济地位形成一定程度的互相渗透和同一化，但是，其内核还是具有自身的独立性。

职业声望最普遍的表现方式，是职业声望调查，中国的职业声望调查在 20 世纪 90 年代逐渐发展起来。在 20 世纪 80 年代小城镇小说中，有关职业声

① 李春玲、吕鹏：《社会分层理论》，中国社会科学出版社，2008 年，第 40 页。
② 李春玲、吕鹏：《社会分层理论》，中国社会科学出版社，2008 年，第 35—36 页。

望的叙事远比调查数据复杂。在一般意义上，二者有比较接近的地方，比如小说中偶尔出现的高级别党政领导干部和高级知识分子，往往都是以正面的、权威的形象出现。县镇一级干部和知识分子也一直保持着较高的威望。《新星》中县长顾荣对恒岭峪小学生一次随口的关心，就可以成为肖婷婷的期望和信心；《腊月·正月》中的退休教师韩玄子、《古船》中的老中医郭运，都在小镇普通居民中具有很高的威望。即使是县镇一般职员和工人，也是农民和小城镇居民羡慕的职业，《平凡的世界》里的田润生只是一个县城的小车司机，却是农民可望而不可即的。对于当时的很多青年农民来说，成为职员和工人是他们追求的最近目标，所以，像高加林和孙少平这样的青年人都前赴后继，努力地成为一个有工作的城里人。20 世纪 80 年代小城镇小说关于声望分类的叙述与职业声望调查最大的区别，是它的重点落在展示同一职业的内部差别上。在几乎所有职业中，小说都进行了来自价值立场的重新归类，并建立起同一职业内部的新结构。

我们以小说中最常出现的党和国家机关负责人与工商业者两大类为例进行分析。

县镇一级党政领导干部，既是上级政策的执行者，又在一定程度上决定了小城镇的政治经济生态，但是职级更高，并不意味着声望更高。《新星》作为 20 世纪 80 年代产生过非常广泛影响的“改革小说”，其主要的矛盾和情节的焦点，是以古陵县委书记李向南为代表的“改革派”与以县长顾荣为代表的“守旧派”之间的对立。李向南和顾荣职级相同，两人的声望却走向相反的方向。李向南通过在县委提意见大会上开诚布公、高效解决群众上访问题、惩治供电局公款吃喝、重新启用受排挤的朱泉山、严厉处理恒岭峪公社书记官僚主义问题、妥善处理小学校舍搬迁问题、到乌鸡岭和凤凰岭大队现场处置乱砍滥伐等一系列行为，不断提升声望，成为普通人眼里的“包青天”，成为小胡由抵触到钦佩的“政治对手”，成为林虹和顾小莉敬慕的对象。虽然他的工作方法也引起了很大的争议，但是当听到李向南可能调离古陵，一大群人聚集在县委书记办公室挽留他，这个情节说明了李向南的民意声望达到了高峰。而顾荣包庇儿子违法乱纪，面对改革阳奉阴违，运用权术妒贤嫉能，与他相关的问题越来越多，反对他的声音也越来越大。形成这样的声望反差的根本原因,是两人的立场差别。对李向南来说,他的工作方法是:到一个地方工作,主要的任务就是发现问题,解决问题。在接待詹姆士夫妇时,他用三句话更全面地解释了自己的政治立场和人生观念:

> 第一句,我们这代人都是理想主义者,始终在为建设一个理想的社会努力,在实践,在读书。这造就了我们富有想象力的品格。第二句,中国的"文化大革命"使我们广阔地看到了袒露的社会矛盾、社会结构,这造就了我们俯瞰历史的眼界和冷峻的现实主义。第三句,在一个几千年来就充满政治智慧的国家里,不断地实际干事情,自然就磨炼出了政治才干。

理想、现实、实干,这是一位县镇主政者的完美特征,当他把政治当作一种为人们的幸福生活服务的目标,而不是获得个人私利的手段时,他的声望自然而然地超越了其他群体以及他所在群体的其他人。

声望地位超越了职业界限。高声望群体获得声望的原因是他们拥有共同的价值观念,他们超越了职业和身份区别,形成了价值共同体。就像顾小莉即使对李向南充满抱怨和不满,但还是发自心底地对顾荣说:"我觉得他是个有价值的人。"高声望阶层也因为坚持这样的价值,而获得了被其他人认同的价值。

这个价值是什么?是首先把自己的职业(专业)做到最好,并在此基础上,为他人获得更幸福和完满的生活,为社会变得更加公正而奉献自己的全部力量。

和《新星》类似,《平凡的世界》中同样展现了小城镇党政领导干部内部是如何形成声望分歧的。原西县革委会领导们也分成了两个阵营,田福军冒着政治风险,实事求是纠正农村政策执行的错误,和以冯世宽为代表的干部群体产生了直接的冲突。虽然也遭受了排挤和诬陷,但是在上级和普通百姓那里,他得到了承认和尊重,这也带来了他后来的职务升迁。

与此相反,一直在芙蓉镇主政的李国香和王秋赦即使权倾一时,也不能压制住小镇居民们在背后对他们的唾骂讥讽。"文化大革命"过去不久,传说上级即将委任“犯错误”被撤职的谷燕山为镇委书记兼镇革委主任，虽然仅仅是传言，居民们已经眉开眼笑了。“这人心的背向，王秋赦不痴不傻，是感觉得出来的。”

中国传统社会里，地方主政者对于普通民众有绝对权威，在20世纪80年代的职业声望调查中，党政领导干部是最被人尊重的身份之一。但是小城镇小说打破了人们对于政治权威的固有想象，构建了一种以“政治价值”为核心的声望标准。《新星》中的李向南以一种理论家的气魄，说出了这种政治价值的主要特征：建立美好社会的理想主义、面对社会问题的现实主义以及政治才干。这个概括当然并不全面，比如，在中国长期以来的文化中，个人道德要求无时无刻不对主政者产生隐形的影响，事实上，李向南就承受了生活道德攻击，《芙蓉镇》中李国香和王秋赦的私生活混乱，几乎全过程地和他们的政治发迹结合在一起，形成荒谬反差。作为公众人物，地方主政者不可避免要受到公众臧否，他们的施政也必然要遭到各种既得利益者的反对，即使是李向南和田福军这样的“改革派”，反映他们问题的举报信都源源不断。但是在小城镇小说中，党政领导干部是否能够坚持政治价值，决定了其内部声望的结构性差别。理想和现实，才干和道德，这些因素区分了他们的声望地位，他们要在这些标准面前接受检验——或者受人爱戴，或者遭人唾弃。

工商业者的声望差别则更为多样化，其评价标准也极具民间精神。在历史上，从事手工业和商业的群体，在政治上一直处于底层，在经济上则层级跨度较大，既有资产万贯的大商人，也有难以保证温饱的小本经营者。汪曾祺的小说里就描写了现代时期的小城镇工商业者，其中有像王廋吾、陶虎臣这样破产潦倒的，有像挑夫们这样赚一天花一天乃至入不敷出的，还有像八千岁那样“有钱”和像王二那样“发达”的。但是总体来看，工商业者在小城镇的政治和经济分层中，基本还处于较低层次，八千岁再有钱，也被军阀八舅老爷大敲竹杠，只能吃哑巴亏，而毫无还手之力。

在改革开放背景下，出现了私营企业主、国有企业管理者、个体经营户等一批新工商职业人群，小城镇经济生活结构的层次跨度扩大。《古船》中的赵多多和隋见素、《浮躁》中的雷大空、《腊月·正月》中的王才、《相思树女子客家》中的观音姐都属于“先富起来的人”。雷大空赞助白石寨城关中学七万元，为师生修盖一所阅览室。他告诉金狗:“我这是在买政治资本啊!”他也得到了县委书记田有善的支持,《州城日报》发表了县委书记支持河运队和贸易公司的报道:

> 宣传的力量是巨大的,这一大块文章轰动了全地区,各县皆议论白石寨县委田书记是领导改革的带头人。皆议论雷大空是个开拓型的农民改革家……田有善就在地区领导面前口大气粗了,强争着要把雷大空提名为地区劳模。

20世纪80年代小说对小城镇工商业者的声望叙述,和对党政领导干部的叙述有一定的区别,其原因在于二者职责和价值追求大相径庭。对于工商业者来说,制造或供应最好的商品,以适当的方式和价格来满足小城镇居民的日常生活要求,是其价值和声望获得的主要来源。同时,因为小城镇较为封闭的人情社会特征,处理好人际关系是获得声望的另外一个重要因素。

汪曾祺对于小城镇小说的贡献,不仅在于他写出了小城镇生活的全景图,还对各种职业,尤其是工商业者的职业价值有着深刻的洞察。他写戴车匠,把一个勤恳劳作的手艺人写得精细入微,写出了一种神圣感:

> 戴车匠起得很早。在别家店铺才卸下铺板的时候,戴车匠已经吃了早饭,选好了材料,看看图样,坐到车床的坐板上了。一个人走进他的工作,是叫人感动的。他这就和这张床子成了一体,一刻不停地做起活来了……戴车匠踩动踏板,执刀就料,旋刀轻轻地吟叫着,吐出细细的木花。木花如书带草,如韭菜叶,如番瓜瓤,有白的、浅黄的、粉红的、淡紫的,落在地面上,落在戴车匠的脚上,很好看。

在这样一个伟大而平凡的手艺人面前,汪曾祺自然而然地点明了工匠的核心精神特质,他说:“看到戴车匠坐在床子上,让人想起古人说的:‘百工居于肆,以成其器。’中国的工匠,都是很勤快的。好吃懒做的工匠,大概没有。”汪曾祺在小说最后,还写了一个细节,来表明人们是怎样地喜欢这样的工匠:“到快过清明节,大街小巷的孩子就都惦记起戴车匠来。”

在另一篇并不起眼的小说《茶干》(《桥边小说三篇》)中,汪曾祺对工商业者的价值进行了更丰富的扩展和更精炼的总结。他写连万顺酱园店的连老大,小小的酱园生意却做出了厚实的家底,其原因主要有三。第一,信用好。乡下的种田人上城,把油壶往柜台上一放,就去办别的事情去了。等他们办完事回来,油已经打好了。油壶口用厚厚的桑皮纸封得严严的。“乡下人从不怀疑油的分量足不足,成色对不对。多年的老主顾了,还能有错?”第二,为人和气。“乡下的熟主顾来了,连老板必要起身招呼,小徒弟立刻倒了一杯热茶递了过来。他家柜台上随时点了一架盘香,供人就火吸烟。……连老板对孩子也很和气。”第三,勤快。“大小事他都要过过目,有时还动动手。”

这个普普通通、正正派派,“很难写成小说”的生意人,汪曾祺用了很婉转的叙述,写出了他的口碑:“连老板也故去多年了。五六十岁的人还记得连万顺的样子,记得门口的两个大字,记得酱园内外的气味,记得连老大的声音笑貌,自然也记得连万顺的茶干。”

卖熟食的王二、保全堂的药师、锡匠十一子、挑夫的女儿巧云、杂货店主王廋吾、做炮仗的陶虎臣、画师靳彝甫、送果子的叶三、瓦匠金大力、医生王淡人、卖馄饨的秦老吉……汪曾祺笔下的绝大多数手艺人和小商人,忠实而勤快地守着自己的手艺和铺子,爱着自己的职业,和气温暖地对待他人,即使遭受了各种不同的挫折,他们却得到了人们应有的尊重。

汪曾祺另外还写了一些很有生意头脑、经济上也很不错的商人,他们却并未得到与其财富相应的尊重。比如八千岁——“大家都知道八千岁很有钱”,开肉案的庞家三兄弟和他们家勤快能干的三妯娌。他们虽然有钱,却没有获得相应的声誉。很有钱的八千岁,在柜台边贴了两张字条,一边写的是“僧道无缘”,一边是“概不做保”。八千岁有钱而如此吝啬,又拒绝承担一个有钱人应尽的帮穷扶困义务,“就不免引起路人侧目,同行议论”。而庞家三妯娌精明到连粥厂施舍的粥都要去打,所以大家“对庞家虽很羡慕并不亲近”“都觉得庞家的人太精了”。

手艺人和生意人可能没有地方主政者宏大的理想和抱负、政治才能和严格的道德要求,但不能缺少对职业的勤和爱,对他人的敬和善。这是手艺人和生意人的核心价值，他们依靠这些来获得经济回报，也靠这些获得人们的尊敬。这样的传统保有强大的生命力，绵延在任何一个时代。

《芙蓉镇》里，胡玉音的米豆腐摊生意兴隆，客来客往，不仅因为她生得面如满月、体态动情，食具干净、量足油厚，还因为她待客热情、性情柔顺，不分生熟客人，不论穿着优劣，总是笑脸迎送。"'买卖买卖，和气生财。''买主买主，衣食父母。'这是胡玉音从父母那里得来的'家训'。"《浮躁》写白石寨城里，麻子的铁匠铺是鼎鼎有名的。麻子外爷手艺好，人也豪爽，大家都愿意来找他，铁匠铺生意红火，订货的，买货的，修理家具的，川流不息。"麻子在世的时候，人们的心目中他只是个铁匠，麻子，一个没大没小爱喝酒爱说趣话的人，他一死，才懂得他活在世上的好处竟是那么多！"《古船》的隋抱朴"做粉丝的手艺全镇第一，这是人们公认的"，他是唯一能够两次挽救粉丝厂倒缸的人。同时，他沉稳、正直、隐忍，信守洼狸镇的信条"扶缸如救火"，成为洼狸镇居民唯一信任的粉丝厂掌舵者。赵多多死后，粉丝总公司由隋抱朴接管，"镇上人从赵多多接手粉丝大厂那天就提心吊胆，直到如今才长长地舒了一口气"。

另外一个经常出现的现象是，富裕的工商业者经常在公众的评价中处于声望的底层。《古船》中的赵多多承包了粉丝厂之后，独断专行，嚣张跋扈，流氓本性不断扩张，变成了洼狸镇居民的公敌，他被举报清查，最后车祸身亡。《浮躁》中的雷大空虽然身上还保持着一些义气，但是他采取各种手段，甚至非法的方式，获取经济利益和"政治资本"，终于在法律面前走向了末路。

在这一时期的小城镇小说中，工商业者群体出现了财富水平与声望评价之间的反差，原因颇多，有来自现实生活的原因，有对于商业经济的歧视传统，作家的批判精神，等等，不一而足。但是，我们可以看到的是，声望地位的评价标准并非财富，而是价值。

声望地位划分的价值标准，在其他职业中也展现出自己的独特性。《古船》中的隋不召，是洼狸镇的一个另类，他活着的时候，承受着人们的嘲笑和指摘，但当他死去，"全镇人都汇入了送葬的人流"："墓地上站了黑压压的一片人，隋抱朴终于明白叔父是镇上真正受到爱戴的人。"《浮躁》写金狗离开两岔镇河运队，到地区当记者去了，这是一个很体面的职业。"（金狗）见到任何人，到任何部门，一想到自己是记者，什么也不胆怯了。他现在真正明白到，记者的权力说没有，什么也没有，说有，什么都有！”但是在他以前的那些兄弟眼里，“金狗当船工时，他还算个好人，要当干部了，就没好人的味了”。

小城镇小说的职业叙事，是我们认识小城镇的特殊视角，帮助我们深入小城镇的日常生活和观念世界。20 世纪 80 年代的小城镇小说以直观的方式呈现了时代背景下不同职业身份群体的差异。在这种差异之外，小说还描绘了小城镇职业群体内部一套强大的声望分类和评价系统。声望地位的核心包括对职业价值的追求，对公平、爱和尊重等社会和人生价值的坚持。声望分类和评价标准立足于职业又不局限于职业，它超越了其他的划分标准，建构出一种特殊的“价值共同体”。声望分类和评价，成为 20 世纪 80 年代小城镇社会和小城镇小说共同造就的价值文化。

第四章

小城镇小说中的经济生活类型

第一节　作为经济中心地的小城镇

20 世纪中叶，施坚雅在中国四川等地进行了长期的田野调查和研究，他发现，除了以行政区划为标准的城镇等级层次，中国城乡还有一种“由经济中心地及其从属地区构成的社会经济层级”。在 1964—1965 年间发表的一系列论文中，他先区分出经济中心层级中的三个底层，即基层集镇、中间集镇和中心集镇，然后分析上延至城市贸易体系，最后扩展到整个区域经济。① 施坚雅创立的这个“区域体系理论”，其出发点，就是对三个底层经济中心地的确定，如果进行比较分析，这三个底层中心地，一定程度上对应了集镇、建制镇和县城，但除对应关系之外，其中又存在着部分差异和错位现象。施坚雅的理论立足于“前现代”或“传统”中国社会，但是，这个理论对于我们研究 20 世纪中国小城镇社会仍具有重要的参考意义。

首先，区域体系理论以及对于经济中心地三个底层的分析，可以用来对 20 世纪背景下的中国经济体系，尤其是小城镇经济生活做出有效的理解和解释。关于行政等级中心地与经济等级中心地之间的联系问题，施坚雅对比了两种观点，一种是张盛涛等认为的两个系列中心地可以重合，另一种是费孝通等认为的行政层级和经济层级完全不一致。在比较论证并举例指出两种

---

① ［美］施坚雅主编，叶光庭等译：《中华帝国晚期的城市》，中华书局，2000 年，中文版序言第 1、10 页。

观点的错误之处之后，施坚雅得出了与二者不同的结论，他认为，“行政和经济中心这两个等级系列重合或一致的程度，只有通过分析一个具体地区的市场结构才能确定”。①

事实上，施坚雅所列举的两种对立观点，两种层级重合与分离的情况，都在中国社会结构中存在，在20世纪80年代的小说中，我们也看到了相应的呈现状态。第一种行政经济中心地重合型较为普遍，《浮躁》中，两岔镇、白石寨县、州城之间，形成了明显的“行政-经济”对应，在这个重合型系统中，行政等级泾渭分明，经济上的链条秩序也较为清晰，行政和市场两个领域相互之间形成了适配。两岔镇的河运队从周边的集镇山区收购各种山货，集中之后转运到更高一级的白石寨县，河运队一开始设计在白石寨成立一个货栈，“这样既可以有固定销售点，又可以周转货物”，不久之后这个目标就实现了，“白石寨有了一个大大的货栈，船队已形成二十五只梭子船组和一个三十六人的木排组，声势浩大，财源茂盛”。而州城，既是两岔镇和白石寨县的行政上级，也是镇、县通过州河向上延伸的更高经济集中地。小说中有一个未展开的细节，描绘了更大范围的经济功能层级序列，地区专员巩宝山的女婿从州城来白石寨县找雷大空，谋划在整个地区进行商业改革，形成一个统一阵线，让白石寨城乡贸易公司归属于他的“州深有限公司”，而且他和省城也关系密切，这样，镇、县、地、省之间的经济层级关系依序展开，形成了和行政层次相配合的经济层级。

第二种是错位型。错位并不代表整个层级体系的解体或倒转，错位体现在经济层级和行政层级之间的不相对应。具体而言，有的情况是在正常秩序中插入新的层级，比如《芙蓉镇》中的芙蓉镇和《平凡的世界》中的米家镇。芙蓉镇是最低行政层级的建制镇，但是在经济上有着超越县级中心集镇的地位。芙蓉镇曾经逢三、六、九，一旬三圩，一月九集，成为周边三省十八县的贸易中心，汉族客商，瑶族猎户、药匠，壮族小贩，都云集在这里贸易，基本上已经具有地区一级行政中心才能承担的经济功能。同样，《平凡的世界》写孙少安

---

① ［美］施坚雅著，史建云、徐秀丽译：《中国农村的市场和社会结构》，中国社会科学出版社，1998年，第10页。

的几次重要经济活动，给牛治病，给秀莲置办新婚衣服，去的是一个和石圪节公社行政级别相同的米家镇："米家镇虽属外县，但旧社会就是一个大镇子，双水村周围的人要买什么重要的东西，如果石圪节没有，也不到他们原西县城去，都到外县的米家镇去置办。米家镇不仅离这儿近，货源也比他们县城齐全——不光有本省的，还有北京、天津进来的货物。"这个层级描述更能让我们了解，一个乡级小镇在商业经济上的重要程度可以超过县一级，"石圪节乡-原西县-黄原市"的行政层级，与"石圪节乡-米家镇-黄原市"的经济层级出现了错位，是因为在"镇-县"这一级中插入了一个新的、与县几乎平级的"镇"。

还有一种特殊状态是，一个镇级行政区域，在某一特殊经济领域，越级成为具有大区经济中心影响力的地方。比如《古船》中洼狸镇的粉丝工业，"白龙牌粉丝驰名世界"。林斤澜笔下的矮凳桥镇，纽扣市场"把北至东三省、内蒙古，南到香港的客人都招来了"。洼狸镇和矮凳桥镇在行政上是最低一层，但是在粉丝和纽扣单一产品的生产和贸易上，具有全国乃至国际性中心地位，其经济功能远远超过其行政级别。这种模式很像中国明清时期的四大镇，虽然经济规模和重要性都迥异于寻常城镇，但是未取得更高的政治地位和行政级别，其作用基本上限定于经济中心地域。

最后一种，是经济上的跨区域延伸。《浮躁》中，河运队到荆紫关之后，就不往省城发展，而是根据河道水运去往襄樊，这是一个由河运经济体系自发进行的经济转移，脱离了行政层级的体系束缚："河运队照常船只往返，走白石寨，下荆紫关，去襄樊，赚钱发财，洋洋得意。"远在陕西的雷大空生意做往四面八方，但是最有经济吸引力的，是南方已经开放的经济中心，他"去了广州贩银圆，贩天麻、党参"。巩宝山女婿的"州深公司""与深圳一家公司挂钩"，虽然他有省城的关系背景，但是其经济活动，不得不服从经济区域的控制，不再按照行政体系上延到省城，而是直接从县、地区转到更大的、代表改革开放力量的南方经济区域中心去了。他们在生意上都被南方的广州和深圳"虹吸"，虽然这个大区域中心城市不在我们研究的范围，但是它们是 20 世纪 80 年代小说对经济区域体系宏观把握的一个部分，也帮助我们了解中国社会小城镇经济生活的脉络和规律。

其次，这个以经济为中心的“区域体系理论”，提供了一个有效的视角和方法，让我们对小城镇的社会生活和观念有更深层的认识，并使我们以小城镇“经济”生活为对象的研究，有了顺理成章的底层逻辑。正如施坚雅在《中国农村的市场和社会结构》中所说：“任何一种对于传统中国社会结构的观察，只要它把与相关联的市场体系进行比较作为重点，就必然会随着层次的提高越来越注意到行政体系。早期的分析，受中国学者官方的偏见的影响，假定行政体系最为重要。我详尽论证一种有点儿非正统的观点的目的，与其说是要反驳这种分析，倒不如说是要推进平衡——在今后的研究中取得一种共识，即传统中国社会处于中间地位的社会结构，既是行政体系和市场体系这两个各具特色的等级体系的派生物，又纠缠在这两个体系之中。”①

对于中国社会的了解和把握，仅仅从政治和行政体系来看是不够的，还需要从经济和市场上来看。事实上，绝大多数社会现象都是政治和经济，或者说行政和市场共同介入的结果，经济和市场的作用广泛地存在于现实中，也必然成为我们了解中国社会的基础性因素。结合马克思关于经济基础和上层建筑、意识形态的论述，小城镇的经济-市场模式，和政治-行政因素一起，形成了小城镇社会的基本特征和伦理观念，而小城镇文学必然地要反映这一现象。在以往的文学研究中，我们更多地把重心聚焦在政治、人性、文化、文学形式等重要范畴里，而对经济因素采取一种集体无意识式的忽略，只有当我们提升并确认经济生活在文学中的表现价值，甚至接受经济-市场是文学内容的核心之一这一地位时，呈现在我们眼中的经济生活才能成为真正的日常生活和美学对象。

20世纪80年代小说中描述的小城镇，展现了中国基层社会秩序的多层次性和复杂性，经济层级体系和一般意义上的行政层级、属地管辖体制并非完全重合，这一现象是很明显的现实存在。改革时代不仅在顶层设计上提出“解放思想，实事求是”的口号，更把“实践是检验真理的唯一标准”放置到现实之中，发展经济并给基层更大的自主性。这种经济区域体系就是经

① ［美］施坚雅著，史建云、徐秀丽译：《中国农村的市场和社会结构》，中国社会科学出版社，1998年，第55页。

济按照自己的规律形成的发展模式，它比行政化的要求更加自由和有效，就像我们在各个领域所追求的一样，让一切回到自身，排除其他干扰，按照自己内在的规律向前发展。

这一时期小说创作对小城镇经济生活的描绘，展现的就是经济变革的进程以及经济观念的发展。虽然这个过程还和政治有着千丝万缕的联系，但是经济的中心和基础作用，已经通过各种细节呈现出来，有时是以背景化的形式一笔带过，有时却直接成为文学表现的核心。

洼狸镇的新面貌就是从经济上的变化开始的："又要重新分配土地了；工厂，还有那些粉丝作坊，都要转交到个人手中经营。老天，时光真的像老磨一样又转回去了？……就在这个时候，老赵家的赵多多做出了惊人之举：出头承包了粉丝作坊。"粉丝厂承包是洼狸镇惊天动地的大事件，在那之后，隋、赵、李三家围绕粉丝厂，展开了一轮全方位的竞争和整合，粉丝厂这个经济活动的中心场域，同时也在整个文学叙事里中心化了。如果站在一个更高的视野来看，围绕粉丝厂的争夺以及粉丝厂的兴衰，决定着洼狸镇以及洼狸镇居民几乎全部的日常生活和情感。《腊月·正月》被看作"改革文学"的代表作之一，韩玄子所代表的是传统乡镇的权威人物，而王才则是受益于改革，通过自己的努力劳动，在经济上翻身并希望获得更多尊重的新生代农民、手艺人和小商人，他们在经济地位和声誉资源上的争夺，构成了这个时代最有意味的矛盾冲突。当然，传统在新的时代面前败下阵来，从某种角度上看，也是经济获得生机的象征。更具有标杆性意义的，是大幅跨越行政阶层取得经济成功的矮凳桥和洼狸镇，它们或者立足原有传统经济底子，或者寻找到新的经济起点，发展出某种专业化的工业或商业模式，从而依靠经济成就完成行政超越，创造了自己的独特道路，这是小城镇小说对于小城镇经济生活最敏锐和深入的把握。

第二节　小城镇小说中的经济叙事层次

"毋庸置疑，在我国远古时代，作为城市产生的起始，防御设施的建立，剩余产品的交换，以及血亲制度维系的氏族中心地的确立，都是我国早期城市起源的激发因素，但其最本质的因素则是生产力的发展。不难设想，若离开了社会生产力的发展，上述三大激发因素也必然成为无源之水，无本之木了。只有社会生产力发展到一定水平，人类社会出现了三次社会大分工之后，才具备了早期城市起源的基本条件。”①

因为一些直接的原因，比如防御、集市、宗教等的需要，城市从农村中发展出来，城市文明从农耕文明中成长并形成自己的独立体系，但是归结到本质，三次社会大分工的推动，尤其是手工业从农业中分离出来，以及商业从农业和手工业中分离出来，才使人类有了与乡村不一样的城市生存模式。经济基础决定上层建筑，可以说，几乎所有城市的形成和发展，都不能离开手工业和商业。涂尔干在《社会分工论》一书中，从词源学的角度揭示了德国城镇与商业、手工业之间的密切关系：“德国的情况也是这样，资产阶级和城市居民是同义的。德国的城镇是在固定市场的周围发展起来的……人口逐渐聚集在了市场周围，同时也变成了城镇居民，变成了纯粹的工匠和商人。因此，居民（forenses）或商人（mercatores）这两种说法并没有什么差别，都指的是城镇定居者。”②其实，当我们联系到《姑苏志》中“居民所聚谓之村，商贾所集谓之镇”③的描述时，不也一样认识到，中国历史上的城镇是手工业和小商业共同推动的结果吗？

如果说，乡村之所以成为乡村，是因为农业和畜牧业的核心地位，是因为对土地的依赖，那么城市从一开始就是在手工业、商业的基础上建立起来的。当我们面对城市的时候，我们不仅面对着城墙、街道、密集的住房和人口，更要面对随处可见和广泛存在的手工业和商业，这是长期以来属于中国小城镇的传统经济结构和方式。当然，随着现代社会和经济的发展，传统的小城镇经济也发生了巨大的变化，近几十年来，工业化和信息化革命，不仅重塑了大中城市的经济体系和运行模式，还渗透到了小城镇，使小城镇的经

---

① 顾朝林：《中国城镇体系——历史·现状·展望》，商务印书馆，1992年，第6页。

② ［法］埃米尔·涂尔干著，渠东译：《社会分工论》，生活·读书·新知三联书店，2000年，第二版序言第33页。

③ 《姑苏志》，台北学生书局，1965年，第289页。

济体系更加复杂，小城镇的经济生活也更加现代和多样。

经济是人们生产、分配、流通、消费一切物质资料的总称。小城镇小说都以小城镇为背景，但是在主题、内容、人物等方面，因为作家的创作方式和观念各不相同，而呈现出一定的差异。如果要进一步观察小城镇文学中展现的经济生活，其中的差异程度具有明显的层次，整体来看，以小城镇小说中表现经济生活的程度来进行分类，我们至少可以看到四种类型。

第一类作品，疏离型，指文学作品的描述内容与小城镇经济生活基本没有关联。在这些小说中，小城镇纯粹是作为一个背景而存在的，小说所叙述的故事，不仅不涉及小城镇经济生活，甚至对人们的日常生活也不做过多的关注。余华的小说《此文献给少女杨柳》一开头就表明了主人公所处的空间："……我居住的地方名叫烟，我的寓所是一间临河的平房，平房的结构是缺乏想象力的长方形，长方形暗示了我的生活是如何简洁与明确。……我非常欣赏自己在小城里到处游荡时的脚步声，这些声音只有在陌生人的鞋后跟才会产生。"这个叫作"烟"的小城在小说中不断被重复，它和小说里叫作"外乡人"的人物构成了交叉和对立，二者共同强化着小城的地域空间背景，营造了一种类似于"城堡"的意境。同时小说也通过错乱的时间线索，在时空两个世界都建构起一种荒诞的气氛，作家似乎把所有的才华都放在语言和叙述的实验上，对于那些属于日常生活的内容，小说基本上是毫无兴趣的。

余华另一篇小说《河边的错误》也采用了类似的方式写小城镇，小说以县刑警队长马哲调查幺四婆婆的死以及与此有关的连环杀人案来展开。杀人案发生在一个小镇的河边，小说描述了地理环境："从县城到那个小镇还没有公路，只有一条河流将它们贯穿起来。"通过刑警队长的现场勘查，小镇河岸以及小镇内部一览无余。但是，这些城镇景观游离于普通人的生活之外，它们其实属于另一个世界，一个用精神、情绪和意识构成的非物质世界。

余华 20 世纪 80 年代的早期作品归属于先锋小说，是典型的现代主义文学，现代主义美学风格往往追求通过荒诞、扭曲和陌生化的世界，来揭示现代社会中个体的孤独和冷漠，绝大多数现代主义作品是疏离于现实生活和日常生活的，与经济生活更是遥遥万里，所以这些作品即使以小城镇为背景，小城镇也只是一个虚化的所指，几乎没有认知小城镇生活的功能。类似的还有苏童、残雪、马原的小说。

第二类作品，浅层融合型。这些小说有其他特定的主题，但作品不仅以小城镇为背景，而且反映的内容与小城镇的日常生活常态保持着一定的联系，部分地方涉及居民的日常消费和生产经营等经济活动，同时，小城镇作为一个重要表现对象，蕴含了较为丰富的现实价值和认识意义。

在这些作品中，小城镇作为一个大舞台，上演着各种具有时代特征的剧目，时代背景下的故事和人性纠葛，往往是这些剧目的重要主题。江西作家陈世旭的《小镇上的将军》写一位将军在“文化大革命”中受到迫害，来到赣北的一个偏远小镇，将军的出现给小镇带来新的气象，他也成为小镇居民的精神领袖。后来将军受到不公正的对待而死去，小镇居民以他们前所未有的正义气势和崇高感情，为将军举行了隆重的葬礼。这部小说的主题是对“文化大革命”的政治批判和反思，但是，小说有不少细节成为我们了解这个赣北小镇的重要方式。小说开始就写小镇的“消息中心”剃头佬：“他是本镇的骄傲。是那种土话叫作‘百晓’的角色。所谓‘百晓’，即‘天知一半，地下全知’……他在理发店里，把握着全镇的脉搏，以及它同外部联系的最新动向。”小说中还写到了小镇的内部环境：“镇上有两条呈十字状交叉的大街。这两条街宽得足以驰过一辆吉普车，加起来足有六百米长。零零落落地嵌着青石板的路面(青石板据传是明代官道的遗迹)。”在这些描述中，我们可以一窥这个小镇的历史以及其内部空间模式。小说还有不少对居民精神状态的描绘，更加帮助我们认识小城镇人的心理特征，比如“一向树叶掉下来也怕打破脑壳的小镇人，脸上居然也有了一种不怎么安分的愠怒之色了”，就真实地展现了小城镇居民逆来顺受、随遇而安的基本性格，以及在受到刺激和压力之后的愤怒反弹。这些描写也是推进小说情感效果的最好方式。

王安忆的《小城之恋》《荒山之恋》是20世纪80年代关于男女两性关系主题最具有探索性的小说，它们都以苏北小县城为背景。《小城之恋》的故事发生在徐州铜山县的一个剧团里，两个青年男女在充满了矛盾的性爱关系中，品尝着纠缠和痛苦；《荒山之恋》写了男女主人公生活过的几个地方，包括徐州、南京、上海，但故事集中在青海县，那是一个很新的小城，离花果山朝西去三百里，“城里有个剧团，唱的是南梆子，吃的是自负盈亏，住的是一个小杂院，吹拉弹唱，吃喝拉撒，全在里面了”。王安忆的小说喜欢用回环往复的方式，不断提及小城镇的某些内部地理环境，《小城之恋》中的街道，《荒山之恋》中的文工团、文化宫和小杂树林，强化着读者对于这几个空间因素的想象，这样的方式颇有传统诗歌情景交融的效果，在一定程度上又叠加了生活时间固定循环的意义。但是，这种有规律的生活又与男女主人公内在的激情洪流相互映照，通过这样的叙事，小城镇的文化意识和伦理观念也不断凸显出来。

苏童的小说《一九三四年的逃亡》写了马桥镇，这个马桥镇和凤凰镇、油坊镇等一起构建起了苏童的乡镇世界。小说写道：“镇上一群开早市的各色手工匠人看见陈宝年急匆匆赶路，青布长裤大门洞开，露出里面印迹斑斑的花布裤头，一副不要脸的样子。……他把鸡蛋壳扔到人家头上，风风火火走过马桥镇。自此马桥镇人提起陈宝年就会重温他留下的民间创作。”在这简单的一段描述中，我们意识到，马桥镇，就像中国的大多数江南乡镇一样，是属于手工匠人的世界，小城镇每天的清晨，就是从早市以及各色手工匠人的劳作开始的。

这些作品无疑给我们认识了解小城镇的基本面貌、居民生活提供了一个渠道，小说笔墨重心不在呈现小城镇生活上，各种有关小城镇的细节也不多涉及经济生活内容，但是它们丰富了小城镇的形象，隐含着小城镇社会的生活样式。

第三类作品，经济融合型。小城镇生活上升为作品的重要主题，经济生活也构成了其中必不可少的部分，作品广泛描绘了小城镇的各种人物、事件，展示了小城镇的日常生活状态以及小城镇的商业、手工业、工业、消费等经济内容。这一类作品数量众多，很多被归类到地域文学和市井文学的作品都可以纳入其中。古华《芙蓉镇》的女主人公胡玉音，在芙蓉镇的街面上，摆了一个米豆腐摊，引来了八方来客；贾平凹的《腊月・正月》写的是老教师韩玄子与办食品加工厂的王才之间的矛盾和对立；林斤澜的“矮凳桥风情系列”写了开小饭店的溪鳗、跑纽扣买卖的“小贩们”；李杭育《沙灶遗风》的主人公耀鑫，是一个“画屋师爹”——沙灶最传统的手艺匠人，他的相好桂凤则是小本经营的酱油店老板娘；张一弓《张铁匠的罗曼史》题目已经点明了主人公的职业，这位是在饮马桥镇远近闻名的铁匠；路遥的《人生》和《平凡的世界》主人公虽然大多是青年农民，但是高加林、孙少平式的“农民进城”时代故事，讲述了依靠个人吃苦耐劳、努力奋斗的年轻人，如何走向新生活的道路；柯云路的《新星》则反映了一座古老的县城在 20 世纪 80 年代的改革发展过程，以及在经济改革和思想冲突方面出现的种种故事。这些作品的主人公都要么从事商业和手工业，要么深深地卷入经济生活的大潮，他们的生活，在很大程度上浸染着小城镇经济的底色，也成为我们了解和把握小城镇经济生活的重要渠道。

第四类作品，经济主题型。小城镇经济生活成为核心主题，作品围绕商业、手工业、工业生产相关领域中的人物、事件展开，描绘了不同时空下小城镇经济模式的发展状态和内在运行过程，揭示出小城镇经济生活和社会生活的本质性特征。

汪曾祺的“高邮系列”小说是其中最杰出的作品，虽然这些小说的背景基本上都是 20 世纪三四十年代，但是它们对于中国现代小城镇的全景式描绘，已经具有历史化的深度和价值，我们完全可以把汪曾祺的高邮小说看作中国现代小城镇经济生活的全景图，而且在这些小说中，小城镇经济生活中的伦理特征也跃然纸上，其中所具有的“合理功利主义”精神，是小城镇经济伦理最精彩和最重要的质地。张炜的《古船》也是难得一见的精彩作品，洼狸镇的原型是山东龙口，龙口粉丝驰名世界，粉丝产业有着悠久的历史，在现代的发展历经曲折，其中浸染了形形色色的矛盾冲突。张炜通过自己的透彻观察和丰富经验，把《古船》写成了一个中国小城镇工业历史的缩影。贾平凹的《浮躁》通过写金狗、雷大空等小城镇人物投身改革开放的历史洪流，无论是组建股份制船运队，运输和交易农林特产，还是开办贸易公司，其中的沉沉浮浮，让我们看到了改革开放初期小城镇的经济道路。古华的《相思树女子客家》中的女主人公观音姐，原本是乡镇的会计，她每天看书，了解国家的经济政策、管理政策。她把从书中归纳的一些管理企业的措施，全部用到了相思树女子旅社的改革上，经过观音姐规范和现代化的管理，一家乡镇小旅店起死回生。

在以上四类作品中，第三和第四类作品因为与经济生活比较密切的联系，很多作品可以让我们认识到20世纪80年代中国社会，尤其是中国小城镇的发展历程，具有很高的认识价值，而成为我们研究的主要对象。第二类作品则因为在更特殊的视角上对小城镇进行了多样化描述，有很多内容隐含了小城镇发展的内在脉络，具有一定的参考价值，也纳入研究我们的研究视野。而第一类作品，除了一些涉及小城镇基本特征的描述可以作为例证之外，研究基本上不进行专门的论述。

在20世纪80年代这个特定阶段，小城镇小说的描述内容，更多地展现了两种经济生活形态，第一是传统经济方式以及经济生活，小城镇的传统经济主要是手工业和小商业，汪曾祺小说中描写的高邮，是以20世纪三四十年代为背景的江苏中部小城，手工业和小商品经济是小城的主体，米店、药堂、酱园、熏烧摊，等等，是传统小城的主要经济单位，也构成了小城的基本日常生活。第二是小城镇从传统经济向现代经济过渡的状态，传统向现代经济过渡阶段，一方面保留了手工业和小商品经济，另一方面出现了工业化，以及现代商业运行方式等。在古华的《芙蓉镇》里，胡玉音的米豆腐摊是典型的小商品经济，同时芙蓉镇也存在着代表公有制经济的国营商店，“文化大革命”结束后，芙蓉镇得到更大的发展，出现了以酒厂、造纸厂、铁厂等工业化企业。在贾平凹的《浮躁》中，金狗所从事的是运输服务业，他组织的船队则采取了混合股份制度，船队由乡党委领导，船权则属于个人，无船的人投资入股，盈利各方分红。这些新事物的出现，改变了小城镇的传统经济运行方式，也赋予了小城镇生命和活力。

但是，和都市相比，小城镇的经济发展仍然是有限的，在同时期的城市改革小说中，我们看到了更为宏大的经济潮涌，比如《乔厂长上任记》《花园街五号》中经常出现大中型国有工业企业等经济组织，以及股份制改革等经济活动，这些场景在小城镇小说中暂时还难以存在，这是当时社会现实所决定的。

在20世纪80年代小城镇小说中，获得了较为充分展现的小城镇经济方式，如果要以经济活动过程分类的话，主要包括两大类。1. 生产领域：手工业和工业；2. 流通领域：集市、各类商业和服务业（运输，水运和人力）。作为小城镇经济生活的主体，它们成为这一时期小城镇小说中的主要表现内容。

第三节　小城镇的生产：手工业和工业

手工业从农业独立出来的第二次社会大分工，带来了比第一次大分工更广泛的影响，并直接导致了城市的形成和发展。中国传统手工业历史悠久，种类齐全，成书于春秋战国时期的中国第一部手工业技术著作《考工记》，记录了当时官营和家庭小手工业的共三十个工种，其中记录完整或保存部分记录的工种有二十五个，可以分为制车、冶金铸造、兵器革甲、礼乐饮射、建筑水利、制陶等六大类。与《考工记》齐名的另一部中国工艺技术著作，是由明代宋应星所著的《天工开物》，这本书进一步记录了食、衣、印染、谷物加工、盐、糖、纸、墨、酒等十八个手工业领域的制作技术，几乎涉及国计民生的各个部分。

中国古代以“百工”称谓手工业者，“百工”一词后来就沿用为各种手工业者和手工业行业的总称。《考工记》中说：“审曲面埶，以饬五材，以辨民器，谓之百工。”[①]我们现在一般认为，手工业是指使用简单工具，依靠手工劳动，从事小规模生产的工业。比照各种关于手工业的定义，20世纪80年代的小城镇小说较为详细地描述出了手工业的一些基本特征。

第一，生产方式以手工为主，但很多时候需要简单工具的辅助。《平凡的世界》写孙少安到米家镇给牛治病，晚上投宿到一家铁匠铺，打铁是典型的体力活，很多时候需要两个人配合，抡锤打铁。“师傅一只手里的铁钳夹一块烧红的铁放在砧子上，另一只手拿把小铁锤在红铁上敲打。师傅打在什么地方，那个抡大锤的徒弟就往那里砸去。叮叮咣咣，火花四溅。”因为大部分手工业对于人力的要求较高，尤其是冶铁，建筑、水利、制造各种器具等，属于高强度劳动力行业，从业者基本上是男性；有少部分体力要求不高但技巧要求较高的手工业，会有女性从业者较多的情况，比如棉麻纺织和食

① 闻人军译注：《考工记译注》，上海古籍出版社，2008年，第1页。

品制作业。《芙蓉镇》中胡玉音是做米豆腐的,《小城无故事》中的吴婆婆以制作买卖荷叶粑粑为生。

为了节省人力或者制作更精致的产品,手工业会使用一定的工具来配合手工制作。汪曾祺《异秉》中写源昌烟店的刨烟作坊,刨烟的师傅“把烟叶子一张一张立着叠在一个特制的木床子上,用皮绳木楔卡紧,两腿夹着床子,用一个刨刃有半尺宽的大刨子刨”。《戴车匠》写制车用车床,车床是木制的:

> 有一个四框,当中有一个车轴,轴上安小块木料,轴下有皮条,皮条钉在踏板上,双脚上下踏动踏板,皮条牵动车轴,木料来回转动,车匠坐在坐板上,两手执定旋刀,车旋成器。

有一些手工业必须有相应的工具,否则无法生产,比如打铁,熔铁如果没有炉子,固定铁块如果没有钳子夹住,做成铁具如果没有锤子敲打,都是不可能的。《大淖记事》中写锡匠打锡器:

> 手艺不算费事,所用的家什也较简单。……支起担子,拉动风箱,在锅里把旧锡化成锡水……然后把两块方砖对合着(裱纸的一面朝里)……两砖一压,就成了锡片;然后,用一个大剪子剪剪,焊好接口,用一个木锤在铁砧上敲敲打打,大约一两顿饭工夫就成型了。……若是细巧的,就还要用刮刀刮一遍,用砂纸打一打。

做锡器的工艺并不复杂,所需要的工具也很简单,但是每个程序都需要工具来配合,融锡需要火和锅,做型需要砖和绳子,修型需要剪子,定型要用木锤,打磨需要刮刀和砂纸。工具,是手工业者手的延伸,它帮助手工业者完成了人力无法完成的工作。

第二,生产过程主要是通过专门的工艺技术,对原料进行加工制作。《异秉》中写了保全堂的药师们,其中“刀上”是负责切药和“跌”丸药的:“药店每天都有很多药要切‘饮片’,切得整齐不整齐,漂亮不漂亮,直接影响生意好坏。内行人一看,就知道这药是什么人切出来的。”“刀上”是技术人员,工作技术含量很高，其手艺好坏关乎药店的声誉，所以他的“薪金最高，在店中地位也最尊”。《桥边小说三篇》中的《茶干》写连万顺家做茶干：

> 豆腐出净渣，装在一个一个小蒲包里，包口扎紧，入锅，码好，投料，加上好抽油，上面用石头压实，文火煨煮。要煮很长时间。煮得了，再一块一块从麻包里倒出来。……很结实，嚼起来很有咬劲，越嚼越香。

《芙蓉镇》胡玉音家的米豆腐摊，虽然没有写胡玉音做米豆腐的过程，但是她做的米豆腐洁白细嫩，量头足，作料香辣，油水多。绝大多数手工业生产的都是物质性产品，但也有一些制作非物质产品的工艺技术，《沙灶遗风》和《浮躁》都写了画屋师，耀鑫老爹给屋主画外墙，金狗爹给房子画梁，都属于这一类型。他们属于民间手艺人，生产的是文化产品。

工艺和材料决定了产品的质量，这是生产环节的中心，也是手工业从业者形成高低等级层次的重要标准。手工业有很多手艺人，对自己从事的行业充满了感情，他们在工艺技术上有自己的深入钻研和经验，对选材用料要求也比较高，形成了独特的技术和很高的水平、汪曾祺写的小城镇手艺人，做炮仗的陶虎臣心灵手巧，有自己的绝活：“酒梅、焰火，他都不在店里做，在家里做。因为这有许多秘方，不能外传。”贾平凹《浮躁》里写“麻子铁匠铺，货真价实的都是麻子”，靠手艺吃饭，货真价实是所有手工业的生命。汪曾祺笔下保全堂的刀上，卖茶干的连老大，卖馄饨的秦老吉，画画的靳彝甫……这些手艺人传承了手工业真正的精神，他们也因此而获得了人们的敬重。

第三，生产单位以家庭作坊为主，规模较小。汪曾祺《异秉》写王二的熏烧摊，以王二夫妻配合为主，但全家都一起付出劳动。每天天不亮，王二就起来备料、烧煮，他媳妇推磨磨豆腐，磨完豆腐就烧火；儿子长大了一点，就帮着放拉磨的驴，后来洗料备料打下手，妹妹接手放驴。《故里杂记》中做肉案的庞家，兄弟三个各有分工：“老大经营擘画，总管一切。老二专管各处收买生猪。杀猪是老三的事。”《岁寒三友》中靳彝甫家“三代都是画画的”：“家里积存的画稿很多。……他家家传会写真。”冯骥才《炮打双灯》中写春枝娘家是制炮的杨家，而制炮基本上都是家庭秘传："'蔡家鞭，万家雷，杨家的炮打灯'，这都是上两辈人创的牌子，到今儿全是百年老炮了。"

个体手工业的重要特点之一，是通常以一家一户为单位，一般不雇用工人或只雇用做辅助性工作的助手和学徒。为什么会形成这样的制度？首先是因为手工业规模较小，不需要太多人手，一个家庭刚好可以承担手工业的核心工作。其次是家庭有血脉和情感联系，更有利于手工业不同程序之间的密切协作，并能够使手工业一直稳定延续下去，不因为利益驱动而造成破裂。再次，是因为手工业往往有一些独特的技术，这是手工业者的核心利益和机密，不能传给外人，只能在家庭甚至直系亲属之间秘传。最后，手工业也有家庭制度的传统。元朝时期，官府就建立了世袭匠户登记制度，匠户人家的所有男性成员及其后代都必须从事同一职业，后来明代也延续了这一制度。[①] 进入现代社会后，工匠世袭制度已经打破，但是这一传统却沿袭下来，成为较普遍的现象。

所以，手工业经常以家庭为运行单位，家庭中的每个人分别负责手工业各个程序中的某个部分，既有分工，又有协作，形成一个完整协调的生产系统。这一模式的变种是家族制或者同乡制，比如《大淖记事》中的锡匠都是兴化人，全县的锡器制作市场，大概需要二十来个锡匠，这个规模超过了家庭的承受水平，所以工匠以同乡结团的方式来占得一个县城的锡器市场。在更大的城市，由于市场规模大大扩张，同一手工行业容纳的人员无法只被一个或多个家庭垄断，相应地就会形成行会这种社会性组织，在手工业行业内部进行管理和沟通协调。

第四，手工业生产目的是满足社会需求，并使从业者通过产品和技术得到相应的收入。历史上，手工业有官办手工业和私营手工业之分，比如盐和丝绸，长期以来是由政府控制生产和经营的重要物资，相当一部分由官办的机构来组织生产。但是在小城镇，手工业面对的主要是小城镇居民和周边农村，官办手工业占比不高。满足居民和农民的需要，就是小城镇手工业的

① ［德］薛凤著，吴秀杰、白岚玲译：《工开万物：17 世纪中国的知识与技术》，江苏人民出版社，2015 年，第 115 页。

最终目的，也是手工业得以维持生存的根本。

汪曾祺的小说比较完整地记录了一个县城手工业的基本状况。首先，县城手工业包括各种居民日常生活需求物资的品类。一般而言，小城镇手工业主要包括以下几类。1. 衣：裁缝、浆坊、皮匠、纳鞋底、修鞋；2. 食：卤烧、馄饨、烧饼、酱菜、点心、豆腐、炒菜、糖人、屠夫、制油；3. 住：泥工、瓦工和小包工头；4. 行：车匠、船夫；5. 农牧；炕房、赶鸭；6. 医：接生、中医、切药、兽医；7. 其他日用：补锡、打铁、箍桶、剃头、银匠、制香、炮仗、画画、刨烟、配锁、棺材、纸灯；8. 部分手工业和服务业融合的品类：喇叭、吹鼓、挑箩、下神、唱曲、高跷。但有些品类是小城镇自己无法提供的，比如眼镜，一般小城镇都没有生产能力，所以卖眼镜的宝应人每年有几个月来这里售卖眼镜，再比如茶叶、布，在很多小城镇都只能经销，不能生产。

其次，不同的手工业在小城镇的需求量是不一样的，同一行业每个阶段的需求也很不稳定。一个县的锡器市场需要大约二十来个锡匠就能解决，炮仗生产需求也有一定的量，但不大，《岁寒三友》写县城放烟火：“一台七套，四七二十八套。陶家独家承做了十四套——其余的，他匀给别的同行了。”但炮仗业很大程度上靠天吃饭，小县城庆祝度汛，大放烟花，陶虎臣一年生产有了保障，蒋介石提倡“新生活”，陶家入不敷出，只好卖女儿求生。画匠的需求量也不小：“（画匠）是在制造一种商品，不是作画。而且是流水作业，描花纹的是一个人（照着底子描），‘开脸’的是一个人，着色的是另一个人。他们的作坊，叫作‘画匠店’。一个画匠店里常有七八个人同时做活。”

相对来说，日常必需品，比如食品的需求相对较多，非日常用品则波动较大，所以，不同行业店铺之间生意好坏不一。《异秉》中写源昌烟店：“以前有四个师傅、四副床子刨烟。后来减成三个，两个，一个。最后连这一个也辞了。”而王二家的熏烧摊生意日渐兴隆：“到了上灯以后，王二的生意就到了高潮。只见他拿了刀不停地切，一面还忙着收钱，包油炸的、盐炒的豌豆、瓜子，很少有歇一歇的时候。一直忙到九点多钟。”烟是可选消费商品，卤烧则更接近必需消费品，它们的生意好坏，在一个相对萧条的经济背景下很容易区分出来。

汪曾祺小说对手工业者的描述是温暖的，比较注重写他们对技艺的爱、产品生产过程以及人情世故，较少写手工业者的实际收入情况，要写也往往采取虚写的方式，这种写法使手工业者群体没有落入冰冷的金钱世界。但是，不写手工业者的实际收入，不妨碍汪曾祺作品对中国小城镇手工业全面而深入的展现，这也是汪曾祺小说对中国小城镇世界的重要贡献。正是在汪曾祺笔下，小城镇以手工业和小商业为核心的经济方式、社会结构和生活状态，得到了令人信服的揭示。

虽然这一时期其他作家没有像汪曾祺那样，对小城镇手工业进行较为完整地描述，但是我们在很多作品中也能看到小城镇手工业的大致情况。路遥的《人生》写县城逢集，各种手工业者也到集市上去了，包括“秤匠、鞋匠、铁匠、木匠、石匠、篾匠、毡匠、箍锅匠、泥瓦匠、游医”。《浮躁》《平凡的世界》《沙灶遗风》《张铁匠的罗曼史》《小城无故事》都有不少小城镇手工业和手艺人的描写。

进入改革开放时期，小城镇经济中的生产活动同时在两条道路上迈进：一方面是恢复传统的手工业，另一方面是逐步发展城镇工业。20 世纪 80 年代城镇工业的发展，是小城镇在经济生产领域的重要现象，在小城镇发展中起了重要作用。城镇工业包括县属国营企业、乡镇和街道集体企业、民营企业和外资企业，尤其是乡镇企业，在这一时期获得了很大的发展。邓小平同志在 1987 年的一次谈话中提出：“农村改革中，我们完全没有预料到的最大的收获，就是乡镇企业发展起来了。”“乡镇企业的发展，主要是工业，还包括其他行业，解决了占农村剩余劳动力百分之五十的人的出路问题。农民不往城市跑，而是建设大批小型新型乡镇。”①数据显示，1978 年，中国社队企业总产值占农业总产值的 37%，到 1987 年，乡镇企业产值就超过了农业总产值。② 从小城镇从业人数看，工业大致是商业、服务从业人数的一倍，可见小城镇工业的巨大进步。

小城镇工业生产既外接大中城市，又要面向广大的农村地区和本地县镇，是城乡之间的经济枢纽。因为经济基础薄弱，资金投入有限，但自然资

① 邓小平：《改革的步子要加快》，《邓小平文选　第三卷》，人民出版社，1993 年，第 238 页。

② 刘溢海、牛银栓主编：《城镇经济学》，中国农业大学出版社，2012 年，第 24 页。

源、人力资源较为丰富，所以小城镇工业企业一般规模较小，以劳动密集和资源密集型企业为主。20世纪80年代开始国家大力发展消费品的生产，同时采取多种方式促进乡镇企业，依靠丰富的自然资源和农产品，小城镇工业主要集中在资源和农产品加工，尤其是以食品加工为主的轻工业，这些是最适合小城镇的工业类型。《芙蓉镇》写到的镇工业企业主要有四家，造纸厂、酒厂、铁工厂和水电站。其中造纸厂是利用山区取之不尽的竹木资源；酒厂是用木薯、葛根、杂粮酿酒，此外，芙蓉河水含有某种矿物成分，出酒率高，酒味香醇，铁厂和水电站也和丰富的水资源有关。《浮躁》写两岔镇河运队大量收购本地的猕猴桃、野葡萄、山桃、山梨、山楂，然后雇拖拉机运到渡口，再一船一船载往白石寨酒厂和襄樊酒厂，作为酿酒的原材料。《腊月·正月》中王才办的是食品加工厂，《古船》写的是洼狸镇名扬天下的粉丝工业，都和小城镇的资源出产密切相关。

另外一个非常有意思的现象是，在20世纪80年代小城镇小说的描述中，我们可以看到小城镇从手工业向工业过渡的过程。在很多领域，工业都是从手工业脱胎而来的，我们可以在小说叙述中看到工业与手工业的主要区别，其主要体现在三个方面：首先是机器代替人力，成为生产的最核心要素；其次是管理方式较为规范，追求更高的生产效率和经济效益；最后是规模和人员扩大，工业摆脱了家庭作坊手工业的限制。

《腊月·正月》中，王才的食品加工厂一开始就是一个手工作坊：

> 生产豆角沙糖、饺子酥、棒棒酥糖，其实是很简单的，先和面，后捏包，下油锅，粘沙糖，这些操作，乡下的任何女子都做得来，关键只是配料了：多少面料，配多少大油和多少白糖。这技术王才掌握，而且越来越精通，甚至连称也不用，拿手摸摸软硬，拿眼看看颜色，那火候就八九不离十了。

这时的王才只是一个掌握了技术的手艺人，他的食品作坊也还处于手工业的阶段。后来王才开始购买机器，扩大生产规模，招兵买马，要招收大概四十个工人。“（王才）当了厂长，说要科学管理，定了制度，有操作的制度，有卫生的制度，谁要不按他的要求，做得不合质量，他就解雇了！"而且工厂还采取了股份合作制："每月的收入三分之一归他，作坊是他的，机器是他的，技术、采购、推销也是他的；剩下的三分之二按所有入股做工的人分。"虽然小说还把这个厂称为作坊，但是从整个生产情况来看，这位个体手艺人已经变成了私营企业主，而他的食品加工厂也成为四皓镇乡镇工业的一个重要部分了。

张炜的《古船》是中国民族工业历史的浓缩，写的是闻名遐迩的山东龙口粉丝工业。很多年以前，"老隋家的工厂和粉庄遍布周围几个县，几个大城市里也有"。从规模上看，粉丝厂已经有了工业企业的基本特征，但是粉丝厂变成真正意义上的现代企业，是因为李知常制造了第一台生产机器。"那台巨大的柴油机轰鸣起来，所有的轮子一齐转动。……每道生产程序几乎都让机器取代了，那种神奇的力量无所不在。"机器生产的效果立竿见影，"老磨七天里竟然比平常多磨出十石绿豆"。随着机器的开动，洼狸镇的每个人都意识到，"老磨屋永远结束了木勺扣绿豆的年代"：

镇上人一批又一批来观看机器怎样取代了手工操作，所有人都惊叹不已。来看的人没有一个大声喧哗，他们脸上悲哀和兴奋交织在一起。不少人看着看着，最后朝梁上旋转的轮子深深地鞠一个躬，就离去了。

赵多多承包粉丝厂之后，企图进一步扩大规模，实施现代管理制度："（他想着）争取与整个芦青河地区的所有粉丝作坊联合，成立一个'洼狸粉丝生产销售总公司'。……将来要在整个芦青河地区实行'踢球式'管理法，一切都要讲究'信息'。并且所有粉丝大厂的工作人员都要执行'高工资高消费'。"随着粉丝厂不断推进的工业化，赵多多也拥有了企业家的身份，他买上了轿车，配备了女秘书，成为粉丝厂发展的最大受益者。

但是，工业现代化，并没有完全取代手工和技术。抱朴做粉丝的手艺全镇第一，他仍然是粉丝厂的主心骨，即使粉丝厂已经机器生产，在遇到倒缸的时候，依然只能依靠隋抱朴的手艺来救场。更重要的是，工业管理的现代化，不仅依靠制度，更要依靠执行制度的人。利欲熏心、弄虚作假的赵多多，虽然有四爷爷的支持，最终却几乎把粉丝厂摧毁。正是从这个意义上来说，张炜写出了粉丝厂和小城镇工业的内在不足："大厂仍旧如同作坊，只不过是名称换了而已。"这一切在隋抱朴接手粉丝厂之后才发生了新的转变，他尽了最大的努力使粉丝厂恢复了生产，并得到了全镇人的信任。粉丝厂将向何处去，小说没有给出一个明确的答案，但是小说结尾时抱朴和见素两兄弟的对话，预示了作者对小城镇工业和小城镇生活的美好期望。

美籍汉学家牟复礼认为："中国工业主义滥觞于各市场（如景德镇之瓷器，佛山镇之制铁），而不在大都邑。"[①]小城镇的手工业和工业传统一样悠久，它们为现代工业奠定了基础，但是现代社会的规律是工业逐步向大中城市集中。"城市已经表明了人口、生产工具、资本、享受和需求的集中这个事实；而在乡村则是完全相反的情况：隔绝和分散。"[②]小城镇工业的存在和发展，至少在小城镇小说中展现得不够充分。汪曾祺《岁寒三友》中写王廋吾开绳厂和草帽厂，是对中国早期小工业生产的描绘，《腊月・正月》和《古船》也非常难得地反映了改革开放早期小城镇工业的现实。总的来说，小城镇的经济生产环节，更多的还是显示出偏重于手工业的倾向，即使是写到工业生产，也保留着许多从手工业向工业过渡的痕迹，这种由传统向现代过渡的状态，既包含在物质性生产过程中，更包含在人们的思想、情感和意识的转变里，成为20世纪80年代小城镇经济领域中的主要现象。

第四节　小城镇商业的变迁

"商，从外知内也。"[③]"商"的本义，是透过表面了解内部真相，即测量、估计。后来引申为商议、商量。又因为人们在买卖货物时多要计议、商量，

① 陈学文：《湖州府城镇经济史料类纂》，自印本，第5页，转引自方志远：《明代城市与市民文学》，中华书局，2004年，第42页。

② ［德］卡・马克思、［德］弗・恩格斯：《德意志意识形态》（节选），中共中央马克思恩格斯列宁斯大林著作编译局编译：《马克思恩格斯选集　第一卷》，人民出版社，2012年，第184页。

③ ［汉］许慎著，愚若注音：《注音版说文解字》，中华书局，2015年，第44页。

故把买卖交易货物的经济活动称为“商业”，从事这一行业的人称为“商人”。

商业的本质是交易，交易追求效率，商业效率是在最短的时间内以最低的成本获得最多的利润。为了达到最高效率，从商业出现之后，就发展出了多种多样的商业形式。但是，20 世纪 80 年代的小城镇因为经济发展水平相对较低，人们的需求也以生活必需品为主，因此商业领域还保持着大量的传统方式。在这一时期的小城镇小说中，主要的商业内容包括三个方面：首先是集市贸易，这是小说叙述的重点；其次是分布在小城镇街道的国营和个体商店；最后是这一时期新出现的专业市场和新商业模式探索。这些经济活动，渗透进小城镇生活的方方面面，成为小城镇小说表现的重要对象。

集市，是指在中国广大乡镇地区，依托村、镇、县城定期聚集进行商品交易活动的形式。作为中国最基层的商品流通组织形式，集市在中国已经有几千年的发展历史。《周易》中记载“日中为市”[①]，《国语》中则有“争利者于市”[②]之说。在古代，各个地区都盛行被称为“草市”等的定期集市，这些集市由于本地经济、交通、人口等因素的推动，其中很大一部分经历了“草皮街-草棚街-集镇-小城镇-城市”的演变过程。

集市一般被看作在商品经济不发达的时代和地区普遍存在的一种贸易组织形式，但是在市场经济体制逐步完善、农村改革发展不断推进的今天，这种传统的贸易组织形式仍然广泛存在。改革开放初期，集市正从前期不断压缩的状态中重新恢复，并高速发展，走向它的繁荣期。20 世纪 80 年代小说描述了中国集市的多个层面和因素，我们从四个方面来归类，观察小城镇集市发展的大致情况。

首先是集市的时间和频率。古华的《芙蓉镇》可以说是描写集市最为详细和专业的一部小说，芙蓉镇的集市时间在不同历史阶段各不相同。“大跃进”之前，芙蓉镇的集市是逢三、六、九，一旬三圩，一月九集，属于非常密集的集市。1958 年“大跃进”开始之后，区、县政府行文限制农村集市贸易，芙蓉镇由三天一圩变成了星期圩、十天圩，最后成了半月圩。1961 年下半年，

---

① 周振甫译注：《周易译注》，中华书局，1991 年，第 256 页。

② 缪文远等译注：《战国策》，中华书局，2012 年，第 87 页。

县政府发文，改半月圩为五天圩，从圩期上放宽尺度，便利物资交流。“四清”运动之后，芙蓉镇的圩期从五天改成了一星期。改革开放之后，芙蓉镇又改回了一月三旬，每旬一六，一月六圩的频率。在古华的叙述中，我们基本了解到，一个中国乡镇的发达集市，在短短的二三十年之间，随着社会政治的波动，经历了怎样的流变。《浮躁》中写了两岔镇等地的集期：两岔镇七天一集，镇西十里的七里湾村三天一集；而白石寨县城的集市贸易场，逢三、六、九是贸易日。冯骥才《炮打双灯》中写的静海县城，逢四逢八是大集。《腊月·正月》的四皓镇是每旬三圩。在这些小说的描述中，根据辐射面和经济情况的区别，小城镇集市一般在三天一集到十天一集之间，很少高于或低于这个频率。

集市周期性的形成，主要是“由于任何单独的农村市场的市场区域所包容的需求总量都不足以提供使业主得以维生的利润”。“通过周期性间隔变换自己的位置，企业能吸收几个市场区域的需求，从而达到生存水平。”[①]相邻的乡镇中，集市通常错时交替进行，因此一个乡镇周边基本保持每天都有集市。施坚雅从个体商人的流动性、消费需求、交通、文化等多个因素，分析了集市周期性的特征，与周期性关系最为密切的，当然是经济状况。但是，从《芙蓉镇》的描述来看，政治原因对于集市周期具有重大的影响，国家政策的严格和宽松，可以在一定程度上硬性地改变集市周期。但是，从长远看，经济会顽强地运用自己的力量，把属于经济规律的东西，重新拉上自己的轨道，芙蓉镇集市在政策开放之后，最终回到一月六圩的周期，就是一个例证。

其次是集市的地点。最初的集场通常设于农村的空旷之地，集散场空。后来，路远的商贩在集场上搭起草棚，用于过夜兼作简易固定的摊点，由此形成了地点稳定的“草棚街”。这样，部分流动性“行商”转变成为有固定经验场地的“坐商”，在交易买卖不断发展的情况下，集场规模不断壮大，逐渐在集场内外建起商铺、房产，以集市为中心的集镇便开始形成，而一部分集镇又逐渐向小城镇甚至城市继续发展演变。

---

① [美]施坚雅著，史建云、徐秀丽译：《中国农村的市场和社会结构》，中国社会科学出版社，1998 年，第 11 页。

集市主要在集镇、建制镇和县城，并逐渐向建制镇和县城集中。《平凡的世界》花了不少篇幅写集市，石圪节公社唯一的街道虽然破烂，但是“到这里来赶一回集，值得乡里的婆姨女子们隆重地梳洗打扮一番”。在这里，王满银倒卖耗子药被抓到工地劳动，孙少安有时会从家里带点南瓜蔬果来换点钱。《芙蓉镇》写芙蓉镇虽然历史上是交通、防卫、集市中心，但现在它的功能主要是贸易中心，其经济地位来自它的圩场集市，一到逢圩日子，它就变成了一个极度热闹繁华之地。胡玉音的米豆腐摊也因为集市而生意红火。圩期也是整个故事的串珠，小说的几位主人公谷燕山、黎满庚、秦书田、王秋赦都是在胡玉音的米豆腐摊上出场的，他们“每圩必到”。芙蓉镇以前的集市是在街后临河那块二三十亩见方的土坪里，粉碎“四人帮”之后，整个芙蓉镇的新街、老街都成为设摊摆担的地方，无比热闹。《人生》中故事的第一个高潮就是高加林去县城赶集，他遇到了黄亚萍和张克南，这两个老同学后来成为他生活中的主线。之后他遇到了城关公社文化专干马占胜，后来马占胜以招工名义把他调进县委通讯组，他在集市上还遇到尖酸刻薄的张克南妈妈。赶集对高加林是个挫折和羞辱，对巧珍来说却是一个千载难逢的机会，她用自己的能力帮高加林卖光了馍，也因此和高加林建立了恋爱关系。县城集市的场景，小说也写得非常充分，每逢集市日，全县就非常热闹，一大早，去县城的公路上就出现了熙熙攘攘去赶集的庄稼人，他们要去的集市，位于县城的南关，交通便利，又不影响整个县城中心区的正常生活。《新星》也写到了县城里的集市，小说开始时李向南巧遇顾小莉，他们一起走回县城，路上是三三两两去县城赶集的农民，顾小莉通过对一对年轻农民的观察展示了她的敏感和判断力，李向南则通过卖豆腐的老汉分析了古陵的农业生产和经济情况。集市，可以看作小城镇经济生活的中心之一，在这里展开了各种各样的人生和故事。

如果按照施坚雅的分类方式，石圪节、芙蓉镇和古陵县分别对应于基层集镇、中间集镇和中心集镇，这是集市的主要落足点。集市在最基层的村庄也偶有存在，称为“小市”。《平凡的世界》写离原西县境不远的村子里有一个小市，郝红梅男人去世之后，她在这里摆了个饮食摊谋生，田润生也因为这次集市偶遇了郝红梅。所以小城镇的传统市场可以分为四个层级，但是如果没有特殊情况，按照经济效率的原则，村级集市很难保持下来，假如有一些小集市能够坚持存在下来，往往也会因为经济发展和城镇制度变化，最终升级成集镇或建制镇。经济发展带来了集市的集中，小城镇的农贸市场成为农民买卖商品的重要场所，传统集市中农村集市的地位已经逐步消失。施坚雅还提出了非常有影响的一种说法，中国传统乡镇地区的集市地点分布呈六边形，每个集镇周边刚好有六个相邻的集镇。[①] 对这个观点，20 世纪 80 年代小说没有直接的证据证明，但是，有些描述隐含了这种可能，比如《平凡的世界》米家镇和石圪节、县城之间形成了三角地带，《浮躁》写两岔镇、七里湾、白石寨也有类似的距离分布特征。

再次是集市的人群和物资。小城镇集市是城乡贸易的枢纽，是乡镇经济生产的输出口，也是城镇人口消费的集中地。集市最重要的消费人群是小城镇本地居民，而最主要的交易人群是农民，也可以说，除了农业生产，大多数农民几乎唯一的经济活动渠道就是集市，他们把各种各样的农产品带到集市交易，换取其他生活必需品和金钱。《人生》写出了集市对于农民的作用："由于这两年农村政策的变化，个体经济有了大发展，赶集上会，买卖生意，已经重新成了庄稼人生活的重要内容。"庄稼人带到集市的东西基本是农副产品："担柴的，挑菜的，吆猪的，牵羊的，提蛋的，抱鸡的……"高加林父亲要他去县城赶集，把母亲蒸的一锅白馍卖掉："咱家里点灯油和盐都快完了，一个来钱处都没有嘛！再说，卖上两个钱，还能给你买一条纸烟哩。"《新星》写农民进城赶集："有的骑着自行车驮着轻声哼唧的猪崽，有的颤悠着扁担担着蔬菜，有的吱吱咯咯拉着平车装满着西瓜。"《芙蓉镇》写来镇里圩场的，有"穿戴得银饰闪闪、花花绿绿的瑶家阿妹、壮家大姐""衣着笔笔挺挺的汉家后生子""丰收之后面带笑容、腰里装着满鼓鼓钱荷包皮的当家嫂子、主事汉子们"，他们"或担着嫩葱水灵的时鲜白菜，或提着满筐满篮的青皮鸭蛋、麻壳鸡子，或推着辆鸡公车，车上载着社队企业活蹦乱跳的鱼鲜产品"。《平凡的世界》写石圪节搞了个物资交流大会："肩挑手提的庄稼人源

① ［美］施坚雅著，史建云、徐秀丽译：《中国农村的市场和社会结构》，中国社会科学出版社，1998 年，第 21 页。

源不断地涌到了这地方……土街下面的东拉河沟道里，到处拴着牛、羊、猪、骡、马、驴等等的牲畜……东拉河小桥的两头，蔬菜、粮食和各种农副产品一直摆到了两边的井坡……赶会的庄稼人已经远远超出了石圪节公社的范围，许多人都是从外公社和外县跑来的。”《浮躁》里写两岔镇等地的集市，到七八月份堆满了猕猴桃、野葡萄、山桃、山梨、山楂，河运队把这些水果收购之后，转运到酒厂做酿酒原料。

来集市另外的主要人群是工匠和其他生意人。施坚雅指出了集市和工匠、小生意人之间的经济联系：“用扁担挑着商品从一个市场到下一个市场的流动小贩是中国行商的原型。但随身带着他们的‘工场’的流动手艺人和修理工，以及其他从写信到算命等各种劳务的流动人员也是传统农村市场的特点。……按照这种方式巡回的人包括为农民提供偶尔需求的劳务的人（比方说牙医或代书人）、基层集镇的店铺里不常有的手工业匠人、出售来自中心市场的商品或产自中间集镇的产品的小贩，以及收购代理人，等等。”① 手艺人比农民更需要集市，农民依靠土地的出产可以自给自足，但是手艺人只能把自己的产品带到市场上，从而获得经济来源。有店铺的手艺人可能半手工业半商业，还有一些手艺人只能靠在各地集市流动来谋生。《人生》中写县城逢集，去赶集的除了农民，就是鞋匠、木匠、泥瓦工各类手艺人。

最后，集市还具有一定的文化娱乐社交等功能。人们赶集不仅是要换取日常生活用品，同时要交流信息、社交和娱乐。《人生》中写赶集的时候人们各怀心思，其目的多种多样：“粗糙的庄稼人的赤脚片上，庄重地穿上尼龙袜和塑料凉鞋。脸洗得干干净净，头梳得光光溜溜，兴高采烈地去县城露面：去逛商店，去看戏，去买时兴货，去交朋友，去和对象见面……”巧珍去赶集是为了帮高加林，通过这次赶集，她达到了目的，把她和高加林的关系大大推进了一步。

小城镇集市具有开市周期性、地点固定性、参与广泛性、功能多样性等特点。它是农副牧产品的集散中心，是小城镇不可或缺的商品流通渠道，对

---

① ［美］施坚雅著，史建云、徐秀丽译：《中国农村的市场和社会结构》，中国社会科学出版社，1998 年，第 11 页，第 35—36 页。

于满足城镇人民生活需要、扩大城乡经济交流、搞活经济有重大作用。逢集的日子，往往是小城镇生活中最热闹最活跃的时候。对于集市之于小城镇的重要性，《芙蓉镇》和《人生》等作品都表现得极为充分。

中国商业历史上有“行商坐贾”的区分。集市参与者主要是流动的农民和“行商”——手艺人和流动小商人，而小城镇居民的日常经济生活，一般是在街道上的商店中进行的，这些有固定地点、每天营业的商业场所，代表着小城镇经济生活的一般方式。

在汪曾祺笔下，我们了解了在20世纪30年代的中国县城，小商业和手工业都主要是以个人或家庭为组织形式的。但是在80年代，因为社会体制的转变，国家和集体所有的商业企业，扮演了重要的角色。这一点，《平凡的世界》中担任黄原地区专员的田福军有非常形象的比喻，当他和原西县委书记张有智一起来到石佛镇考察时，田福军就拉着张有智一起到镇子上的供销门市部。“田福军到公社一级的所在地，总要到当地的供销门市部走一趟。他知道，这地方对于周围几十个村庄的农民来说，就是他们的‘王府井’和‘南京路’，重要得很！”因为在商品短缺时代，只有国营企业才能获得更多生活生产物资，尤其是紧缺物资，所以供销社就是经济的晴雨表。《人生》中，高加林的同学张克南因为家庭的关系，当上了县副食门市部的副主任，他对高加林说：“要买什么烟酒一类的东西，你来，我尽量给你想办法。我这人没其他能耐。就能办这么些具体事。唉，现在乡下人买一点东西真难！”这些对话说明了国营企业在小城镇物资流转上的作用和权力，也隐含了国营企业以及国营企业职工的特殊优越感。

《平凡的世界》写孙少安开办个体砖窑之后，到原西县找销路，刚好原西县百货公司要新盖三层的门市部，副经理侯生才把这个业务交给了孙少安，少安为了感谢侯生才，特意在县国营食堂小餐厅摆酒宴请，“从原西县的水平来说，这桌饭菜已经属最高档次了。桌上有山珍海味，还上了各种酒”。少安略带伤感地想起，当年润叶就在这里请他饱饱地吃了一顿。其实百货公司也是多次出场，小说另外一个重要情节，郝红梅偷手帕，也发生在这里。在田福军这个地方主政干部看来，国营的供销社和百货公司，就是小城镇最重要的商业中心。而在乡下人看来，国营企业也是唯一能买到重要生活用品的地方。孙少安办婚礼，钱是借的，米是借的，办婚礼的必备物资，就只能在供销社解决。他带着秀莲去米家镇的供销社扯布料做衣服，去石圪节供销社“买了十来瓶廉价的瓶装酒和五条纸烟，又买了一些做肉的大茴和花椒”，乡下人的婚礼必备品，就基本上置办齐了。

国营企业很长时间以来一直是小城镇经济的主体，它代表着社会主义公有制。《芙蓉镇》写 20 世纪 60 年代的芙蓉镇，国营商店有三家：百货店、南杂店、饮食店。它们分别位居镇街的街头、街中、街尾，“居于控制全镇商业活动的地位”。随着国家政策逐步放开，20 世纪 80 年代初期商业领域开始允许个体经济存在，到 80 年代中期公有制基础上有计划的商品经济逐步推进，多种经济形式积极发展，小城镇的个体商业终于得到了广阔的生长空间，特别是在小城镇的街道上，各种个体商店如雨后春笋，星罗棋布。《腊月・正月》写四皓镇镇街上，两边开满了店铺，“街面上的人得天独厚，全是兼农兼商，两栖手脚”。“木房改作二层砖楼，下开饭店、旅店、豆腐坊、粉条坊……”《古船》写见素开了洼狸大商店，“生意越来越好”，老太太和小娃娃们来买泥老虎玩，老头子围坐在酒坛边，手捏一块咸菜喝酒。粉丝大厂里的工人常在空闲时间跑进店里，老头子喝零酒，年轻人吃野糖。《浮躁》写麻子外爷在白石寨县开着铁匠铺，对面是杂货摊，东门口的酒店是他喝酒的地方，中街口可以吃豆腐脑；县城南门是一片私人小旅店，雷大空开办了贸易公司，先租了铁匠铺，后来又买了铁匠铺左边的三间门面房。林斤澜的《溪鳗》写矮凳桥纽扣市场兴起之后，专卖纽扣的商店和地摊有六百多家，纽扣市场的繁盛带来了餐饮业的大发展，一条街上开张了三十多家饮食店，每天无比的热闹。汪民安在研究城市商业街和店铺时总结道：“店铺总是在寻找店铺，店铺的法则是物以类聚的法则。……店铺的本能是汇集于商业街道，或者说商业性大街正是因为店铺的本能汇集而自发地形成。”①矮凳桥镇全镇皆商的状况，简直有了现代城市商业街的气势。

20 世纪 80 年代，改革开放是不断深入的，国有企业和个体经济也在探

① 汪民安：《街道的面孔》，《身体、空间与后现代性》，江苏人民出版社，2006 年，第 147 页。

索新的管理方式，尤其是明确所有权和经营权分开，自主经营、自负盈亏，推行多种形式的承包责任制和股份制等，使小城镇商业领域出现了更多的新现象。《古船》第一章就写洼狸镇实行土地承包，大大小小的工厂和粉丝作坊都转为私人经营，赵多多承包了洼狸镇历史悠久的粉丝厂。承包制带来了巨大的震动："大家好像突然明白起来：粉丝工业如今再不是洼狸镇的，它也不姓隋了，它是老赵家的了！"除了承包，粉丝厂还实行了集资招股，在粉丝厂第二轮承包时，赵多多贴出了集资扩建粉丝厂的启事，面向全镇居民集资招股："千元以上为股，按股分红；千元以下将在年内高息偿清；也可以几户合股。"古华的《相思树女子客家》写观音姐承包了女子旅社，她大刀阔斧地实行了经济大包干和现代化管理，精减人员，责任到人，按劳分配，提高服务质量，短短几个月就把旅社搞活了。《腊月・正月》写白沟的油坊也和土地一样实施了承包制，包给了私人。国有和集体所有企业实施承包制，已经成为小城镇经济的普遍现象。

《浮躁》写了河运队的经营方式几经变化，最初是金狗带头，个人造船，个体营运，到上游装山货运到荆紫关和襄樊转卖。后来在田有善的指示下，田中正等和金狗等协商，把个体营运的船只组织整合成两岔镇河运队，直接属乡党委领导，船权属于个人，无船而想参加船队的人家就投资入股，所得盈利，按股提成。在当时的情况下，这种经济制度和管理方式，无疑是极大的创新，河运队也因此成为个人致富和搞活商品经济的典型。《浮躁》涉及经济活动的内容和形式都极其丰富，有河运队的水上交通贸易、雷大空代表的商品贸易，还有两岔镇周边的农副产品批发，甚至还有商业联盟。如果要了解和认识 20 世纪 80 年代小城镇商业的发展状况，《浮躁》可以说是一个非常丰富的样本。

20 世纪 80 年代小城镇商业以及手工业、工业的大发展，是"文化大革命"结束之后整个中国走向新的历史时期的重要现象。在这个意义上，政治和经济是相辅相成的，正如《中国商业史》的作者王孝通所说：

> 凡政治修明者，商业必盛，政治窳败者，商业必衰；反之亦然，商业盛者其国罔不兴，商业衰者其国罔不亡。以之证于外国，丝毫不爽；以

之证于中国，亦靡不相应。[1]

20 世纪 80 年代小城镇商业和手工业、工业的发展，不仅给中国经济发展带来了重大的推动，给人们的生活提供了巨大的物质保障，同时也使小城镇自己走向了新的现代化阶段。费孝通先生在 1996 年的《论中国小城镇的发展》一文中，精辟地指出了这个过程的重大意义，他认为：

> 到 60 年代末，中国的小城镇还是个正在从乡村性的社区变成多种产业并存的，向着现代化城市转变中的过渡性社区。它基本上已脱离了乡村社区的性质，但还没有完成城市化的过程。直至 80 年代初期，新型的小城镇在乡镇企业发展的基础上出现和长大，冲破了原来只作为农副产品贸易场地的性质，逐步变成农民集体或个体兴办工厂、商店、服务业的中心。这时，它才实质上成了广大市场的一部分，具备了一定程度的城市功能。[2]

---

① 王孝通：《中国商业史》，浙江工商大学出版社，2022 年，序第 1 页。
② 费孝通：《论中国小城镇的发展》，《中国农村经济》1996 年第 3 期。

第五章
小城镇小说中的经济伦理

第一节　小城镇的文化中间态和“经济人”

张炜在长篇小说《古船》的第一章，就把洼狸镇放置在一个阔大而紧张的背景中。洼狸镇历史上是古代东莱子国的都城，铁色的砖墙城垛，废弃的河道码头，都暗示了它曾经辉煌的政治地位；它又有着百年民族实业的遗留，宏大的粉丝工厂，驰名世界的“白龙”粉丝，代表着经济在这里有过伟大的繁荣。但是，现实中的小镇已经沉寂许久，矮屋和窄巷构成了人们拥挤杂乱的生活境地；血缘和谱系就像一条链子，把散乱的个体锚定在隋、赵、李三大家族的这片土地之中。而此时，这个没落中的小镇，被一个消息搅动得沸腾起来：又要重新分配土地了，工厂和粉丝作坊也都要交到个人手中去。

就像洼狸镇所处的境况一样，20 世纪 80 年代的小城镇也正处在不同时空经纬的交汇处。

从空间形态上来看，小城镇具有一定的独立性，费孝通提出的“小城镇，大战略”①，在城乡二元体制之外，赋予了小城镇特殊的位置：它是“城市之‘尾’、乡村之‘首’，是介于城市和乡村之间，以实现城乡之间有机联系而形成的一个完整又相对独立的区域”②。我们前文已经描述过小城镇在自然地理、内部空间、职业类型以及经济模式上的基本特征，也在一定程度的对

---

① 费孝通：《小城镇　大问题》，《江海学刊》1984 年第 1 期。

② 刘溢海、牛银栓主编：《城镇经济学》，中国农业大学出版社，2012 年，第 1 页。

比中，展现了小城镇与城市、乡村的重要差异。但是，小城镇又无论如何都不能摆脱与城市、乡村的密切关系，所以一直有人认为它是一种“城乡结合体”。富永健一试图用一种接近量化的方式来区分城乡之间的不同层级，他创造了一对概念，叫作“城市度”和“村落度”，认为村和镇的区别体现在“村落度”的高低。① 因此，如果把城市和乡村看作一个连续体，小城镇就在这个连续体中间游动，甚至有时会分别转移到城市或乡村中，处于城乡之间的游移状态。

从时间角度来看，20世纪80年代是国家政治和经济领域的重要转型阶段，从“以阶级斗争为纲”到“以经济建设为中心”，从计划经济向市场经济过渡，前行的每一步都是“摸着石头过河”，边实践边探索，很多时候需要付出试错的代价。而这个时期要打破的，不仅有阻碍生产力发展的僵化机制，还有几千年历史沉淀下来的各种传统观念和思维，这是比物质改造更难的精神重生。这是一个新与旧同场角力的时代，也是新旧之间的中间态。

这就是20世纪80年代小城镇所处的时空交汇点，乡土和都市、传统和现代，都在这里交叉穿行，挽成了一个结，并形成了一种难以做出准确描述的、复杂的“文化中间态”。在这个一团乱麻的纽结里，既有现代城市式的喧嚣和激荡，也有传统乡村式的平凡与稳定。在20世纪80年代小城镇小说中，那些属于城市和乡村，属于传统和现代的因素，以不同的方式并存。《小城无故事》中宁静的人情温暖，《古船》中沸动的经济纷争，《新星》中强力的革旧换新，《浮躁》中躁动的生活追求，等等，共同组成了小城镇的复合型文化——一个比物质世界和社会制度更加丰富而模糊的领域。

中国传统文化的基础，来自小农自然经济的生产方式和家国一体的社会政治结构，因此，必然形成“以伦理道德为核心的文化价值系统”②。传统文化以及伦理决定性原则在中国社会产生着长远的影响，道德标准也成为人们对各种社会现象进行价值判断的首要方式，伦理可以说是中国人精神

① ［日］富永健一著，严立贤、陈婴婴、杨栋梁、庞鸣译：《社会学原理》，社会科学文献出版社，1992年，第202页。

② 张岱年、方克立主编：《中国文化概论》，北京师范大学出版社，2004年，第198页。

文化生活的中心。与传统社会相比，当代中国的经济模式和政治结构已经大不相同，经济和政治基础的变化，也必然会带来伦理观念的调整转化。对于20世纪80年代的小城镇文化来说，最需要讨论的核心命题，就是在以经济建设为中心的时代，在小城镇走向商品经济和市场经济的过程中，人们的伦理道德如何找到与现实的平衡点，简而言之，就是如何合理地处理经济和伦理的关系。正是因为这一问题所具有的重大意义，经济伦理学也作为一门新兴的交叉学科在这个时期受到更多关注。

经济是人们生产、分配、流通、消费一切物质精神资料的流动的总称，经济活动的本质是追求利益的最大化。伦理即道德，它追求的是善、价值、正义。按照皮埃尔·布迪厄的观点，经济和伦理属于两个有自身逻辑的社会亚系统，而且它们的内在逻辑大相径庭。在中国也是如此，"'重公轻私''重义轻利'的产权伦理，是中国古代经济伦理的核心和要害"①。所以，经济和伦理长久以来都是以对立交锋的姿态存在的，最典型的表现就是"义利之辨"。

历史上，集市、手工业和小商业是很多小城镇形成和发展的前提，手艺人和小商人也一直是小城镇居民中最重要的群体，我们在《芙蓉镇》《古船》《腊月·正月》《浮躁》《飞磨》以及汪曾祺的"高邮系列"小说中已经了解到这一规律。改革开放把越来越多的人卷入了经济活动之中，也带来了经济和道德之间更为明显的激荡。厉以宁在谈到经济伦理时，提出："市场机制无所谓良心不良心，但参加市场的人、管理市场的人有没有良心，这倒是一个值得探讨的问题。"②从这个意义上说，经济伦理问题说到底是人的问题。而20世纪80年代小城镇小说的贡献，正是创造了一系列"经济人"的形象，它们通过这些人物的现实命运，展现了新的时期经济伦理的纠缠和变革。

"经济人假设"是西方经济学的重要基础。一般认为，"经济人"概念最早来源于亚当·斯密在《国富论》中提出的"人的自利性"，英国经济学家约翰·穆勒在此基础上总结出了"经济人假设"。"经济人假设"基于以下假

① 朱贻庭：《中国传统经济伦理及其现代变革论纲》，《伦理学研究》2003年第1期。
② 厉以宁：《关于经济伦理的几个问题》，《哲学研究》1997年第6期。

定。第一,人是自利的。人一切行为的动机,都是实现自身经济利益最大化。第二,完全信息。人具有充分的认知能力,能了解并掌握外部的经济环境与未来。第三,人是完全理性的。人能够面对现实问题找到各种解决方案,并对各种方案的后果做出评估,选出最优方案。古典和新古典"经济人假设"将人的行为动机描述为追求"经济利益最大化",这种狭义"经济人"可称之为"物质型经济人"。① 在西方文学体系中,"经济人"作为资本主义时代最重要的代言人,得到了相当充分的叙述和呈现,16 世纪到 19 世纪之间,"经济人"形象甚至一度"主导"了英国和欧洲小说,莎士比亚、笛福、斯威夫特、狄更斯、司汤达、巴尔扎克等都贡献了许多"以获取金钱等财产为人生目标"的经典人物,诸如夏洛克、鲁滨孙、格列佛、葛朗台等。西方小说的叙述并不仅仅停留在小说领域,其叙事方式与西方世界的经济发展形成了强烈的共振关系。韩毓海认为,笛福小说所代表的"小说叙事的结构,为自由贸易的学说,为整个自由主义经济学——从亚当·斯密到哈耶克,提供了他们经济学叙事的基本结构"。在此基础上,他进一步指出文学所具有的重要认识价值:"而这就是为什么我说,我们必须从文学中去了解资产阶级政治经济学的真正起源。"②

"经济人"概念是在西方资本主义社会条件下形成的,"经济人"的文学形象也与这一背景条件相契合,他们一般具有三个特征。首先,在观念上,他们以追求经济利益为最高或直接目标,并实践这一目标。鲁滨孙在荒岛上建立起一个属于他的财产世界,这是最为典型的呈现。其次,在环境上,他们的生活经常性地处于经济和商业体系中,"经济人"基本上都具有商人的共同身份。最后,在能力上,他们具有特别出众的计算能力。伊安·瓦特指出:"笛福所有的主人公都追求金钱,金钱被他独特地称为'世界通用的徽章';他们采用记录收益损耗的账簿很有条理地追求金钱,马克斯·韦伯认为这种账簿是现代资本主义与众不同的技术特征。"③"经济人"虽然在文学

① 马向荣:《"经济人"假设的辨析与重构——兼论斯密悖论的破解》,《经济问题探索》2017 年第 1 期。

② 韩毓海:《笛福、经济学与文学及其它》,《天涯》2005 年第 2 期。

③ 刘禾著,宋伟杰等译:《跨语际实践——文学、民族文化与被译介的现代性(中国,1900—1937)》,生活·读书·新知三联书店,2002 年,第 160 页。

作品中以个人形象出现，却具有群体性，类似于韦伯在《经济、诸社会领域及权力》中所说的“经济至上群体”①。在资本主义时代，他们作为一个阶层在整个社会体系中产生着重大影响。

相比之下，从新中国成立到改革开放之前，由于历史的原因，文学对经济生活的叙述不仅缺乏足够的兴趣，而且有意地与其保持着距离，在这样的背景中，“经济人”形象是难以得到呈现的。“文化大革命”结束之后，中国进入以经济建设为中心的改革开放时代，经济生活才获得了文学更多的关注，小说中的“经济人”形象也才获得了生长的土壤。但是，因为20世纪80年代所具有的过渡性阶段特征，市场经济，“姓资”“姓社”，“社会主义是否存在市场经济”尚在争论中，经济上计划经济与商品经济共存，国有集体经济与民营个体经济交织，西方社会语境下的“经济人”形象在中国“半生不熟”。一方面，纯粹自利、全力地追求并获取金钱和财富的“物质型经济人”难以得到价值上的肯定；另一方面，在这一时期的历史进程中，涌现出许多逐浪经济和商业领域、具有经济效益和利益意识、精于计算的改革者、商人、个体户、私营业主，等等。总体来看，他们身上展现出来的特征与西方经济学理论中“经济人”的描述并非完全一致，但又有一定的相似性，他们是符合部分“经济人”特征的“准经济人”，在一定程度上又可以看作一种“多元型经济人”。

亚当·斯密最早提出人的自利性，但同时他又在《道德情操论》中提出人具有同情心，在同情心的驱动下，人存在利他行为。“经济人”和“道德人”出现矛盾，被西方经济学家称为“斯密悖论”。新制度经济学在继承传统“经济人假设”的功利主义原则基础上，提出“新经济人假设”。第一，人具有双重动机。个人追求经济利益和非经济利益最大化，非经济利益包括利他主义、意识形态和道德等。第二，不完全信息和机会主义。由于人不能掌握完全信息，在现实实践中就可能采取机会主义手段来为自己谋取最大利益。第三，人是有限理性的。认识能力和计算能力的有限性、环境的不确定性、

① ［德］马克斯·韦伯著，李强译：《经济、诸社会领域及权力》，生活·读书·新知三联书店，1998年，第43页。

信息的不完全性，以及伦理道德、风俗习惯和意识形态等，都会限制个人实现利益的最大化，这种广义“经济人”可称为“多元型经济人”。① 在 20 世纪 80 年代小说中，出现了很多符合“多元型经济人”特征的人物，他们与“物质型经济人”不一样，追求的不仅仅是个人经济利益，还有国家和集体企业的经济利益，或者在更高层面上为了国家的繁荣富强而追求经济利益，这是超越“物质型经济人”之上的第四个特征。《乔厂长上任记》中乔光朴式的企业领导人和《新星》中李向南式的改革家，就是更为接近“多元型经济人”的代表。

“多元型经济人”具有思想、行动和能力等多方面的特征，涉及的行为现象繁多，我们选择一种最具有经济学特征的行为来分析，这种行为就是体现理性计算能力的“算账”。“算账”是经济生活和“经济人”的核心特征之一，韦伯认为“‘计算精神’(calculative spirit)并非扩展至平衡表结果的分配上，但它在每一个企业内部完全占统治地位”②。因此，“算账”不仅是一个现象，也是我们理解“经济人”的重要渠道，还是我们观察文学与经济、伦理关系的窗口。

“算账”一词一般而言有两种含义，第一是计算账目，第二是吃亏或失败后和人争执较量，有报复之意。其中第一种是其本义，第二种是引申义。就我们的日常生活而言，一般意义上的“算账”，是以数字为工具，采用数学的方法，计算货币、货物的出入。它在大多数时候，是属于人类经济生活领域的现象和名词。

“算账”一词所涉及的几个关键内容——数字、数学(科学)、经济，都和文学有比较遥远的距离，但是，在中国文学中，关于算账的叙事并不鲜见。四大名著中的《红楼梦》写贾探春整顿荣国府，就是从算账开始的，通过全面的算账和内部整顿，荣国府兴利除弊，几乎要出现一次短暂的家庭中兴。《金瓶梅》中，西门庆的经济来往众多复杂，其与孟玉楼、李瓶儿的婚姻背后，都有经济利益的仔细计算和考量。现代文学作品对于算账的叙述更加多

---

① 马向荣：《“经济人”假设的辨析与重构——兼论斯密悖论的破解》，《经济问题探索》2017 年第 1 期。

② [德] 马克斯·韦伯著，李强译：《经济、诸社会领域及权力》，生活·读书·新知三联书店，1998 年，第 70 页。

样,茅盾、老舍、吴祖缃等都贡献了很多算账的著名场面。《子夜》写了吴荪甫家的客厅里,从公债买卖到商议成立信托公司,主客之间进行着无数的筹谋,人来人往,皆为利来;《骆驼祥子》中祥子买车"三起三落",每天一分一角的计算中浸透了人生的辛酸;《一千八百担》整部小说就是围绕着如何使用义庄的资产,各怀心思的族人们提出了各种各样的收支方案。这些关于"算账"的叙事,成为文学作品艺术价值和社会价值的重要组成部分。

"文化大革命"结束之后,中国进入改革开放新的时期,这一时期文学中涉及经济主题的作品显著增加,"算账"也越来越频繁地出现在作品之中,尤其是"改革文学"更加强化了这个现象。《乔厂长上任记》在"题记"中,将日立公司和电机厂的效率作对比,凸显出"时间和数字"在经济改革中的重要性;《新星》写县委书记李向南从马路上一个换豆腐的交易行为,推算出古陵的农业和经济情况,令顾小莉大为敬佩;《陈奂生上城》写陈奂生卖油绳、买帽子、交宾馆住宿费的计算,简直有骆驼祥子买车时的精细。但是,和其他时期不同的是,20 世纪 80 年代小说的"算账"叙述,不仅在描述广度和深度上有了很大的推进,还让我们看到了更为复杂的观念交锋——尤其是传统的"义利之辨"问题,长期争论不清的文学与经济的关系问题,以及"经济人"的价值、经济伦理体系重构等新问题,它们都通过这个阶段的文学叙事得到深入探讨。因此,对"算账"现象的分析,可以看作把握 20 世纪 80 年代小城镇经济生活以及中国改革时代的一条重要路径。

第二节 "经济人"的伦理困境及其突围

由于中国传统文化中有着根深蒂固的"轻商""抑商"观念,以及新中国成立以来国家经济体制的影响,当代文学对商业的轻视和批判态度广泛存在。20 世纪 80 年代小城镇小说在描述经济生活时,经常有意地对经济商业活动、追求经济利益的行为表达质疑和否定,同时,采取各种各样的方式歌颂赞扬人间的道义、朴素的感情,使道德持续地超越于经济之上。即使一个事件完全处于经济生活的范畴之中,也因为道德的强势渗入,而淡化或转移了经济的固有属性，变成一个道德化的故事。

何立伟《小城无故事》写了一个很平淡的故事。南方的一个小城，守城门兼打更的老人死去之后，留下了一个小孙女，后来小孙女长大变成了“晓得唱无数新旧歌子”“形容极美丽”的女人，但是因为一些特殊的原因，她精神受到刺激成了“癫子”，每天在小城游荡，遇到年轻男子就约人到护城河边相会。这个女癫子虽然失去神智，却是小城隐含的中心，受到小城人暗地里的保护。卖荷叶粑粑的吴婆婆，卖葱花米豆腐的李二爹，见到她来就送上荷叶粑粑和米豆腐——即使女癫子吃豆腐打碎的碗，一天的买卖都挣不回来。有一天，三个来小城游玩的年轻男子，因为对疯女人的戏弄和不敬，惹恼了淳朴的小城人，所以，当三个外来年轻人想买荷叶粑粑和米豆腐时，就吃了闭门羹。吴婆婆和李二爹用自己的冷漠以及对“生意”的拒斥，表达了对外乡人的不满。小说最核心的情节就在这里，因为这个情节隐含着一个最基本的经济伦理矛盾。作为小生意人，吴婆婆李二爹需要通过商品买卖来获得收入，这是生意人的本质，而且小说已经做了铺垫。游客不多，生意不太好，东西没卖出多少。因此，完成买卖交易，获得收入，应该是他们最急迫的目标。但是，小说中人物实际采取的行为却相反。他们免费给女癫子荷叶粑粑和米豆腐，从成本角度来说，这是不会有金钱和情感回报的，更重要的是，三个外来客愿意付钱多购买一些荷叶粑粑带回家，想多吃一碗米豆腐时，也被吴婆婆和李二爹拒绝了。从商品交易的角度来说，前者虽然无法获利，但是至少还有一种有限的精神利得，而后者则是对生意人基本原则的自我否定，属于典型的“不利他不利己”的经济上的“双输”状态。他们为什么会选择这样的与商业原则相反的行为？只有一个原因，就是外乡人的冒犯挑战了小城人的情感原则，这个情感原则是同情弱者，是人性和道义。在小城居民看来，即使损害了自身的经济利益，也要保护和坚持这一情感原则。

对于读者来说，这样的描述是非常有吸引力的。一方面它与文学之“至善至美”的追求紧密关联在一起，赋予了文学更大的光芒，展现出一种审美超越性的精神力量；另一方面，道义对利益的战胜，让人获得巨大的道德满足感，这比金钱满足感更为重要，读者很容易就会被其中的淳朴情感所感动，也很容易地把这种重情轻利的判断合理化。相比之下，读者和作者都并未移情到需要通过买卖来获得金钱的小生意人那里，对小生意人的收入盈亏并不在意。

如果说《小城无故事》还是一本“模糊账”，那么古华的《芙蓉镇》则以极其庄重严肃的态度来算账。小说非常著名的一个情节在第二章“女人的账”中。“四清”运动即将开始，米豆腐摊主胡玉音正处于风雨欲来的惶惑当中，工作组组长李国香来到胡玉音家，帮胡玉音仔细地算了一笔账：胡玉音一共出摊2年9个月，5天1圩，1月6圩，共198圩；每圩做50斤大米的米豆腐，1斤米的豆腐可以做10碗，1碗1角钱。1圩可卖50元，1月300元，除去成本100元，收入200元，33个月总收入6 600元，“达到了一位省级首长的水平”。李国香计算器般的精确计算，让胡玉音刹那间惊惶失措：“真是五雷轰顶！她顿时就像被闪电击中了一样。”

张帆、杨旸在讨论《芙蓉镇》时，特别关注并分析了李国香帮胡玉音算账的情节，他们指出，胡玉音感到“五雷轰顶”的“心理过程相当形象地暗示了‘经济人’起源的两重性”：

> 一方面是政治性的“震惊”，通过李国香的“当头棒喝”，胡玉音已经可以预感到自己阶级成分和政治地位的变化；另一方面，随着震惊而来的，毋宁是潜在的“顿悟”，如果说，在此之前胡玉音的劳动所得只能以新楼屋的形式，即使用价值的形式体现出来，因此是具体的、特殊的，同时也是含混的；而经过李国香的计算而呈现为数字化形式，即交换价值的形式之后，就是抽象的、普遍的，同时又是明晰的。这何尝不是一次“深入灵魂”的经济学“启蒙”！胡玉音的“自然人”的“天真”状态由此被打破，从使用价值的世界被拉进了交换价值的世界。①

在张帆的讨论中，李国香的算账无疑在政治上和商业上都取得了巨大的成功：这是胡玉音“走资本主义道路”的强大证据，也是对“不会算账”的

① 张帆、杨旸：《政治经济学的退出、美学的转移与“启蒙”的辩证法》，《中国现代文学研究丛刊》2015年第12期。

胡玉音的一次改变，让胡玉音从经济学上得到了“启蒙”。

但是，进入小说深层，我们可以发现小说中李国香算账这件事情成为一个多重意义的象征，而且每一层含义都充满着悖论。首先，李国香给胡玉音算账，表面上看是一次经济行为，但是米豆腐生意作为一个纽结，下端连接的是胡玉音“发社会主义红财”以及“五类分子”“私有制”“反社会主义、反党”，上端连接的是粮站主任谷燕山“丧失阶级立场，倒卖国家粮食”。算账把这个从买卖米豆腐开始的逻辑链条，最终落实在政治定位上，这一过程展现得如此清楚，也使经济和政治完全融合在一起，难以区分。其次，“会算账”的李国香在政治上道德上都是虚伪的，她身为党的干部，却在政治上见风使舵，借政治谋私利，在道德上，她的个人私生活也混乱不堪，在这个背景下，小说特别强调她“会算账”，就形成了一个“荒谬化”反差：算账和人品低下是一体的。算账本来只是一种没有价值评判作用的“中立”的能力，但此时却被蒙上了一层灰色的面纱，算账因此被道德化了。再次，年轻漂亮的米豆腐摊老板娘胡玉音，做了 33 个月生意兴隆的买卖，赚的钱够建起了一栋新楼屋了，但小说写她竟然是一个“不太会算账”的人，听到李国香的算账后，她的第一反应是强烈的震惊：“天啊，天啊，自己倒是从没这样算过哪。”李国香的估算和实际交易金额当然会有误差，但是账目是不会骗人的，否则精明聪慧的胡玉音不可能承受子虚乌有的指控，即使是一个对做生意毫无经验的读者，也难以相信胡玉音“不会算账”。但是读者依然“愿意”相信胡玉音“不会算账”，因为，在这个时代，“会算账”不仅代表着政治立场的复杂，还代表着商业上的物欲主义和金钱追求，而“不会算账”，则更加天然，更加纯洁，就像清芙蓉河水一样清澈。本来可以看作“多元型经济人”的胡玉音，因为算账能力的缺失，而回到了“自然人”的队列，也因此成为迥异于“政治人”的存在。

在 20 世纪 80 年代小说关于“算账”的表述中，“经济人”无疑陷入了传统困境。生意人的价值，不在于他们生意活动的专业化，他们做生意，但不算“生意账”，他们的亏损或者盈利，似乎都是顺其自然的。生意是生意人的“表面化”，他们的人生中更加重要的是人情、社会和政治，他们更会算的是“政治账”“道德账”。所以，与其说李国香的算账是对胡玉音的“经济启蒙”，不如说胡玉音“不会算账”的“自然人”状态，才是这个时代更实际而道德的价值选择。

20世纪80年代小城镇小说描述算账最为精彩的，并非古华的《芙蓉镇》，而是张炜发表于1986年的《古船》。《古船》中的算账，不仅是情节性的，还是主题性的，算账成为小说的核心意义之所在。围绕洼狸镇的历史，《古船》写了三次算账。第一次是新中国成立之后，隋迎之决定把自己家的“粉丝王国”全部交出去。他从算账到“还账”，在思想上清楚地确认“以前是老隋家欠着所有穷人们的账”，而现在解放了，这些账要还了，因为这些粉丝厂都是属于穷人们的。算账奠定了整个小说的主题。第二次算账在“大跃进”时期。小说用穿插倒叙的方式，罗列了各种各样的数字：从高级社的数量、农户、占比，到打出水井数量、地瓜土地亩产、浇粪尿数量，再到洼狸镇提出亩产谷子、玉米、地瓜产量的目标……林林总总，不一而足，它们全部都在数字化的账目中，以一种荒谬的形式呈现出来。

第三次算账最重要也最完整。隋家的二儿子隋见素为了夺回粉丝厂，费尽心力地给洼狸镇粉丝厂按照会计方法进行了一次总账精算。从第八章开始，见素试图从原料、成本、设备磨损、工资、提留、推销费、纳税款项、基建投资等诸多方面细细摸底“难就难在寻找一些具体而准确的数字，化繁为简，在关键时刻作为证据推出来”。他要解决的，就是把这些经济活动转化成数字，简言之，就是算账。极其具有商业头脑的见素不愧是算账的天才，在不接触到粉丝厂核心的情况下，通过蛛丝马迹把粉丝厂的运行情况算计得清清楚楚。见素算账在小说中是分多个章节、用文字和大量的数字叙述出来的，这个算账非常完美，可以转化成一份清晰的会计报表。

粉丝厂本期利润表

单位：元

营业收入	
内销	1 483 845.00
外销	653 660.00

（续表）

副产品收入	41 900.00
合计	2 179 405.00
成本及费用	
应付职工薪酬	67 995.20
煤炭费	83 950.00
税款、补助、奖金、集资	73 000.00
差旅费(含差旅机动费)	18 050.00
送礼费	54 630.00
招待费	7 490.00
原料费	1 345 470.00
生产费用	323 004.80
合计	1 973 590.00
净利润	205 815.00

这是一张标准的会计账簿，从专业角度来说，整个账簿中唯一遗漏的只有生产成本一项，除此之外，没有什么缺憾。见素算账的价值，不仅在于把账算清，还有其他的收获。在这个过程中，他体会到了算账的艰辛——他经常被账目搞得昏昏沉沉；他产生了管理的灵感——内外销的巨大差额，让他决定要组织一个强有力的外销班子；他心里有了更多的不平和愤怒——粉丝厂的利润大多数被赵多多他们侵占了。

和见素算账相对照的是，小说同时写见素的兄长隋抱朴对于算账的态度转变。抱朴是洼狸镇做粉丝最好的技术天才，在见素算账想夺回粉丝厂的时候，他却每天坚持读《共产党宣言》。他告诉见素为什么他要读这本书："父亲活着时一天到晚算账，直到累得吐血；还有后母的死、镇子上流的血。这里面总该有个道理啊，老隋家人不能老是胆战心惊，他得去寻思里面的道理。事情需要寻根问底，要寻根问底，你就没法回避这本书。从根上讲，你得承认几十年来它跟咱的洼狸镇、跟咱老隋家的苦命分也分不开。我一遍又一遍读它，心想我们从哪里走过来？还要走到哪里去？日子每过到了一个关节上，我都不停地读它。”在抱朴那里，粉丝厂的账只是一本小账，一本经济账，而《共产党宣言》才是一本历史规律、社会规律的大账，它能够揭示世界的真理和人生的意义，抱朴现在要穷尽自己的生命去把握住它们。

小说的关键点在第十六章。把“经济账”算得滚瓜烂熟的见素，却在承包会上被打得溃不成军，他在算账中体会到的不公又一次在现实中展现出来，四爷爷那无形的巨大的权力，粉碎了见素的理想，这是擅长算账的“经济人”的现实和文学溃败。算账没有解决最重要的思想问题，经济没有解决更重要的人和世界的问题。

但是，在《共产党宣言》中领悟到平等真理的抱朴，在见素失败的那一刻，开始了新的算账。“抱朴知道父亲是怎么死的，后来一直回避算账。但那个承包大会终于还是诱惑他抓起了算盘。”“抱朴依旧到老磨屋去。空余的一切时间他都忙着算账。”面对隋不召的嘲笑，抱朴的回应是：“我算账，都是自己帮自己。”“抱朴拨弄着大算盘，有一种空前的紧迫感。这笔账无限烦琐。算着算着，他突然意识到自己和父亲当年使用的是同一把算盘！两笔账在某一点上相契合了。”《古船》中的算账比《芙蓉镇》有了更多的走向，它形成了一个双层结构。第一层是在经济层面，算“经济账”的见素，虽然有着强烈的复仇欲望以及对不公的愤怒，但是因为视野的局限，陷入了功利性的泥淖，最终还是摆脱不了失败的命运。第二层是在价值层面，从《共产党宣言》中领悟到真理的抱朴，却获得了总体性意义的加持。和抱朴不同的是，他自上而下，先理清了人生之账，再去算数字和经济的账，这时的算账，因为有了价值的灌注，而获得了充足的正当性。

马克斯·韦伯将合理性分为两种，即价值(合)理性和工具(合)理性。[①]价值理性相信的是一定行为的无条件的价值，强调的是动机的纯正和选择

---

① ［德］马克斯·韦伯著，林荣远译：《经济与社会(上卷)》，商务印书馆，1998 年，第56 页。

正确的手段去实现自己意欲达到的目的，而不管其结果如何。工具理性是指行动只由追求功利的动机所驱使，行动借助理性达到自己需要的预期目的，行动者纯粹从效果最大化的角度考虑，而漠视人的情感和精神价值。工具理性最重要的特征是计算。

借用韦伯的概念，价值理性和工具理性在《古船》中找到了对应的载体。见素是一个较为典型的“经济人”，他追求经济利益，以获利为自己人生的目标，精于理性计算，并能采取行动去达到目的。对于见素来说，算账和生意是他的人生标签，他像一个精密的计算器，与粉丝厂、洼狸大商店、省城的贸易生意绑定在一起。但是，就像计算成为他人生的工具一样，见素浸没在算账中，也成为算账的俘获物，他是工具理性的象征。而抱朴通过阅读《共产党宣言》完成精神的洗礼，浑身通体散发着价值的光芒，他有着伟大的价值动机：“就因为他们在和全世界的人一块儿想过生活的办法。”他摆脱了怯弱和犹豫，他要挑战的是权力和不公。当他再学会算账，通过算账展现经济上的能力追求，抱朴就在价值理性和工具理性的融合中，趋向于完美。

《古船》中的算账，不仅比《芙蓉镇》要细致深入得多，而且还形成了对《芙蓉镇》里伦理困境的突围状态。虚伪的李国香之“精于算账”，灵秀的胡玉音之“不谙于算账”，暗含了“算账”和“经济人”的道德否定困境。在《古船》中，作为工具理性符号化的见素，虽然也无法避免失败的结果，但是，“算账”本身，已经偏于中立化，体现出“合理性”的内涵，它甚至成为价值理性实践的必要支持，抱朴也最终通过算账的方式，成为更为完满而现实的文学形象。至此，“算账”被人为赋予的否定意味大大弱化，“算账”的内在道德空间得到拓宽。这样的突围，无疑是思想解放浪潮里的有益实践，它带来了对“算账”，以及对改革开放时期的社会经济生活的重新反思。

在古华的另一部小说《相思树女子客家》里，我们看到了更多的创造性突破。小说的背景是一个叫作“相思坑”的地方，它是公社和林场的共同所在地。林场是个县团级单位，从小城镇类型来看，相思坑属于依托森林资源发展起来的资源型小城镇。每年这里采伐几万立方米的木头，一般先通过汽车被运到一百多公里外的火车站，再通过火车发往各地。因为林场的存在，汽车、司机的日渐增多，每天有二三十辆运送木材的卡车要在相思坑过夜，镇上就办起了“工农兵宿食店”，但是因为旅社经营不善，收入连给二十来个服务人员发工资都不够，于是公社准备将旅社改组为“相思树女子客家”。公社书记赵行不顾种种压力，坚持选定观音姐这个年轻姑娘来当经理，观音姐在人员、管理上采取了新的办法，立竿见影地改变了局面。可是不久之后，观音姐遭到各种污蔑中伤，最终不得不离开旅社，跟着她的爱人去了深圳。

小说中的观音姐，可以看作20世纪80年代小城镇小说最典型的“经济人”形象，一定程度上，她甚至可以和《乔厂长上任记》中国企改革者的代表人物乔光朴相媲美。观音姐最初被赵书记所激赏，就是因为她精于算账：她数学成绩特好，“算盘打得滴溜溜转”，十六岁高中毕业就回生产队当会计，因为算账好，后来到公社当了主管会计。“偌大一个公社的复杂账目，工商副、农牧渔，各式各样收支上千项，不差分文。县里几次派人下来例行财务检查，她都得了奖状、奖旗。”所以，观音姐就得到了一个外号“算盘精”。

精于算账，可能只是个好会计，观音姐不止于此，她还是一个搞经济的能手。她业余时间自学企业管理，“每天好钻研企业管理问题”。得到赵书记的信任之后，她和公社约定，搞起了经济包干，独立经营，根据承包合同，按时给国家纳税，向公社交管理费，其余收入归旅社自主支配。观音姐上任后，精减人员，改善管理，提高服务质量，增添服务项目，做好服务品质、企业管理、成本核算、经济包干、岗位责任、奖惩制度的培训，树立“顾客第一”的办店宗旨。在观音姐的带领下，相思树女子客家一个月的营业额超出了五千元，她们头一个月就还清了信用社的两千元贷款，并向公社交了两百元管理费。七个人收入达到了人均一百一十元，“相当于行政十六级正处级干部的工资收入”。旅社的改革大获成功，观音姐雄心勃勃，还准备举办经济管理业余讲习班，收学费，增开饮食店，和街上的其他单位联营，“把整个街上这些大小店子的经济搞活”，“扩大经济承包责任制，全面改变相思坑地方的企业管理体制”。

小说对观音姐的叙述呈现出了“经济人”更多元化的特性。首先，精通算账并且成功地进行了经济管理实践，使观音姐成为旅社乃至相思坑经济的拯救者，成为改革时代涌现出来的新经济创造者。在这部小说中，“算账”

和“经济人”终于在性质上完成了道德位移，它既不是虚伪的象征，也不是某种中立的工具，它成为社会和时代进步最重要的力量，焕发出强大的光芒。女主人公甚至被命名为“观音”，“她样子生得白嫩富态，清丽可人，活脱脱就是原先相思坑地方观音庙里那女菩萨”。在中国文化中，观音菩萨是慈悲、护佑、智慧、力量等特征的凝结，这样的比喻包含着对观音姐能力和人格的高度认同。其次，观音姐虽然被扣上男女作风问题的帽子，也因为遭到中伤而最终被迫出走相思坑，去了深圳，但这个貌似失败的结局几乎没有损害观音姐的形象，反而衬托了改革者的牺牲精神，加强了“经济人”的伦理神圣感。最后一点，也是最有趣的是，小说没有简单化地把观音姐塑造成一个完人，而是让赵行书记从更具有人性和文化性的角度，感受“经济人”身上的另一面：“他在观音姐的眼睛里，发现了企业家的那种金属一样的闪闪寒光……他不由得打了个冷噤。‘铁腕女人’……”“‘算盘精’……要在旧社会，你会出息成一个老板娘子，女资本家的。”“‘算盘精’办事有些不择手段，功利主义。”“经济人”在经济活动中目标的明确、方式的强硬、逻辑的功利，一方面摆脱了僵化和束缚，另一方面也否定或摧毁着人情的传统，这样的叙述，更深入地展现了转型时代的矛盾，展现了“经济人”突围的丰富状态。从这一点来看，观音姐可以说比乔光朴塑造得更为丰满和立体。

第三节　小城镇经济生活的合理功利主义

关于“算账”的叙述，构成了小说创作的两难。一方面，在现实生活，尤其是人们日常的经济活动中，“算账”是最为常见的细节。从世界范围内的生产、贸易、金融和货币的大额来往，到每天每个家庭内部柴米油盐的斤斤计较，它在我们的人生中不可或缺。文学来源于生活，文学反映生活，关于“算账”的文学叙述当然也完全正当，不去写它，反而应该是文学的缺憾。另一方面，文学不是经济，文学更不是会计报表，这是两个不同的体系，有着不同的内在逻辑和模式。对于很多人来说，关于“算账”的文学叙述很难说有什么美学价值和道德价值，它几乎就是一个“文学黑洞”。

但是在这样的两难当中，关于“算账”的叙述依然在文学和伦理的缝隙中滋长起来，古华、张炜、贾平凹、柯云路等作家都以极大的勇气和高明的方法，进行了这一领域的探索，使读者逐渐接受这一现象，完成了一次比较成功的突围。

第一，作家的现实主义精神和对现实生活的深入把握，是达成这个结果最重要的推力。1985年，著名评论家雷达就高度赞扬了古华小说“算账叙事”的价值：

> 他的作品中经济细节的准确和丰富，值得注意。他在《芙蓉镇》里算过一笔“账”，这笔账收支明细，无懈可击，把一个卖米豆腐的女人的小家底全然揭明……他在《相思树女子客家》里也算“经济账”，直算得乔三腊无地自容，观音姐扬眉吐气，从而开出了经济改革之路……写小说固然不是“算账”……然而，对于一个有志于揭示出社会生活的本质特征和运动趋势的作家，他是不应该看不到潜藏在错综复杂的社会关系之下的经济巨流的奔突的；他也不能不发现经济根源如何实际上支配着人物的意识和情感。我从古华小说中农村经济内容的丰富翔实，悟出了这是形成他的艺术说服力的原因之一。①

雷达的解释，描述的是一种作家的“历史化”传统，从司马迁到茅盾，通过文学作品来探究社会的内在规律和本质，已经内化为中国作家最重要的“集体无意识”，他们把反映和认识世界，作为文学和作家价值之所在。20世纪80年代的作家中，尤其值得一提的，是山东作家张炜，他在《古船》中用了大量的笔墨来写隋见素给粉丝厂算账，这条线索的挖掘展示了作者深入生活的强大能力。首先，小说写的是见素对粉丝厂账目一步步的推算，对数字一个个的整理，其实最终是作家在计算和整理，这个工作具有很高的难度。我们经常赞扬茅盾写《子夜》、老舍写《骆驼祥子》时，为了体验生活所付出的心血，毫不夸张地说，仅仅从算账这个情节来看，没有几个作家能够达

① 雷达：《古华小说的魅力》，《读书》1985年第4期。

到张炜的程度。如果没有认真地介入一个企业的管理过程，熟悉企业生产销售的各个环节，如果没有全身心地投入生活中去，是不可能完成这个任务的。其次，在艺术表现隋见素算账的方式上，作家完全按照经济活动本身的规律来进行叙述，先主后次，条目清楚，耗费心力，把见素对粉丝厂的感情和"经济人"的理性展现无遗。最后，作家不仅把"算账"嵌入了经济活动中，而且也把"算账"转化成了经济价值和价值理性的一部分，拓宽了小说和人物的精神空间。古华和张炜等作家，通过叙述和深挖"算账"这个现象，深入其背后的社会经济逻辑，这是20世纪80年代作家介入现实、把握生活而结出的硕果。

第二，关于"算账"的叙述，是在与情节、人物、现实，与中国文学传统擅长的道德评价紧密结合的过程中，展现出重要认识价值的。在文学创作中，情节的意义在于能否完成价值转化，包括审美性的、教育性的、认识性的。对于文学叙事来说，"算账"不能以报表或者流水账的方式存在于作品中，而应该成为文学结构中的重要因素甚至纽结。《芙蓉镇》中的算账，刹那间就为热闹兴隆的米豆腐摊作了"资本主义"的定性，小说叙事进入到第一个重要的冲突阶段，也让人形成对算账的厌恶和恐惧；《古船》中的算账既是数字的，又是人生的，虚实相间，贯穿全书，隋家的命运在其中渐次清晰，它是小说的主题和灵魂；《相思树女子客家》中的算账，极其精准地抓住了人物的内在特征，生动地塑造出中国小城镇的"经济人"形象，并在传统和现代的矛盾中揭示了时代的犹疑和纠结。在这些"算账"细节中，当代中国的理、利、情、义、德交织成一张文化之网，也推动着时代观念的不断前进。

第三，中国20世纪80年代的改革开放及其观念变革，使"算账"和"经济人"有了更多的正当性。费孝通先生认为，中国乡土社会是个亲密的社会，亲密社群因为有着千丝万缕的人情相连，所以最怕"算账"，"'算账''清算'等于绝交之谓"。但是随着社会生活的发达，仅靠人情无法维持权利和义务的平衡，于是，钱物的当场清算就变得自然，特别是在经济活动和商业活动中，"算账"代表的是"理性支配着人们的活动——这一切是现代社会的特性"。[①] 在新的历史时期，"以经济建设为中心"的决策，以实现"四个现代

① 费孝通：《血缘和地缘》，《乡土中国》，上海人民出版社，2013年，第68—69页。

化”为全党工作重心的要求，促使农村和城市进行经济改革和探索。农村实施包产到户和大包干，国有企业下放权力和承包经营改革，生产力的不断发展，必然要改变与生产力发展不适应的生产关系和上层建筑，改变一切不适应现实的管理方式、行为方式和思想方式。在《古船》《相思树女子客家》等作品中，粉丝厂的承包经营、旅社的经济包干等，都是改革开放时代出现的经济现象和现实。而在“算账”叙述中出现的伦理围困和突围，则与新经济方式相配合，一步一步改变着传统中一直存在而不适合生产力发展的思想观念。这些观念上的变化，弥漫在整个社会中，成为“算账”和“经济人”文学叙述的伦理语境。

但是，无论是作家的现实主义传统，还是文学内部多样化表现，或者社会思想观念变革，在对“算账”和“经济人”的叙述推进上，都不是简单的直线型发展，而是螺旋形甚至退一进二式的状态前进。20 世纪 80 年代小城镇小说在时间上处于社会转型阶段，在空间上又处于城市与乡村之间的中间态，都决定了对“算账”和“经济人”的态度更为复杂。

在贾平凹的《浮躁》中，雷大空创办了“白石寨城乡贸易联合公司”，他从成立公司办理贷款开始，就采取了非正规的方式达到目的：“将释放时发给他的七元赔补钱送给了村信用所干部，贷了七十元，又将七十元送给了蔡大安，贷出了七百元，再将七百元送给区信用社，贷出了七千元，再到白石寨，送七千元贷出七万元。”他记录了一张送礼行贿的详细账单，利用合同漏洞骗取交易单位的罚款。通过各种各样的办法，雷大空很快就暴富起来，并被田有善当作个人致富的典型进行宣传。雷大空把所做的这一切，都告诉了金狗，其中还有些事情是金狗亲眼所见。在金狗看来，雷大空身上有一个无法解决的矛盾：一方面，他重义气有感情，想尽办法扳倒田中正，支持金狗，为福运和小水讨公道；另一方面，他又行贿诈骗，不择手段，获取经济利益和政治资本。贾平凹在小说中插入了一个特殊的情节，写金狗遇到了一位外地来的中年考察人，他向考察人请教的问题，正是雷大空以及两岔镇、白石寨出现的现实困境：一方面是经济不断发展，国家政策好了，土地承包解决了农民吃饭问题，搞商品经济改善了人们的生活；另一方面是道德意识的淡薄和缺失。“有些人一搞起生意来，竟一下子身裹万贯，而这些钱差不多是靠一些不正当的手段得到的。如果这样下去，个人或许是富了，但国家的经济却受到损失，以致出现市场物价上涨，贿赂严重，社会风气不好。”针对金狗的迷惑，这位中年智者从时空的对比中给出了两个答案。第一，在社会历史的变革中，人的主体意识觉醒的同时，“他自身的素质太差，这就容易使他把方向搞错，把路子走歪，这也就是为什么有人为了自己挣钱而不惜任何手段去坑集体，坑国家”。第二，在与世界先进国家的对比中，人们发现了自己的落后，失重自卑，不安烦乱，于是“虚妄的理想主义摇身一变成最近视的实用主义”。智者的分析切中了小城镇文化中间态的要害：个人素质无法跟上社会经济发展的步伐，理想主义淡化导致实用主义迸发。经济发展是一把双刃剑，它带来了利益和自由，也打开了道德的“潘多拉之盒”。智者没有提出解决问题的方法，但是金狗自己悟到了其中的真谛：在改革时代中，人的改革是最重要的。金狗的思考没有在智者的解答处停止，在经历了大空之死、牢狱之灾等一系列挫折之后，金狗重新回到州河上，与人合伙准备做强河运贸易。他有了更清晰而广阔的人生道路：一步步发展生产，“逐步把生产、文明搞上去，这才是一条切合实际的正路”。这条道路的目的地，是经济和伦理的最终融合，是“全州河的人都真正富起来，也文明起来”。

在柯云路的《新星》中，县委书记李向南是个时间观念极强、高度追求效率的改革者，也是一个对数字和账目极其敏感的“多元型经济人”：他从马路上一个换豆腐的交易，精准推算出古陵的农业经济状况；他在一个会议中提炼出 370 个“生财之道”；他要求对上访材料进行精确的统计，阅读各种经济类杂志。他熟悉各种经济数据，具有数字计算的特殊能力，很多数据他可以倒背如流。李向南既是政治意义上的改革家，更是熟谙数字、计算的经济英雄。但是，李向南的“经济人”行为，目的不是给自己带来财富，如果说他有利己的私心，那么这个私心就是他的政治抱负和个人价值。从个人性格来看，李向南不是道德完人，为了推动改革，他在很多时候采取了铁腕手段，去弊除疴。因为触动了一部分人的利益，也因为处事方式的决断简洁、无法周全，李向南遭遇了来自多个层面的反对。李向南面对的困境，不是《浮躁》中个人素质无法跟上现实的问题，而是个人价值超越了现实的问题，他的个人价值是以建设一个理想的社会为目标的，这是一种很高的伦理境界。在李向南身上，我们看到了“多元型经济人”的丰富内涵，人除了追求物质利益带来的快乐之外，还追求非物质利益如名誉、地位、成就感等多种类型的快乐。[①]

“算账”是一种技术，其本身在伦理上是中立的。但是，当它作为“经济人”的必要条件存在时，它就和经济以及“经济人”一起成为社会中间物，随着经济流通到社会体系中，与政治、伦理、情感、人性等纠缠在了一起。同时，“算账”和“经济人”又是以追求经济利益为最终目标的，不可避免地会带上功利主义和工具理性的特性，这样的特性在中国传统社会中，是“算账”和“经济人”被否定化的重要原因。当我们进入 20 世纪 80 年代文学的语境，我们看到了对“算账”和“经济人”的经济肯定和伦理认同，他们从原有的文学和伦理困境中突围出来，形成了更加丰富的张力，这样的结果，无疑是传统走向现代的一种典型现象，也代表着小城镇“合理功利主义”的经济伦理越加成熟。

什么是“合理功利主义”的经济伦理？

首先，在思维方式上，不是简单地把经济和伦理看作一个完全二元对立的体系，而是承认二者之间具有统一性。

资本和商业等经济活动，其目的在于对利益和金钱的追求，存在着排斥道德的先天冲动。但是，经济实践是具体而生动的。生产经营建立在劳动和资金投入的基础上，个人通过劳动获得收入，获得尊严，这是最大的伦理；资金通过承担风险，获得相应的回报，这是最大的公平。“利益是经济与道德实现逻辑联系的中介。”[②]路遥在《平凡的世界》中写孙少安在县城运砖赚钱之后，克服重重困难办起了小砖窑厂。为了让更多的人有活干，他又买机器扩大生产，结果烧砖失败，砖厂停产，最后因为偶然的机会砖厂起死回生。孙少平在煤矿靠自己的双手，冒着危险在地下挖煤，这样的劳动方式，是很多人共同的状态。当他们在劳动中获得合理的经济回报和生活水平的提升，我们感受到的是正当和公平，这才是一个充满伦理温情的社会。

具体的经济活动要在一个有规则的经济体系中，才能得到正常的发展，

---

① 马向荣：《“经济人”假设的辨析与重构——兼论斯密悖论的破解》，《经济问题探索》2017 年第 1 期。

② 王小锡：《经济伦理学论纲》，《江苏社会科学》1994 年第 1 期。

经济整体性运转要维持一定的秩序，必然要求建立市场规则和道德规则。亚当·斯密提出的“看不见的手”，是指经营者被市场引导去开展经营活动。但是，经营者在追求个人利益的过程中促成了社会福利，这时，市场本身就具有了伦理意义。作为经济学家和伦理学家的亚当·斯密力图将人们的经济行为和道德行为统一起来，克服经济和道德的二律背反，我们可以把他的观点看成是一种主观为自己、客观为社会的“合理功利主义”经济伦理观。《浮躁》和《芙蓉镇》虽然都写了经济活动带来的各种矛盾和问题，但是作品通过批判和思考，已经展现出了对道德失控的忧虑，并试图找到经济活动中的道德阀门。同时，这些小说都清醒地意识到，经济开放政策和商品经济发展，总体上推动了居民们的共同富裕，也激发了小城镇的生机和活力，经济发展内含着推动社会进步的伦理正当性，从经济活动中致富获利也具有改善民生的伦理正当性。涂尔干在《社会分工论》中认为，很多工商业职业群体形成了固有的道德规则，以控制经济活动的合理性：

> 在职业群体里，我们尤其能够看到一种道德力量，它遏制了个人利己主义的膨胀，培植了劳动者对团结互助的极大热情，防止了工业和商业关系中强权法则的肆意横行。①

在汪曾祺的小说中，绝大多数小城镇的手艺人和小商人，都在自己的生产和生意中，把和气生财、勤奋工作、童叟无欺等作为基本的原则。在同一职业群体之间，也互相支持，公平协商，义利兼顾。《大淖记事》中写锡匠们的生活时，对这一规则有非常精准的描述：“这一帮锡匠很讲义气。他们扶持疾病，互通有无，从不抢生意。若是合伙做活，工钱也分得很公道。”《岁寒三友》中陶虎臣烟花生意好的时候，就会把一部分订单匀给其他同行。汪曾祺笔下的小城镇工商业者中，唯一一个反面人物，是《岁寒三友》中开陆陈行的王伯韬，他刻意恶性竞争，欺行霸市，把王瘦吾的草帽厂挤压破产。小说

---

① [法]埃米尔·涂尔干，渠东译：《社会分工论》，生活·读书·新知三联书店，2000年，第22页。

也直接点明王伯韬“流氓”“在帮”的身份，把他和小城镇正常的工商群体区别开来，强化了小城镇经济活动中蕴含着的道德特性。

其次，能以发展和灵活的标准，清楚地认识到，在不同的经济方式和经济水平中，伦理观念是有区别的。

费孝通先生在他的社会学研究中，描述了经济方式与人情伦理的关系：在乡土亲密社群，几乎不能容忍算账和交易；人们只能到街集里去，“各以‘无情’的身份出现，在这里大家把一切关系暂时搁开，一切交易都得当场算清”。而中国传统的“匮乏经济”和工业处境的“丰裕经济”中所养成的基本态度和价值体系是不同的。“在匮乏经济中主要的态度是‘知足’，知足是欲望的自限。在丰裕经济中所维持的精神是‘无餍求得’。”①在汪曾祺的小说中，我们看到了对手艺人勤俭品格的赞美，但是，有钱而吝啬，每天只吃烧饼，而且不愿意承担社会义务的“八千岁”，却招致很多人的不满。节俭和责任的适当性，是根据不同的对象和状态来判断的，对小本经营的小商人来说节俭是优点，但是对于家底殷实的商人来说，节俭事实上损害了小城镇经济的顺畅流转。贾平凹的《腊月·正月》中韩玄子和王才的矛盾，也是不同经济社会结构之间的差异造成的。韩玄子的声望和权威，来自乡镇知识分子的身份，也来自传统的士农工商阶层观念，而王才是农村经济改革中出现的私营企业主，他代表的，是改革开放时代国家鼓励的发展经济和个人致富的方向。小说描述了韩玄子所代表的传统观念的失意，而王才则得到了政府和民意的支持。经济水平的提高，社会背景的变动，带来了小城镇价值观念和职业声望转移，也提升了人们对于经济致富的道德认同，这种对利益获得的承认，在一定程度上也可以证明“生产力水平的提高必然要求社会整体日益追求公平、正义，要求道德水平提高”的合理性。

最后，在改革开放时期小城镇的社会经济实践中，在乡村与都市、传统与现代的中间态中，合理功利主义是最实际的经济伦理关系。

社会学家对乡村和城市之间的文化差异做出了很多富有启发性的研

① 费孝通：《中国社会变迁中的文化症结》，《乡土中国》，上海人民出版社，2013年，第241页。

究，滕尼斯把小乡村和大城市的文化机制分别称为“共同社会”和“利益社会”，涂尔干则以“机械团结”和“有机团结”来区分乡村和城市。费孝通借用了滕尼斯的概念来讨论中国社会，认为中国乡村属于礼俗社会，而城市属于法理社会。在这些研究中，乡村和城市既是空间地理概念，也是时间概念，乡村代表着传统、自给自足、简单封闭、有共同情感习俗的熟人社会，而城市代表着现代、个人主义、利益优先、依靠契约、人情淡薄的陌生社会。

总体来看，20 世纪 80 年代的小城镇具有熟人社会和半熟人社会的特征。《古船》中洼狸镇以隋、赵、李三大家族为主体的人群结构，属于比较典型的以血缘为基础的乡村家族制度，我们在《平凡的世界》中的双水村看到了类似的家族制度。《芙蓉镇》虽然也有血缘性因素存在，比如黎满庚和胡玉音就是表亲关系，但主要的人际关系是地缘性的，一条镇街，把世代同居一地的家家户户串在了一起。和《芙蓉镇》类似的，还有《腊月・正月》和《小城无故事》中的小城镇。而《新星》和《浮躁》里所写的人口密集、发展较好的县城，就具有半熟人社会的特征。顾荣每天清晨到街上散步，和半熟不熟的人们打着招呼，李向南刚来不久，也养成了散步的习惯，他认识的人也越来越多。从两岔河到白石寨县的人自发地聚集成一个群体，地缘中的乡情使整个县城都保留着传统乡村的某些属性。这样的社会，必然会在很大程度上以血缘、人情以及个人好恶来支配人们的社会行为或经济行为。所以，《小城无故事》中的吴婆婆和李二爹以拒绝生意来抗议外来客对癫女人的戏弄；《古船》中洼狸镇居民认定了隋抱朴才是粉丝厂最好的掌管者；《浮躁》中金狗和水水都知道雷大空有经济问题，但是雷大空一出事，还是四处奔走相助。这些都是伦理人情驱动的选择。

但是人情不能统治或凌驾于经济原则之上，道德也不能消解和否定经济的利益要求，我们感受到吴婆婆和李二爹的善良，但这只能是偶然的现实行为，不能上升到普遍性的伦理规则，只讲伦理的经济不会给经济带来任何好处，相反，只会带来经济的失败和民生的崩溃。用合理功利主义的观念，来保护经济活动对经济利益的合理追求，这是经济活动之所以成为经济活动的根本。

合理功利主义的合理性，无法进行定量的分类。法律是第一道理性屏障，所以《浮躁》写雷大空的死和麻子外爷、福运的死，是不一样的。《古船》中赵多多在接受调查过程中，小车出事死亡，也在一定程度上代表了法律的惩戒。同时，小城镇社会的传统人情和道德观念，有效地调整着经济活动与伦理的平衡。《浮躁》中金狗对经济伦理失范反思，并希望通过“人的改革”来促进经济和文明的协调发展；《古船》中隋抱朴通过《共产党宣言》领悟到社会和人生的真理，带领洼狸镇粉丝厂回到正常的轨道上来；《平凡的世界》中少安少平通过脚踏实地地劳动和血汗，来改变命运和人生。他们分别提供了从人的道德水平、人的思想境界以及人的劳动价值等方面调试经济活动合理性的可能。

涂尔干在谈到现代社会经济和道德的状况时，曾说：

> 正因为经济事务主宰了大多数公民的生活，成千上万的人把精力投入在了工业领域和商业领域。这样一来，一旦这种环境的道德色彩不浓，许多人就会越出一切道德范围之外。如果要让责任观念深入人心，我们就必须得具有持续维持这种观念的生活条件。就人类本性而言，我们是不想压抑和限制我们自身的。但假使没有道德不断限制我们自身的行为，我们怎么就养成习惯了呢？假使我们整天忙来忙去，除了考虑自己的利益之外没有其他规范可循，我们怎么会体会到利他主义、无私忘我以及自我牺牲的美德呢？①

经济不会也不应该让人们沉没在利益的纷扰之中，而应让人具有更多的可能去感受道德和精神的美好。中国历史上，“经济”一词从一开始就包含着“经邦”“济世”的含义，它代表着“经济”先天所具有的人文思想和伦理追求。20世纪80年代小城镇小说通过对合理功利主义的书写和认同，展现了回到经济初心的愿望和实践，这也是这一时期小城镇经济伦理带给中国当代社会的重要启示。

---

① [法]埃米尔·涂尔干著，渠东译：《社会分工论》，生活·读书·新知三联书店，2000年，第16页。

结　语

20世纪80年代，是中国城镇化历史上一个重要的转折期和发展期。在中国现代化的历史洪流中，城镇化伴随着工业化而来，又和工业化一起充当着改革开放的先导性力量，而且，与工业化相比，城镇化更加具有生活气息。它无所不在，毫不夸张地说，我们每个人都能感受到深入我们生活各个细节的城镇化，它存在于我们身边自然环境、街道、建筑、居民每时每刻的变化中，这些变化，既带走了过去的时间和空间，又承载着我们内心无数的故事、感情和回忆。

小城镇作为一个独立体系的观念，也是在这个伟大的时代应运而生的。从宏观上看，小城镇在与大中小城市、与乡村的差异中显示出自身的独特性，在自然人文地理、经济活动和伦理观念上，它都形成了自己的模式和结构；小城镇又在与城市、乡村的紧密联系中得以发展，它是广大乡村的中心和灵魂，是城市生活生产资料的来源地和中转站。作为中国经济发展道路和解决城乡二元对立问题的重要选择，作为城乡融合、乡村振兴战略的积极探索者，小城镇承担着巨大的责任，并因此而获得了更为重要的存在意义。

20世纪80年代，也是小城镇小说重新焕发活力的阶段。在改革开放的大背景下，小城镇小说对于小城镇历史和现实进行了深入叙述与全景呈现，汪曾祺、古华、张炜、贾平凹、路遥、李杭育、林斤澜、陈世旭、柯云路、王安忆、苏童等当代重要作家，都深耕于小城镇的日常生活和社会实践，创造了众多经典的人物形象，建构了小城镇生产生活的丰富场景，描述了小城镇艰苦而充满活力的发展过程。这些通过小城镇小说叙述出来的集体记忆，正在或已经成为几代中国人共同的乡愁。

小城镇和小城镇小说蕴含着的生活是阔大而复杂的。本书以经济生活和经济伦理为中心，从一个特殊的视角来切入小城镇世界，并努力去阐释小城镇的发展逻辑。经济生活是小城镇社会的底色，大多数时候，它平凡、世俗而庸常，它隐藏在小城镇的每个角落，化身为毫不起眼的“柴米油盐酱醋茶”，默默地支撑着小城镇社会和家庭的运转。有时，它又挺身而出，激荡起滚滚洪流，裹挟着人们顺流而动，张扬了无限的人生激情，寄托并实现人们对美好生活的期望。进入改革开放时代，经济生活逐渐摆脱了加诸其上的历史偏见，在小城镇和小城镇小说中都有了更加多样的呈现，小城镇世界的内在发展逻辑更加清晰地表露出来。这个逻辑的核心是：对小城镇社会产生影响的诸多因素中，经济因素起了基础性的作用。具体来说，主要由三条线索共同组成。第一，自然地理交通条件优势带来的经济便利，推动了小城镇的形成和发展。第二，小城镇的经济模式总体上以较小体量的小商业和手工业、与农产品关系密切的中小工业为主体，它决定了小城镇的人口规模、空间布局、职业结构的基本面貌。第三，小城镇的经济运行方式，形成了以合理功利主义为核心的经济伦理。对小城镇经济逻辑的描述，构成了本书立论的基础，也是经济生活对小城镇社会价值的论证和确认。

毋庸置疑，这种研究属于社会学研究方法，本书用这个方法建立的是一个以往研究者较少关注的小城镇经济生活场域。此外，本书一直坚持立足于20世纪80年代小城镇小说的原始描述，用细读的方法寻找到各种关于小城镇经济生活的细节，并把它们连缀整合在一起，形成一个较为完整的论述结构，这个结构就是呈现在读者面前的导论以及五个章节。在导论中，我简要描述了中国城镇化的历史和特征：20世纪80年代中国小城镇发展道路以及小城镇小说概念的形成，并说明了以经济生活和经济伦理为研究中心的意图。而正文五章的内容，则根据小城镇小说的叙述内容，从不同角度分析小城镇社会的主要特征。以河流为中心的自然地理环境因素，对小城镇形成和发展具有关键作用，它们为小城镇提供生存条件、生产条件，并促成了小城镇的经济运行方式。小城镇的内部空间布局具有一定的规律，农业和工业区位于小城镇外围和边缘，中心区域是政治、经济、文化多功能混合区，而主街道集中了经济、交通、居住和社交等多种生活样式，这是中国小城镇空间结构的重要特色。职业身份是小说中小城镇居民的主要符号。20世纪80年代小城镇小说以党和国家机关负责人与小工商业者为主角，在一定程度上，形成了以职业价值为中心的声望评价系统。经济中心地是小城镇的本质属性之一，其经济属性最典型地体现在两类经济方式上，其一是以集市和店铺为代表的商业贸易，其二是从手工业到工业的生产加工。最后，20世纪80年代的小城镇在时空上都处于一种中间状态，小城镇小商品经济模式和半熟人社会的社会形态，使小城镇在经济和文化之间达到了一定的平衡，形成了以合理功利主义为主体的经济伦理观念。

小城镇与大中小城市、乡村的差异，是本书另外一个关注点。在描述小城镇特征的同时，本书尽可能地把它放置在一个更开放的背景中，用比较的方法来找到它与城市、乡村的差别。三者对自然地理物象系统的呈现程度，对空间布局和功能的叙述，对经济运行方式和职业结构的探讨，对经济伦理观念的展示，等等。本书都做了程度不同的描述和分析，并试图把小城镇有效地与城市、乡村区分开来。

在都市小说、乡村小说、小城镇小说的三层次文学结构中，小城镇小说的研究起步最晚，依然有许多命题值得深入持续讨论。从20世纪80年代的小城镇小说来看，至少还有两个问题具有很强的张力。

第一，小城镇与城市、乡村之间的区别，在理论和实践上都获得了越来越多的证明和认同，但是三者的边界感并不清晰，在城市与小城镇之间，小城镇与乡村之间，都存在着很多的交叉点。比如经济发展带来的工业生产普及化，打通了城市、小城镇和乡村的隔离；比如经济生活的逐利倾向也逐渐向乡村的传统人情社会蔓延，即使是在小城镇内部体系中，在不同的地域和不同的时期，也呈现出不同的状态。如何更加有针对性地分析这些材料，描绘出小城镇不断变动着的“差异化”，做到类似于克利福德·格尔茨在《文化的解释》中所说的“文化深描”，是一个需要不断推进的工作。

第二，小城镇小说对于小城镇经济生活和经济伦理的描述，本书中更多的是归并同类项，总结其普遍性的特征。但是落实到具体作品时，我们看到了作家们各具特色的表达，在不同作家笔下，小城镇呈现出了不同面貌，小城镇小说也展现了不同的思想倾向、艺术基调和文化价值。而作家的思想立场和创作方法，与小城镇的自然人文环境一起，决定了小城镇小说的基本样式。绝大多数作家对于成长和生活过的小城镇，都抱有一种深深的乡愁和爱，但是这种爱有着不同的表现方式。比如现代小城镇作家中，鲁迅和许杰、萧红等人着眼于“启蒙”，所以其作品包含着较多的现实和文化批判，这样的态度在 20 世纪 80 年代的贾平凹、古华、张炜、陈世旭等作家的创作中继承下来。贾平凹在《浮躁》中借金狗之口明确地提出“人的改革”以及把发展经济与提升文明进行同步推进的期望，柯云路在《新星》中大刀阔斧地拆除官僚主义和封建主义的精神篱笆，张炜在《古船》中揭示小城镇居民的宿命意识乃至精神创伤。这些作品对小城镇现实的积极介入，使小城镇小说成为对小城镇社会进行本质性把握的方式。这些小说也延续着现实主义作家的人文主义思想，他们对小城镇故乡深沉而厚重的爱，通过小说的种种情节表现出来。比如贾平凹在《腊月・正月》中给予王才发自心底的支持，张炜也在《古船》中为抱朴重新成为粉丝厂的主人而欣喜。

另外一种小城镇的写作是具有理想主义倾向的。沈从文写《边城》是“怀了不可言说的温爱”，在沈从文的心中，茶峒就像一个希腊小庙，供奉着“爱、美和神”。因着他对于故乡的认识和想象，在他的笔下，这种爱转化成了一种“美和神”的超功利的精神气质。汪曾祺是沈从文的学生，我们可以看到他对沈从文写作方式的某种继承。汪曾祺一方面坚持现实主义的立场，承认地方风土人情和语言对自己的影响：“我写的人物大多有原型。……当然不是照搬原型。”另一方面，他也希望自己朴素的乐观主义信念能够渗透于作品并影响读者：“我所追求的不是深刻，而是和谐。”现实生活与和谐信念的统一，形成了汪曾祺小城镇小说中以小工商业者为主体，将恬淡、典雅、优美融合为一体的风格。

20 世纪 80 年代之后，一直到当下，小城镇在中国社会经济发展中一直扮演着非常重要的角色，成为中国式现代化和乡村振兴战略中不可缺少的一环。但是在这个过程中，小城镇面临着越来越复杂的现实境况和文化嬗变，而小城镇小说一直忠实地承担着自己小城镇社会记录者的使命。贾平凹的《带灯》等，陈世旭的《将军镇》等，池莉的《你是一条河》，书写了小城镇生活的全景；韩少功《马桥词典》执着于对乡镇文化和思维模式的反思；“三驾马车”何申、谈歌、关仁山的“乡镇系列”小说直面经济政治生活的种种问题;鲁敏、魏薇、徐则臣、孙方友等则在自己的乡镇回忆中探究着小城镇的精神。这些来自小城镇的声音,和小城镇现实世界一起,共同汇入了当代中国的交响乐,而这个时代里所有的人和事,以及本书中提到的未尽问题,都会成为小城镇研究和小城镇小说研究继续前行的基础。

参 考 文 献

专著

(一) 典籍

张景、张松辉译注:《道德经》,中华书局,2021 年。

李山、轩新丽译注:《管子》,中华书局,2019 年。

周振甫译注:《周易译注》,中华书局,1991 年。

闻人军译注:《考工记译注》,上海古籍出版社,2008 年。

杨伯峻译注:《论语译注》,中华书局,2012 年。

[战国] 吕不韦编撰,关贤柱、廖进碧、钟雪丽译注:《吕氏春秋全译》,贵州人民出版社,2009 年。

缪文远等译注:《战国策》,中华书局,2012 年。

[汉] 班固:《汉书》,中华书局,1962 年。

[汉] 许慎著,愚若注音:《注音版说文解字》,中华书局,2015 年。

[南梁] 刘勰著,陆侃如、牟世金译注:《文心雕龙译注》,齐鲁书社,1995 年。

[明] 莫旦:《弘治吴江志(卷二)》,《中国方志丛书》,台北成文出版社有限公司,1983 年。

[明] 王鏊:《姑苏志》,台北学生书局,1965 年。

[明] 姚旅:《露书》,福建人民出版社,2008 年。

[明] 宋应星:《天工开物》,上海教育出版社,2020 年。

[清] 王念孙:《广雅疏证》,上海古籍出版社,2018 年。

[清] 阮元校刻:《十三经注疏》,中华书局,1980 年。

(二)理论研究著作

中共中央马克思恩格斯列宁斯大林著作编译局编译:《马克思恩格斯选集　第一卷》,人民出版社,2012年。

中共中央马克思恩格斯列宁斯大林著作编译局编译:《马克思恩格斯选集　第二卷》,人民出版社,2012年。

邓小平:《邓小平文选　第三卷》,人民出版社,1993年。

国家职业分类大典和职业资格工作委员会:《中华人民共和国职业分类大典》,中国劳动社会保障出版社,1999年。

国家职业分类大典修订工作委员会:《中华人民共和国职业分类大典(2015年版)》,中国劳动社会保障出版社,2015年。

国家职业分类大典修订工作委员会:《中华人民共和国职业分类大典(2022年版)》,中国劳动社会保障出版社,2022年。

陈至立主编:《辞海》(第七版),上海辞书出版社,2020年。

费孝通:《乡土中国》,上海人民出版社,2013年。

王孝通:《中国商业史》,浙江工商大学出版社,2022年。

顾朝林:《中国城镇体系——历史·现状·展望》,商务印书馆,1992年。

顾朝林等:《中国城市地理》,商务印书馆,1999年。

罗荣渠:《现代化新论:世界与中国的现代化进程》,华东师范大学出版社,2013年。

郑有贵主编:《中华人民共和国经济史》,当代中国出版社,2021年。

陈立旭:《都市文化与都市精神——中外城市文化比较》,东南大学出版社,2003年。

周其仁:《城乡中国》,中信出版社,2017年。

汪民安:《身体、空间与后现代性》,江苏人民出版社,2006年。

中国社会科学院经济研究所编,王振中主编:《中国的城镇化道路》,社会科学文献出版社,2012年。

刘溢海、牛银栓主编:《城镇经济学》,中国农业大学出版社,2012年。

李春玲、吕鹏:《社会分层理论》,中国社会科学出版社,2008年。

赵长征:《中华文化与传播》,外语教学与研究出版社,2015年。

程裕祯:《中国文化要略》,外语教学与研究出版社,2017年。

李德华:《城市规划原理(第三版)》,中国建筑工业出版社,2001年。

张书成:《新中国城市化政策演化进程与评价研究》,上海交通大学出版社,2019年。

程必定:《从区域视角重思城市化》,经济科学出版社,2011年。

张岱年、方克立主编:《中国文化概论》,北京师范大学出版社,2004年。

陈江:《明代中后期的江南社会与社会生活》,上海社会科学院出版社,2006年。

方志远:《明代城市与市民文学》,中华书局,2004年。

陈平原:《中国小说叙事模式的转变》,北京大学出版社,2010年。

王晓明主编:《二十世纪中国文学史论(第一卷)》,东方出版中心,1997年。

曹文轩:《中国八十年代文学现象研究》,北京大学出版社,1988年。

刘洪涛:《湖南乡土文学与湘楚文化》,湖南教育出版社,1997年。

刘禾著,宋伟杰等译:《跨语际实践——文学、民族文化与被译介的现代性(中国,1900—1937)》,生活·读书·新知三联书店,2002年。

杨红莉:《民间生活的审美言说——汪曾祺小说文体论》,北京大学出版社,2008年。

张法:《中国文化与悲剧意识》,中国人民大学出版社,1989年。

张伟然:《中古文学的地理意象》,中华书局,2014年。

曾大兴:《文学地理学概论》,商务印书馆,2017年。

[英] 亚当·斯密著,周帅译:《道德情操论》,华中科技大学出版社,2016年。

[德] 马克斯·韦伯著,李强译:《经济、诸社会领域及权力》,生活·读书·新知三联书店,1998年。

[德] 马克斯·韦伯著,林荣远译:《经济与社会(上卷)》,商务印书馆,1998年。

[德] 瓦尔特·本雅明著,王才勇译:《发达资本主义时代的抒情诗人》,

江苏人民出版社，2005 年。

［德］哈贝马斯著，曹卫东、王晓珏、刘北城、宋伟杰译：《公共领域的结构转型》，学林出版社，1999 年。

［法］埃米尔·涂尔干著，渠东译：《社会分工论》，生活·读书·新知三联书店，2000 年。

［日］芦原义信著，尹培桐译：《街道的美学（上）》，江苏凤凰文艺出版社，2017 年。

［美］丹尼尔·贝尔著，蒲隆等译：《资本主义文化矛盾》，生活·读书·新知三联书店，1989 年。

［美］斯塔夫里阿诺斯著，吴象婴、梁赤民、董书慧、王昶译：《全球通史：从史前史到 21 世纪》，北京大学出版社，2006 年。

［法］亨利·列斐伏尔著，刘怀玉等译：《空间的生产》，商务印书馆，2022 年。

［美］施坚雅主编，叶光庭等译：《中华帝国晚期的城市》，中华书局，2000 年。

［美］施坚雅著，史建云、徐秀丽译：《中国农村的市场和社会结构》，中国社会科学出版社，1998 年。

［日］富永健一著，严立贤、陈婴婴、杨栋梁、庞鸣译：《社会学原理》，社会科学文献出版社，1992 年。

［加拿大］威廉·P. 安德森：《经济地理学》，中国人民大学出版社，2017 年。

［美］R. E. 帕克、［美］E. N. 伯吉斯、［美］R. D. 麦肯齐著，宋俊岭、吴建华、王登斌译：《城市社会学：芝加哥学派城市研究文集》，华夏出版社，1987 年。

［美］汤普逊：《中世纪经济社会史（下册）》，商务印书馆，1984 年。

［美］陈金永：《大国城民：城镇化与户籍改革》，北京大学出版社，2023 年。

［法］皮埃尔·布迪厄著、［美］华康德，李猛、李康译：《实践与反思——反思社会学导引》，中央编译出版社，1998 年。

[美] 凯文・林奇著,项秉仁译:《城市的印象》,中国建筑工业出版社,1990 年。

[日] 顾琳著,王玉茹、张玮、李进霞译:《中国的经济革命:20 世纪的乡村工业》,江苏人民出版社,2009 年。

[德] 薛凤著,吴秀杰、白岚玲译:《工开万物:17 世纪中国的知识与技术》,江苏人民出版社,2015 年。

[美] 迈克尔・索斯沃斯、[美] 伊万・本-约瑟夫著,李凌虹译:《街道与城镇的形成》,江苏凤凰科学技术出版社,2018 年。

(三) 文学作品

[明] 兰陵笑笑生:《金瓶梅》,齐鲁书社,2004 年。

[清] 曹雪芹著,[清] 无名氏续:《红楼梦》,人民文学出版社,2008 年。

汪曾祺:《汪曾祺小说全编》,人民文学出版社,2016 年。

汪曾祺:《汪曾祺回忆录》,人民文学出版社,2020 年。

古华:《芙蓉镇》,人民文学出版社,1981 年。

古华:《古华小说选》,四川文艺出版社,1985 年。

张炜:《古船》,人民文学出版社,1987 年。

路遥:《人生》,北京十月文艺出版社,2017 年。

路遥:《平凡的世界》,北京十月文艺出版社,2021 年。

贾平凹:《浮躁》,作家出版社,2009 年。

贾平凹:《腊月・正月》,河南文艺出版社,2018 年。

陈世旭:《波湖谣》,作家出版社,2017 年。

李杭育:《最后一个鱼佬儿》,人民文学出版社,1985 年。

柯云路:《新星》,江苏凤凰文艺出版社,2018 年。

何立伟:《小城无故事》,作家出版社,1986 年。

林斤澜:《林斤澜小说选》,人民文学出版社,2009 年。

高晓声:《高晓声小说选》,江苏文艺出版社,2009 年。

王安忆:《小城之恋》,时代文艺出版社,2001 年。

王安忆:《荒山之恋》,中国文联出版社,2003 年。

张一弓：《张铁匠的罗曼史》，百花文艺出版社，1982年。
冯骥才：《炮打双灯》，华艺出版社，1993年。
刘震云：《塔铺》，作家出版社，1989年。
苏童：《一九三四年的逃亡》，河南文艺出版社，2020年。
余华：《鲜血梅花》，作家出版社，2012年。
余华：《河边的错误》，时代文艺出版社，2023年。
周立波：《暴风骤雨》，人民文学出版社，2005年。
姚雪垠：《李自成》，中国青年出版社，2005年。
莫应丰：《将军吟》，人民文学出版社，2019年。
周克芹：《许茂和他的女儿们》，人民文学出版社，2004年。
魏巍：《东方》，人民文学出版社，1985年。
李国文：《冬天里的春天》，作家出版社，2012年。
孙力、余小惠：《都市风流》，人民文学出版社，2019年。
蒋子龙：《乔厂长上任记》，江苏人民出版社，1979年。
李国文：《花园街五号》，北京十月文艺出版社，1984年。
鲁迅：《呐喊》，人民文学出版社，2018年。
茅盾：《子夜》，人民文学出版社，2017年。
老舍：《骆驼祥子》，人民文学出版社，2020年。
沈从文：《边城》，人民文学出版社，2022年。
李劼人：《死水微澜》，译林出版社，2016年。
吴组缃：《一千八百担》，华夏出版社，2009年。
[俄] 列夫·托尔斯泰著，汝龙译：《复活》，人民文学出版社，2015年。
[法] 斯丹达尔著，郭宏安译：《红与黑》，译林出版社，2019年。
[法] 巴尔扎克著，傅雷译：《欧也妮·葛朗台》，译林出版社，2019年。

论文

费孝通：《小城镇　大问题》，《江海学刊》1984年第1期。
费孝通：《论中国小城镇的发展》，《中国农村经济》1996年第3期。
雷达：《古华小说的魅力》，《读书》1985年第4期。

吴亮:《孤独与合群——李杭育印象记》,《当代作家评论》1985年第6期。

叶依能:《明清时期太湖地区市镇发展之研究》,《农业考古》1988年第4期。

陆学艺、张厚义:《农民的分化、问题及其对策》,《农业经济问题》1990年第1期。

熊家良:《小城:在传统乡村和现代都市之间》,《湖北民族学院学报》1993年第4期。

熊家良:《小城文学:一个地域文化空间的命题》,《湛江师范学院学报(哲学社会科学版)》2003年第5期。

王小锡:《经济伦理学论纲》,《江苏社会科学》1994年第1期。

顾朝林:《论中国建制镇发展、地域差异及空间演化——兼与"中国反城市化论"者商榷》,《地理科学》1995年第3期。

季水河:《九十年代文学的四脉流向——经济与文学走向系列研究之二》,《文艺评论》1996年第1期。

孔范今:《经济变革与二十世纪中国文学》,《山东大学学报(哲学社会科学版)》1997年第3期。

厉以宁:《关于经济伦理的几个问题》,《哲学研究》1997年第6期。

栾梅健:《小城镇意识与中国新文学作家》,《中国现代文学研究丛刊》1997年第4期。

罗宏翔、何卫东:《建制镇人口规模的演变》,《人口学刊》2001年第1期。

赵新平、周一星:《改革以来中国城市化道路及城市化理论研究述评》,《中国社会科学》2002年第2期。

温铁军:《中国的"城镇化"与发展中国家城市化的教训》,《中国软科学》2002年第7期。

朱贻庭:《中国传统经济伦理及其现代变革论纲》,《伦理学研究》2003年第1期。

杨剑龙:《小城文学的价值与研究方法谈》,《湛江师范学院学报(哲学社会科学版)》2003 年第 5 期。

逄增玉:《文学视野中的小城镇形象及其价值》,《湛江师范学院学报(哲学社会科学版)》2003 年第 5 期。

成金华、吴巧生:《中国自然资源经济学研究综述》,《中国地质大学学报(社会科学版)》2004 年第 3 期。

朱国华:《经济资本与文学: 文学场的符号斗争》,《社会科学》2004 年第 9 期。

韩毓海:《笛福、经济学与文学及其它》,《天涯》2005 年第 2 期。

朱迎平:《宋代刻书产业对文学的影响》,《上海财经大学学报》2006 年 3 期。

章培恒:《经济与文学之关系》,《学术月刊》2006 年第 5 期。

胡明:《中国传统文学与经济生活》,《学术月刊》2006 年第 5 期。

李嘉华:《四川传统城镇环境空间的建构特征》,《华中建筑》2007 年第 1 期。

许建平:《经济生活与文学活动之关系及其研究途径》,《社会科学》2008 年第 3 期。

胡伟:《改革开放后中国现代化的经验——关于"中国模式"的探讨》,《江西社会科学》2009 年第 3 期。

邱诗越:《中国现代小城文学研究综述》,《沈阳大学学报(自然科学版)》2010 年第 4 期。

邵帅、杨莉莉:《自然资源开发、内生技术进步与区域经济增长》,《经济研究》2011 年增 2 期。

张鸿声:《工业经济的变迁与中国现代文学》,《郑州大学学报(哲学社会科学版)》2011 年第 6 期。

孙永平、叶初升:《自然资源丰裕与产业结构扭曲: 影响机制与多维测度》,《南京社会科学》2012 年第 6 期。

吴闫:《我国小城镇概念的争鸣与界定》,《小城镇建设》2014 年第 6 期。

张帆、杨旸:《政治经济学的退出、美学的转移与"启蒙"的辩证法》,《中国现代文学研究丛刊》2015 年第 12 期。

贾平凹:《文学与地理——在香港贾平凹文学作品国际研讨会上的发言》,《东吴学术》2016 年第 3 期。

贾平凹:《什么样的地理出什么样的作家》,《洛阳日报》2016 年 4 月 29 日。

马向荣:《“经济人”假设的辨析与重构——兼论斯密悖论的破解》,《经济问题探索》2017 年第 1 期。

夏飘飘:《清代诗人的经济生活与诗歌创作——以浙派为例》,《贵州社会科学》2021 年第 9 期。

周保欣:《“舆地学”与中国当代小说》,《文学评论》2022 年第 4 期。

陈世旭、孙衍:《做生活的有心人,处处留心皆学问》,《文艺报》2023 年 9 月 18 日。

王明田:《小城镇是新时代深化改革的重要突破口》,《小城镇建设》2024 年第 1 期。

赵珂:《川渝山地小城镇形态演化发展研究》,重庆大学硕士学位论文,2002 年。

杨加印:《小城镇文学世界——现代小说中的一道独特风景》,东北师范大学硕士学位论文,2005 年。

图书在版编目(CIP)数据

20 世纪 80 年代小城镇小说中的经济生活和经济伦理 / 王军著.--上海 ：学林出版社，2024. -- ISBN 978-7-5486-2036-5

Ⅰ. I207.42

中国国家版本馆 CIP 数据核字第 20242DD083 号

责任编辑 徐熙纯

封面设计 周剑峰

20 世纪 80 年代小城镇小说中的经济生活和经济伦理

王　军　著

出　　版 学林出版社
（201101　上海市闵行区号景路 159 弄 C 座）
发　　行 上海人民出版社发行中心
（201101　上海市闵行区号景路 159 弄 C 座）
印　　刷 上海商务数码图像技术有限公司
开　　本 720×1000　1/16
印　　张 13.75
字　　数 20.5 万
版　　次 2024 年 12 月第 1 版
印　　次 2024 年 12 月第 1 次印刷
ISBN 978-7-5486-2036-5/I・255
定　　价 68.00 元